法庭游戏

〔日〕五十岚律人 著

张舟 译

浙江文艺出版社
Zhejiang Literature & Art Publishing House

本书由日本讲谈社正式授权，版权所有，未经书面同意，不得以任何方式做全面或局部翻印、仿制或转载。

本书简体中文版权为浙江文艺出版社独家所有。

版权合同登记号：图字：11-2024-401 号

图书在版编目（CIP）数据

法庭游戏 /（日）五十岚律人著；张舟译. --

杭州：浙江文艺出版社，2025.3 -- ISBN 978-7-5339-7837-2

Ⅰ . I313.45

中国国家版本馆CIP数据核字第2024SW8344号

图书策划 徐　全		**数字编辑** 姜梦冉　诸婧琦	
责任编辑 徐　全		**责任校对** 牟杨茜	
营销编辑 张　苇		**责任印制** 吴春娟	

法庭游戏

［日］五十岚律人 著　张　舟 译

出版发行　浙江文艺出版社

地　　址　杭州市环城北路177号

邮　　编　310003

电　　话　0571-85176953（总编办）

　　　　　0571-85152727（市场部）

制　　版　浙江新华图文制作有限公司

印　　刷　浙江新华印刷技术有限公司

开　　本　880毫米×1230毫米　1/32

字　　数　204千字

印　　张　10.25

插　　页　6

版　　次　2025年3月第1版

印　　次　2025年3月第1次印刷

书　　号　ISBN 978-7-5339-7837-2

定　　价　62.00元

目录

Court Games

nnocent Games

第一部

无辜游戏

0

无辜（"辜"为"罪"之意）：意为无罪，或无罪之人。

1

我站在颇有些年头的木门前，用掌心裹住金属把手。

已记不清是第几次进来了，但打开模拟法庭的门时，我总觉得有点紧张。这肯定是一种下意识的防御反应。

这里与其说是寂静，不如说更接近无声，周围安静得仿佛连空气都在拒绝循环。

虽然只是模拟法庭，但设备和布局与实际的法庭基本相同。

旁听席上，多张椅子整齐地排成三列。只是没有人坐在那里。

木制栅栏将旁观者和游戏参与者区分开来。尽管此栏一推便开，但若是没有决心和资格，则绝不容许旁人越界。

当事人的座席呈左右对称之势，也都空无一人。

换言之，屋里……并非没人。

结城馨在法都大学法学院的模拟法庭里。我开门进去就是为了见他。有人必须接受审判者馨的裁决。

从旁听席看去，正面的最深处是审判台。馨坐在其中央的庭长席上。

长长的额发垂至细长而清秀的眼前，他俯视着站在旁听席上的我。

"是正义①啊……稀客稀客。"

久我清义。这是我的名字，但用这个发音不易的本名称呼我的人不多。没准还有同学以为"正义"才是正确的读法。

"馨，我要申请开庭。"

"罪名是？"馨倦怠似的用手托着腮帮子，问道。

"有人在自习室的课桌上放了一张纸。纸上的内容暴露了我过去的经历。"

"喔……侮辱，或损害名誉？"馨把后背靠在椅子上，手指频频轻叩桌面。

"这次我还叫来了'嘉宾'。几分钟后可以开庭？"

"三十分钟吧。完了以后再考虑给败者处以什么样的惩罚。"

罪与罚。无辜游戏的起诉程序就此完结。

---

① 正义：日语读作"せいぎ"，主人公的名字"清义"在文中的读音是"きよよし"，但也可音读为"せいぎ"，这样就与"正义"的发音相同了。

无精打采的审判者，空空如也的证言台，保持沉默的模拟法庭。

无辜游戏一旦开始，眼前的光景将会为之一变。

2

三十分钟后，三分之二的旁听席被观众占据。法都大学法学院的最高年级有二十一名学生。我和馨在栅栏内侧，其余十九人在旁听席上。另有一人坐在离门口最远的座位上，盘起双腿仰望着审判台。

"正义所说的'嘉宾'原来是奈仓老师啊？"馨问道。他坐在审判台上，并未显出特别吃惊的样子。

"老师说想来参观参观。这个应该没问题吧？"

"我只是觉得，来看这种学生搞的游戏纯属浪费时间。"

专攻刑法的年轻副教授面露微笑，说道："少谦虚了。大家都说这个游戏搞得挺精致的。要是觉得无聊了，我自然会走，你不用在意我。"

"这我可做不到。"

"难道无辜游戏是一套非公开的流程，只有圈内人才能玩？"

这玩笑话颇有法学家的风范，但馨没有笑。

"无辜游戏当然是遵循宪法之要求的公开法庭。所以谁都可以旁听。我刚才是想说，我无法把老师当空气。既然老师受累来到这里，我自然会详加说明。"

"还请多多指教。对了，这件制服是审判者的个人喜好吗？"

"算是吧。"

漆黑的法官制服穿在馨的身上，仿佛是用来替代开襟毛衣的。

馨在无辜游戏中身着法官出庭时的制服。这光景对我们来说司空见惯，但平时沉默寡言的学生如今居高临下，神色毅然，奈仓老师心生疑问也是理所当然的吧。

"好了，这就开始吧。请原告人到证言台前来。"

我第一次作为原告人参与游戏，感觉心跳得很快。

"姓名和学号是？"

"久我清义，Y8JB1109。"

这是走形式的身份核查，以确定原告人是法都大学法学院的学生。

"你明白规则吧？"

"当然。"

"请允许我姑且做个说明。"

馨通常不做说明，这次也许是因为奈仓老师在侧，他流畅地说道："原告人以'罪'的形式指明加诸自身的损害，在此基础上申请必要的证据调查，并指定罪犯。审判者所持心证与原告人的指定一致时，罪犯将受到惩罚。两者之间产生分歧时，将罪名强加于无辜的原告人本人将受到惩罚。"

所谓无辜，即指没有犯下任何罪行的人。原告人指定的罪犯被认定无辜后能否得到救助，是无辜游戏的核心要素。

"原告人也有可能受到惩罚啊。"旁听席上的奈仓老师说道。

"这终究只是游戏。如果某一方没有可能受到惩罚，那就不公平了。正义……没问题吧？"

"我是在认可规则的基础上发起诉讼的。"我当即答道。

"可能已坐在旁听席上的犯罪嫌疑人……没问题吧？"

无人起身走出法庭。

此时表示不同意，无异于承认自己就是罪犯。即使能逃脱无辜游戏施以的惩罚，也躲不开法学院这一封闭社会给予的制裁。

"请原告人指明理应受到审判的罪。"

"明白了。"

"正义，那上面写的是真事吗？"从旁听席传来起哄声。虽然我背对着那边，但立刻就听出了说话的人是谁。

八代公平，这个男人比谁都喜欢玩无辜游戏。他并非与我有仇，多半是为了调动法庭的气氛。馨不是那种好心肠的审判者，会说什么"肃静"。一旦事态变得一发不可收拾，他应该会宣布退庭，把观众赶出法庭。

"假如是真事，那又如何？"我缓缓回头，与坐在旁听席中央的公平对峙。

"这个嘛，以后我会注意别惹恼你。"

我听到了哧哧的笑声。看来我话中的真意没能正确地传递给对方。

"有人散发那些纸，令我的社会评价降低。即使其内容被证明为真，也不意味着名誉能恢复如初。损害名誉而又想不受惩罚，光靠证明内容的真实性是不够的。你多学点刑法知识再来起哄吧！"

公平一脸呆然，愣了数秒。

"到底是高才生。不好意思打搅你了。"

转回头的时候，我与坐在门口附近的织本美铃对视了一眼。美铃以强硬的目光瞪视着我。多半是在为我的擅自起诉感到生气。

"这也是没办法的事啊……"我在心里嘀咕。

为了恢复平稳的生活，必须找出罪犯。

既是为了我，也是为了美铃。

3

该从何说起呢？

审判时不会对没说的事予以考虑，因此详细叙述相关事实是为基本。另一方面，过多描述细枝末节则会模糊争论点，令审判者馨为难。

就从进入自习室的时候说起吧——这是我最终得出的结论。

今天的第一节课是刑事诉讼法，第二和第三课时无课。遇到这种作息情况，在第四课时到来前，法学院学生通常会待在自习室。自习室给每个人都配有专用课桌，允许二十四小时使用，学生甚至可以住在里面学习。

不过，实际使用状况与理想背道而驰。若只是玩玩手机、勤于打瞌睡，因为与人无害，倒也能够忍受。然而，到后来竟有人不插耳机就在电脑上播放视频，或是大声地交头接耳。在此等环境下几乎不可能集中精神学习。

低端法学院——这便是外界对法都大学法学院的悲哀评价。

我用门卡进入自习室，叹了口气。

"关于是否出席下周的酒会，你们要早点回答啊！"

"啊，是星期三对吧？"

"是星期二！六点集合。地点在拱顶商店街的尽头。"

"又是那里啊。餐费多少？"

"一人三千日元。属于持参债务①。"

"持参债务？哦哦，也就是说，要事先把钱交给干事啊？"

自习室内处处都在上演此类无聊的对话。

过去五年，没有人能从法都大学法学院毕业后通过司法考试。虽说司法考试难度大，但这个结果实属异常。不过，听了他们的交谈内容，便只能接受一项事实：有其果必有其因。为了阻断噪声，我戴上了入耳式耳机。

解答完历年的宪法考题，我发现桌上放着酒会的传单。粗略地看过一遍后，我想起奈仓先生曾通知我去他那里

①持参债务：日语词语，指必须在债权者的住所或营业所偿还的债务。

一趟。

从十一点十五分到十一点三十分，我离开自习室约十五分钟。在确定作案时间方面，这十五分钟具有重大意义。

我走出二楼的自习室来到三楼，敲响了研究室的门。

"我来晚了。"

"啊啊……是久我啊。不好意思突然叫你过来。"

屋内还算宽敞，只是由于杂乱地堆着大量专业图书，能走动的地方少得可怜。我俩在屋子中央的会客区相对而坐。

"是我犯了什么事吗？"

"我找你可不是为了说教，倒不如说正相反。上头发话了，明年一定要有人通过司法考试。所以我才这样找看起来能考过的人谈话。"

"还真是直截了当啊。"我忍不住笑了。

"我是在夸你，这总没问题了吧？顺便说一句，有希望的只有你和织本。其他人都不值一提。别说通过司法考试了，能不能在我的课上拿到学分都让人怀疑。"

到底是年纪轻轻就当上副教授的人，奈仓老师相当聪明。不顾忌周围的情况，不采用委婉的措辞，多半是因为他觉得不需要考虑别人的感受。

"没记错的话，老师在我们这个年级只教模拟法庭课吧？"

由于已临近毕业，要上的课不多。事实上，为了应对毕业后五月就要进行的司法考试，校方给了大家自学的时间。

"在模拟法庭上，扮演辩护律师的久我驳倒了扮演检察官的人，整个流程为此而崩溃。那场模拟法庭堪称杰作。"

"我一直在反省。"

"这是辩护律师的工作，完全没问题。对了，扮演检察官的是哪位来着……"

"是贤二。"

当时贤二脸涨得通红，还想继续失败的诉讼，结果被老师打断了。

"是藤方啊。久我你一向冷静，当时为什么要对藤方穷追猛打啊？"

"因为论证方式太乱来了，我没能忍住。"

"我还以为是因为扮演被告人的是织本，你才那么干劲十足。"

"美铃？跟她没关系。"

我不想被继续问下去，便转换了话题。

"刚才老师说到有希望的学生，馨是不是得另当别论？"

"结城嘛……我都不知道他为什么要来这里上学。"

"同感。"

令人惊讶的是，馨已经通过司法考试。不经由法学院而获得考试资格的近道只有一条，而他则突破了这条荆棘满地之路。

"久我，你原本也应该去合格率更高的学校。"

"和馨相提并论会让我为难的。而且，我来这边纯粹是因为学费的问题。"

"嗯，你是学费全免的特招生。好了……就以这个劲头，今后也给我好好努力。"

"知道了。我可以回去了吗？"

我从椅子中站起身，这时奈仓老师似乎想起了什么："对了，你们好像在玩很有趣的游戏啊。"

话题跳跃到了始料未及的方向。

"呃……是说无辜游戏吗？"

"对。最初我以为是学生之间流行的无聊游戏，但听说结城和你也参与其中，我就来了兴趣。是什么样的游戏啊？"

"靠言语说明比较困难。"

"那就让我观摩一次吧。"

"观摩无辜游戏？可以是可以，但我不知道什么时候会开庭啊。"

没想到老师会表现出如此浓厚的兴趣，我吃了一惊。

"我会耐心等待的。"

结束谈话回到自习室，几乎所有人的视线都齐刷刷地指向我。我察觉出气氛险恶，很快就明白了受人瞩目的原因。

邻桌的美铃拿着一张纸，仰面看我。我感觉她的视线里夹杂着困惑与责备。美铃握着的纸上印有两张照片和一段不长的文字。

"怎么回事？这个是……"我不由得嘀咕起来。

美铃没有回答。我俩之间定下了不在法学院说话的规矩。我抢夺似的把手伸向美铃拿着的纸。

这是一张A4大小、手感顺滑的上等纸。上半部分和下半部分均匀地各印有一张照片。比对这两张照片的期间，我脸上没了血色。

第一张是集体照，拍摄于刻有"榉树之家"的招牌前。站在中央的男子被画了一个圈，上写"久我清义"。从建筑的名字和外观可推测出"榉树之家"是儿童福利院，看了第二张照片应该就能进一步得到确信。

第二张照片是剪报，似乎是近距离拍下的。

"儿童福利院'榉树之家'收养的高一男生（十六岁）刺伤该院院长（四十八岁）的前胸，因涉嫌伤害罪被逮捕。根据警方的通报，男生已承认指控的内容。"

我完全记得这篇只占据了数行的报道。法务教官和调查官曾反复要求我面对事实。这是我过去犯下的罪行。

切开皮肤的感触，淌出的鲜血，少女的尖叫……

报道并未写明男生的名字。但是，如此露骨地把两张照片放在一块儿，加之与福利院的少年同名，想来众人轻易就能把十六岁的少年犯与久我清义联系在一起。

文字的末尾还加了一句："扭曲的正义旗手有资格成为司法者吗？"此外还有一张天秤的插画。

部分情况我已明了。是有人要引我进入无辜游戏。

无辜游戏有诸多规则，而加害者必须执行的有两条。一是犯下违反刑法的罪行，二是留下天秤的标记。如今罪犯把毁我名誉的纸放在多张课桌上，又在末尾添上了天秤的插画，已满足这两项要件。

要么检举，要么忍气吞声，要么接受游戏。被害者面临这三种选择。所谓检举，是指找教务处或警察求助。反正只是一场游戏——这种不负责任的话，将一个正当的解决方案逼成了卑劣的选项。

这次的罪名是损害名誉。公然曝光我过去犯下的伤人罪，降低了我的社会评价。实话实说，我觉得对曝光行为本身可以睁一只眼闭一只眼。毕竟我对旁人的评价不感兴趣，而且在我这边那个问题早已解决。

无法听之任之的是福利院拍摄的集体照外流一事。究竟是谁，出于何种目的，获取了这张照片呢？其答案可能会导致事态朝最坏的方向发展。

这不仅仅是我个人的问题，美铃身为当事人也会被卷入其中。因此，我不能选择忍气吞声。

无道理可讲的三个选项已去其二。要向前走，唯有接受游戏一途。

4

"这就是我希望馨来裁决的罪。"

我花十分钟诉说了发现上等纸的过程。当然，关于和奈仓老师面谈的内容，我几乎全都略去了。如果告诉大家老师认为我和美铃以外的学生无望通过考试，怕是当场就会起暴动。

和往常一样，馨默默地听着我这个原告人的讲述。

"你准备怎么举证？"

这是馨听完说明后的第一句发言。指定罪名后，便会转向证据调查。这个环节是为了通过原告准备的证据推导出案件的真相。

"自习室里发现的纸是书面证据。至于人证，我请求传唤我邻桌的织本美铃。"

"书面证据的举证趣旨是？"

所谓举证趣旨，是指对"利用该证据证明什么"所做的表述。

"犯罪样态以及受害程度等。"

"人证的举证趣旨呢？"

"该上等纸的发现过程以及罪犯的确定等。"

我离开证言台，向审判台靠近。

"询问证人时我想用这张纸，确认完毕后能否还给我？"

馨用右手接过上等纸，拿到面前，前后晃了晃。

"嗯，可以了。"

"你认真读了？"

"知道是一些无聊的内容，这就够了。"

不出一分钟馨就把纸归还给了我。他那从制服袖口露出的手臂，纤细到了不健康的程度。

"证人请上前来。"

在馨的催促下，美铃进入栅栏内侧。我让出证言台，走向审判台，在左侧的当事人席站定。倘若是刑事法庭，这里就该是检察官的座席。原告人与拥有提起公诉权的检察官立场近似。身为受害人，同时还得处理公诉事宜。

美铃站在证言台前，直直地凝视审判台。我给出了"邻桌"这种像模像样的理由，但美铃显然对我申请让她当证人颇感不快。

"姓名和学号是?"

"织本美铃。Y8JB1108。"

由于学生数量少，以"织本"和"久我"按五十音图排序后，学号只差了一个数字。

"你应该明白证人质询的规则吧?"

"嗯，我明白。"

"这次有奈仓老师旁听，所以还是明确一下为好。首先，证人不得说谎。但这项原则有例外……"

"对于会暴露自身罪行的提问，允许说谎。"美铃答道，仿佛已预判到馨的发言。

"没错。第二条，被质询者只对原告人的提问给予肯定或否定的回答。另外，也不允许读取言外之意并据此回答。比如，对方问某天是晴天吗，如果这天是阴天，即使根据前言后语明知对方意欲确认这天没有下雨，你也必须回答'否'。"

"我知道。"

"最后一条，原告人结束询问并将之后的事宜托付给审判者时，你可自由回答我的提问。至于能否做伪证，原则与你回答原告人的提问时一样。"

就像是事先准备好的，奈仓老师提出了一个疑问："关于证人是否无理由地撒了谎，是由结城你来判断吗？"

"这个我可没法判断。"馨笑道。

"然而，却有'原则上不能说谎'这么一条规则？"

"真正的刑事法庭也有对伪证罪的制裁啊。难道证人要一边戴着测谎仪一边做证吗？"

"不，真正的刑事法庭也只是告知证人做伪证会受到制裁，以图实际地抑制伪证。不好意思我打岔了。"

正如馨所解释的那样，在无辜游戏的证人质询环节里，不允许寻求肯定或否定以外的回答。倘若条理不清的提问贯穿始终，还有可能得不到任何证词。

关键时刻到了。我走近证言台，把上等纸搁到桌上。

"你对这张纸有印象吗？"

看到福利院及报道的照片后，美铃的眉毛颤动了一下。

"有。"

"这张纸是放在美铃桌上的，不过当时在自习室的人也拿到了同样的纸吧？"

"是的。"

"我还想确认一下此前此后的情况。第一节课结束后，你马上去了自习室吗？"

见美铃答不上来，馨立刻开口道："这个问题太抽象。是不是'马上'，每个人的感觉都不相同。"

"明白了。这个问题撤回。"

出现不恰当的提问时，审判者会如此这般加以干涉。

"我进入自习室的时候，美铃已经坐在自己的座位上了？"

"我记得是这样。"

"从那以后，到我发现放在美铃桌上的纸为止，美铃你有没有离开过座位？"

"一次也没离开过。"

预料之中的回答。此前我就觉得推导出这次的罪犯并非难事。因为我估计自习室内有学生目击了犯罪过程。而通过本次问答，我确信这个学生正是美铃。

法都大学法学院的自习室可二十四小时使用。如果罪犯是在深夜到处放纸，就不用指望有目击者了。但是，我上完第一节课进入自习室时，罪犯还没有分发那些纸。如此便能确定分发上等纸是在我与奈仓先生面谈的期间，我得出一个结论：不曾离席的美铃理应亲眼看到了犯罪场景。

只要她对下一个问题点了头，后面的事就可以交给馨了。罪犯的姓名将由此揭晓。

"我去奈仓老师的研究室时，有人把这张纸放在了美铃的桌上，对吧？"

"不，没有这样的人。"

我在心里咦了一声。难道我确定的时间段存在遗漏……

"我的意思是……从我离开自习室到回来的期间。"

"回答不变。没有这样的人。"

奇怪！锁定作案时间的逻辑应该没有差错。

慎重起见，我决定先堵死一种可能。

"美铃你的意思是，你进自习室时桌上已经摆着这个了？"

"不，没有。"

我曾在旁听席观看过数次无辜游戏，明白理应做肯定回答结果却是否定时，首先该怀疑的可能性是什么。

是证人在说谎。同时，这也意味着证人就是罪犯。

我去研究室时待在自习室里的人都可以做证。而我必须避免的是把唯一允许说谎的罪犯指定为证人。正是因此，明知美铃不愿意我还是要选她充当证人。

我告诫自己要冷静。倘若证人不是美铃，我怕是已不知所措。

"这些纸是我在自习室的期间分发的，对吗？"

这本是我最先排除的可能，但如今却是唯一的答案。

"嗯，是的。"

果然如此。旁听席上的一部分人喧哗起来。他们也知道答案。

话虽如此，问题仍然没有得到解决。因为如此一来便会得出一个可笑的结论：明明纸是受害人在场时分发的，其本人却未能注意到。

我的右手紧紧按住证言台上的纸，似乎是手下意识地灌足了力。我提起手掌，纸也跟着一起上扬。我以为纸是被汗粘住了，其实不是。纸的表面残留着些许黏性。

手感顺滑的上等纸，少许的黏性。此二者在我脑中关联起来。由此摸索到的，是一个单纯的结论。这张纸上曾贴着什么。

原来如此……这是一场拙劣的骗局。它利用了无辜游戏的规则，使我差点上当。我该问的不是分发时间，而是印在纸上的内容。

美铃仰头看着我，一脸不安之色。我向她微微一笑。

"最初印在上面的不是这张纸上所写的内容。"

"是啊。是别的内容。"

终于引出了我所寻求的回答。接下来就是纯粹的"对答案"了。我在自习室的时候收到过一张传单。本案的行为实施在那一瞬间就已结束。

"纸交给你时，上面写的是下周酒会的通知。"

"没错。"

"除了我之外，发给其他人的传单都是印在贴纸上的。不仔细看恐怕不会注意到的。我和奈仓老师谈话的期间，有人指示你们剥下贴纸。而印在底下的就是这个。"

"这个也没错。"

我舒了一口气。那就再问一个问题吧。

"美铃知道分发传单的人是谁，对吗？"

"嗯，知道。"

我从证言台前离去，回到左侧的当事人席。

"我问完了。"

拥有自由提问权的审判者几乎不假思索地开始询问美铃。

"刚才提到的酒会传单，是谁发给你的?"

"是他。"

美铃回头看向旁听席，所指之人是模拟法庭上检察官的扮演者。

果然……原来如此。

"我，指定藤方贤二为本案的罪犯。"

5

"在宣布惩罚内容之前，你有什么想说的吗?"

完成证人质询后，美铃回归旁听席，现在是贤二站在证言台前。

"只是恶作剧而已。我想让大家知道，高才生正义也背负着黑暗的过去。你就放我一马吧，拜托了!"

贤二一副谄媚的模样。看着他的嘴，我感到一阵恶心。

"搞恶作剧竟然还准备了这种照片?"

"这里不是说家长里短的地方。"馨拦住我的话头，"我只是在确认你是否要对所指罪名进行辩解。没有的话，就结束这一环节。"

馨缓缓起身。制服伴随他的动作，轻盈地晃动着。

"首先宣布惩罚内容。有罪则贤二受罚，无罪则正义受罚。"

审判者利用在法庭上显现的所有资料，决定判罚内容。

"等一下。"奈仓老师举起手，"请允许我现在离场。还是别再听下去为好吧。我就招了吧，其实是上面命令我来调查情况的。"

"调查?"馨反问道。

"毕竟你们独占式地使用了这个模拟法庭。上面还指示我说，如果内容不合适就规劝你们停止这项活动。"

明明可以悄悄向上汇报，这人还真是实诚。

馨总把模拟法庭当自习室用，所以"独占使用"并不限于玩无辜游戏时。之所以能一直得到默许，想来是馨与众不同的履历起了作用。

"调查结果是?"

"这是一种演习，很适合培养刑事法庭的实践能力——我会这么向上汇报的。"

"真的可以吗?可我觉得，不管从伦理上还是法律上来说，这都是一种岌岌可危的游戏。"

"我一向不信任伦理啊，道德啊这类模糊不清的基准，也不觉得自己有资格对此说三道四。至于法律上的问题，我们可是讨论过的。目前看来并无问题。我也相信惩罚方面亦是如此。但是，如果我看到了、听到了，就不得不一起报上去。所以，等我出去以后你们再继续。"

奈仓老师起身后又道:"不过，只有一点我要把话说在前头。无辜游戏设计得很好，但现实中的刑事法庭流程更为刺激。你们可不要安于现状。你们的目标应该是作为法律专家站在法庭上，而不是在使用法律的游戏里自娱自乐，对吧?"

有人面露苦涩的表情，有人瞪视奈仓老师的背影，有人则东张西望。这样的旁观者不在少数。想来是摆在眼前的冰冷现实引起了他们的反感。

"现在恢复庭审。从宣布惩罚内容开始。"

馨干嗽一声，再次集众人的视线于一身。

"损害他人名誉而受罚，是为了防止个人的社会信用因第三者的加害行为而无理由地降低。既然如此，令无故损害他人名誉者甘愿接受同等程度的社会信用下降，则与无辜游戏的理念相合。由此我以审判者的身份宣布，败者所受的惩罚是二十四小时之内不得向胜者主张'保持自身社会信用'的权利。"

从旁听席传来话语声，但馨继续宣布道："在本次游戏中，根据调查得到的各相关证据，确定本次的犯罪者为藤方贤二。由此，原告指定的罪犯与审判者确定的罪犯一致，所以胜者是久我清义。请败者接受我方才所述之惩罚。惩罚的执行以恰当的方式进行即可。宣判完毕。解散。"

馨宣布退庭后，失去兴趣的观众陆续离开了法庭。

我发现自己的腿在颤抖。好险……倘若没有发现贴纸印刷这一事实，倘若从美铃处获取证词以失败告终，那么馨宣布败者时说出的将会是我的名字。我成为接受惩罚执行的一方也是不足为奇的。

无辜游戏会骤然变换其面貌，只看你是扮演玩家还是做彻头彻尾的旁观者。

"嗨……正义。到底是你厉害。"

我倚靠在栅栏上，这时公平朝我搭话。此人瘦瘦高高，粗犷的外表在法学院这种地方实属罕见。我想起刚开庭时公平还起过哄。

"公平也不赖啊，挺能调动气氛的。"

"我是想缓解一下你的紧张。因为看到你脸色煞白。"

"一旦站到这边，自然会紧张。"

法庭内只剩下我和公平。馨也已不知所终。

"你争取到的惩罚挺有趣的，不是吗？感觉很有执行的价值。"

"是吗？罚款一万日元才叫好呢，执行起来轻松。"

"无辜游戏是按所犯之罪返至自身的同态报复思想，来决定惩罚内容的。以牙还牙。你会觉得这都是哪个年代的事啊？所以嘛，你应该知道不会搞成罚金的。"

"开个玩笑罢了。"

我对惩罚云云不感兴趣，所以从未深思过。

"你打算怎么执行？"

"呃……惩罚的内容是什么来着？"

"喂喂，你没问题吧？是剥夺二十四小时的社会信用。简要地说，就是到明天为止允许你任意嘲弄贤二。在网上晒那家伙的裸照，你看怎么样？大家有没有这个需求我不知道，但作为制裁我觉得很完美啊。"

光是想象一下，身上就要起鸡皮疙瘩了。

"那个不行吧，会犯其他罪的。多半是什么散布淫秽物品罪。"

　　散布淫秽物品罪所保护的法益之一，是性秩序的维持。即便贤二同意，也不妨碍其违法性。因为就算本人有此愿望，看到裸体照片的人也会感到不快。

　　"你脑子很灵嘛。好吧……毕竟这次的事已经让那家伙信誉扫地了。可能还是想想其他方法比较好。"

　　"比如说？"

　　想坏招的时候，公平格外生气勃勃。

　　"比如，不想被晒裸照的话就给我调解费。这样就能把剥夺信用的惩罚变成罚金了。"

　　"都说了裸照不行。不过，'调解'这个思路很有趣啊。而且贤二心高气傲，多半也希望挽回失去的信用吧。"

　　"我说正义……你现在可是一脸的坏坏样啊。"

　　"你还有脸说我！"

　　在只有两人的法庭里，我俩压低着声音笑了。

　　"你是撬了贤二的女朋友吗？要不是深仇大恨，人家怎么会做那种事？不在半夜里放纸，而是偏偏趁你在的时候分发，这理由你想明白了吗？"

　　"因为他充满自信？"

　　"也有这方面的因素，不过主要是想利用无辜游戏的规则，让你出丑。"

　　听这措辞，似乎公平确信这才是正确答案。

　　"不知怎的，我开始觉得公平是罪犯了。"

　　"差生的心情我也很理解。馨也好，正义也好，优秀的人总会给旁人带来自卑感。特别是人一旦进入被迫深信聪

025

明即正义的世界后，比如说，我们这里。"

"别把我和馨相提并论。这是在埋汰馨。"

"可能在正义看来馨属于更高级别，但在我这种凡人看来，你们都属于高级别那一挂的。你能理解我的意思吗？"

"不，完全不理解。"

"大猩猩和棕熊打架，你觉得哪边能赢？"

这问题过于离奇，我甚至无法发挥想象力。

"你知道正确答案？"

"棕熊的体重是大猩猩的三倍多。基本可以肯定棕熊会赢。"

"喔。不过，你到底想说什么？"

"我想说，在人类看来，大猩猩和棕熊都是自身难以匹敌的对手，可以一概而论。要问哪边更强，除非是学者或杂学家，否则根本没得查。这下你明白了吧？不站在同一个层次上，就无法实际地感受到其中的细微差异。"

"不许把我们比作熊啊大猩猩什么的。"我有些害臊，便打起了马虎眼。

"那你有头绪了吗？人家为什么要引你入局？"

"也不是没有。我觉得啊，就为了那件事至于吗？不过人对事物的接受方式是各不相同的。"

通过与公平的交谈，我认识到这应该就是正确答案。

"是吗？那看来你不需要我的帮助。不过，你还是给我早点执行惩罚！"

"知道了。谢谢你给我提了各种建议。"

　　我正要走出栅栏，公平又开口道："奈仓那家伙，临走前还抛下那些多余的话。"

　　"是指那句不要满足于无辜游戏？"

　　"对啊。说实话，真是被戳中了痛脚。正因为是无意的，才更恶劣。"

　　"来法学院是为了学习正确的流程，在这里搞那种等同于拥护私刑的游戏，换上奈仓老师以外的人，也想发几句牢骚吧。"

　　"我们也明白自己只是在玩审判游戏。可是，来这种低端法学院上学的人，很多都差不多已经放弃成为真正的玩家、放弃站上法庭了。身边就有像怪物一样才高八斗的人，这种难受的滋味正义你能理解吗？"

　　我苦于回答。无论点头还是摇头，都只会招来反感。

　　刚入学时，想必人人都坚信自己与其他落伍者不同，即使学院被评为低端法学院自己也还是意气风发，想着要通过司法考试成为法律工作者。然而，随着考试的临近，激荡的热情渐渐消退了。

　　"无辜游戏提供了披露法律知识的机会。这一事实想必奈仓老师也意识到了。在理解这一点的基础上，他想告诉大家不要放弃成为法律工作者，难道不是吗？"

　　"还能操心丧家之犬的事，你果然是当律师的料。"

　　望着公平带有自嘲意味的笑容，我的心情委实复杂。

　　"丧家之犬其实是我。报道里的那个十六岁男生，没错，就是我。因为伤人案，我被送上青少年法庭，进了另一家儿童福利院。你想不想知道更详细的情况？"

这次轮到公平无言以对了。

"这些事不都过去了嘛。我不想强行打听。"

"谢谢。公平很体贴啊。"

公平神色尴尬，怔立当场。我撇下他，走出了模拟法庭。

我听从公平的建议，当即把贤二从自习室里叫出来。进入空教室后，贤二盘腿坐到椅子上。名牌夹克。用过量的发蜡固定的短发。贤二全身都透着一股强烈的自我意识。

"为什么要这么做？"我想问的事有一大堆。

"都说了是恶作剧。别整出这么可怕的表情好不好。"

"福利院的照片是从哪里得来的？"

我认定首先该盘问的是获取福利院照片的途径。

"照片里的人果然是正义啊。"

"能不能回答我的问题？"

"路上捡到的。是不是送交派出所会比较好？"贤二中断话语，坐姿充满了挑衅意味。

我瞪着他，说道："我说你到底明不明白自己的处境？"

"不过是赢了一场游戏罢了，就这么吆五喝六了？"

"我们玩了一场游戏，输的人是贤二。请你好好接受定下的惩罚。"

说出"惩罚"二字的瞬间，贤二的脸略微扭曲起来。

"你打算一边在走廊转悠，一边大声说我的坏话？要是这样能把气捋顺了，悉听尊便。这不是什么大不了的惩罚。

连威胁都够不上。"

"是吗？只要有想象力，就能搞出有一定吸引力的惩罚。说实话，刚才的游戏只把火烧了一半。谁干的、怎么干的，确实查清楚了。但为什么要干，我无法解释。"

"喔，原来优秀的正义君连人的内心都能看透啊。"

"我觉得模拟法庭那时我确实做得有点过火。"

"你在说什么呀……"

模拟法庭是必修课。课上会给学生分配法官、被告人、检察官、辩护人、证人的角色，以完成整个流程。在这个随机决定的小组里，馨是法官，美铃是被告人，贤二是检察官，我是辩护人，其余女生是证人。

课程轻松，只要按事先准备好的剧本演就能取得学分。

然而，贤二不打招呼就即兴插入台词，在开庭陈诉时喋喋不休地讲述被告人因生活穷困而走上盗窃之路的过程。他可能没有恶意。或许也可以说他是为了调动模拟法庭的气氛，是出于一片好心。

但是，我无法容忍。因为被告人的扮演者是美铃。

"询问证人和质询被告人的过程中，检察官的表现实在太过分，因此我也以即兴台词进行了回击。于是，剧本从应判有罪变成了判决无罪。听说检察官的扮演者差点丢了学分。你说，是不是这样？"

"这种事我都不记得了。"

贤二声音发颤，视线也游移不定。我回想起被搞得一团糟的模拟法庭。逞强的态度无非是没有自信的表现。

"哦？是吗？那可能是我想当然了。"我以做作的口吻说道。

"想当然？"

"我以为那件事是本案的动机。所以就本着无辜游戏的理念实施同态报复，以动机为结果进行了回击。"

"你在说什……"

"为了之后教授能够打分，模拟法庭被拍下了实况。我确认过放在书记员席上的摄像机，里面的录像还没删掉。就在刚才，我把附有视频文件的邮件发给了贤二以外的人。这就是我对这次惩罚的执行。不过，既然贤二说不记得了，那就没意义了。是我想错啦。"

"你……你是在骗人吧？"

贤二脸色煞白。真是一个容易被看穿心思的家伙。

"估计现在大家正在自习室里看视频吧。"

贤二猛然站起身，上前抓住我的前襟。

"冷静！你既然不在意，那也没什么吧？"

"我就是看不惯你这一点！"

"你承认动机是报复我在模拟法庭上的表现了？"

贤二只是喘着粗气，一言不发。已经够了吧。诱出口供本身并无意义。

"骗你的，还没发呢。我只是制作了一封邮件。"

"欸？"

"快放手，我喘不上气了。"

"啊……好好。"

我整了整乱糟糟的衬衫，单刀直入地说："如果不想让模拟法庭的视频流传出去，你就把知道的事全都说出来。福利院的照片是从哪里得来的？"

贤二愣了几秒，听天由命似的开口道："我真的不知道是怎么回事。上周我打开自习室的储物柜，看见里面有一张照片。上面还写着你的名字——久我清义。"

"报道呢？"

"那个也是……报道的复印件也在里面。"

"是谁放进去的，你有头绪吗？"

"当然没有。不骗你。我只是被人利用了。"

这种几乎要说自己没错的口吻，使我真真切切地感到了焦躁。

"你的意思是，给照片做点低级趣味的加工分发出去，也是受人指使的？"

"这个嘛……"

"行了。"再让他辩解下去，想来也不会有什么收获。

"想起什么了就告诉我。还有，下不为例。在恨上别人之前，先努力提高自己的能力再说吧！"

贤二似乎想说些什么。我正要撇下他离开教室……

"删了视频吧，求你了。"

我把手伸向门，同时回过头来。就这么一走了之，他好像是有点可怜？

"从来就没有什么视频。"

看到贤二半张着嘴，我差点笑起来。书记员席上装有摄像机确是事实，但拍下的视频应该不会被长期保存。

"你一个犯罪分子……还跩上了。"

明知这是找场子发狠话，但我无法置若罔闻。

"只是有过劣迹，并无前科。"

"犯罪就是犯罪，不是吗？你这种歪理在社会上是行不通的。"

"也许吧。不过，既然我们立志成为法律专家，就该用法理说话吧？虽然那纸上写着没有资格成为司法者之类的话，但劣迹不在丧失资格的条件范围内。"

我不再理睬表情扭曲的贤二，回了自习室。这时，手机里收到了美铃的短信。她明明就坐在旁边，却无意和我说话。

短信的内容是：我有话想说。

"明天我去你的住处。"

确定美铃的手机已振动，我再次离席而去。

6

是不是该说成车内离"满载"只有两步之遥呢？

手脚多少能自由活动。但乘客往同一方向倾斜，便会互相撞到身体。为了让自己不要心生不快，我只能捏紧吊环，闭上眼睛，心如止水地忍耐。

按理说地铁现在的乘车状况尽是负面要素，但也有少数人能积极地看待它。我可以举出几种。

触摸者，偷窃者，切割者，碰瓷者。

靠站停车的地铁再次启动。乘客们的身子微微倾斜。原本站在前面的健壮男子下车后，我多少能自由地环视车厢内部了。

首先进入视野的是一名女高中生，她背着牛仔布质地的双肩包，加上短裙，小麦色的皮肤。别再观察了。要是被认成色狼可不好办。

没错……触摸者就是色狼的意思。

到底有没有摸？乘客越多就越难判断。手偶然碰到了——此类辩解颇有些可信度。如今若说有色狼惯犯正以她为目标伺机而动，也不足为奇。

离女高中生稍远的地方站着一个男人，那身西装连我这个学生也知道做工非常考究。看他的表情，仿佛在真切地盼望赶快从车内的喧嚣中解脱出来。长条钱包的一角从裤子的后兜露了出来。

不言自明，偷窃者即扒手之意。

一旦前心贴着后背，就能不受怀疑地触碰口袋。即使被抓了现行，也有底气坚称自己是从地上捡的。现在这个环境对扒手也大为有利。

我听说最近割裙犯——切割者——也多了起来。

毫不夸张地说，人满为患的电车就是犯罪的温床。真有铁路公司能做到结束一天的营业而不发生任何纠纷吗？

反过来说，容易发生犯罪的环境又是容易产生冤案的环境。讽刺的是，不仅犯罪会生出冤案，冤案也会生出犯罪。

以为是加害者的人其实是受害者。

以为是被害者的人其实是……

我一直很在意那女高中生的动向。经验法则使我产生了些许不谐调感。

女高中生起初是在我的背后，不知不觉中已移向前方。她视线游移不定，一边东张西望一边调整所站的位置，最终停在了西装男的身后。肩与头将触未触，实在是绝妙的身高差和距离感。

我不动声色地向两人靠近。她正试图做些什么。从身体的朝向来看，目标似乎不是钱包。这样的话……

我观察四周，没见到像是帮手的人。如果是单人作案，风险未免太大了。不，可能"莽撞"才是正确的说法。明明这不是一个可以抱着天真的想法一头撞进去的世界。

这时，电车晃了一下。男人为保持平衡动了动身子，与我对上了视线。其间，西装的插花眼上别着的徽章映入了我的眼帘。

我旋即明白这徽章意味着什么。从女高中生那边看过去，徽章正处于死角。她要是就这么下手的话，极有可能遭到反噬。

自作自受。不用管，让她去。

但是……

起了毛的裙摆。后跟磨损严重的平底鞋。微微颤抖的指尖。

回过神时，我已经抓住女高中生的右手。她的身子猛然一震，仿佛是被静电麻到了。

"你……你干什么……"女高中生以微弱的语声嘀咕道。

糟了。该怎么解释好呢？对方还没有付诸行动，所以也算不上抓现行。在旁人看来，我就是一个欲行色狼之事的变态。

唔……该如何是好呢？就在这神奇的一刻，下一站到了。既已如此，接下来就只能听天由命了。我用力拉着女高中生的右手下了车。

"干……干吗？"

我俩在地铁月台上相对而立。

女高中生注视着我，表情中混杂着戒备与困惑。

"你准备下手的对象是律师。"

"啊？"

男人佩戴着金色徽章，其外围是向日葵的花瓣，中央则有一座天秤。至少法学部的学生应该知道，这是律师的徽章。

"你没注意到吧？下手的对象可得好好选择。"

"从刚才开始我就不知道你在说什么。"

理所当然地进展到了这一步。往来行人稀奇地看着我们，从旁走过。如果他们以为是兄妹吵架，那就谢天谢地了。

"对律师搞色狼讹诈，无异于向拳击手动粗。"

我特意说出了"色狼讹诈"这个具体的单词。

"什么叫色狼讹诈？我可不懂。"

"准确地说，是色狼冤狱讹诈。碰瓷说自己被摸了，威胁对方说不给和解费就报警。我要是没拦着，你已经抓住律师的右手大声喊叫了吧？"

"你少来！我要叫站务员了。"

我心想随你的便吧，但就算是为她着想，也应该避免把事情闹大。

"我并不打算对你做什么。毕竟你是讹诈未遂，而且我也没证据。如果你的目的地不是本站，坐下一班车就行。只是，你不在意吗？"

"在意什么？"

"我能看穿你准备搞色狼讹诈的原因。"

"我说，你为什么要这么一口咬定啊？"

"如果是我找碴，我道歉。但如果是你想搞色狼讹诈，那你就该问一下我为什么会知道。否则你会重蹈覆辙，终有一天被抓住。"

女高中生的视线游移不定。显然是对这匪夷所思的进程感到不安。

"请你不要再来纠缠我。下一次我可饶不了你。"

女高中生一转身，登上了楼梯。

好吧，这也没办法。我打开手机确认时间，看来已赶不上第一节课，便决定慢慢悠悠地去大学。我在手机上查询了下一班车到站的时间。

那女孩来得及去高中上课吗？早班会几点开始啊……

我心不在焉地想着这些事，那女孩竟从眼前的楼梯下来了。

"好几分钟没见了。"

"我打算姑且一听。"

"听什么？"

"你误以为……我想搞色狼讹诈的原因。"

7

女高中生指定了车站前的咖啡馆为谈话场所，可能是以为我会把她带进宾馆。

"你叫什么名字？"

她点的皇家奶茶是我付的钱。

"さくら……"

"哦，名字很好听啊。"

我想到春季盛开的樱花①，给出了常见的反应。

"佐仓②是我的姓。我不想把下面的名字告诉怪人。"佐仓说着，用吸管搅拌冰块。

"我叫清义，请多关照。"

"清义③……名字很难念啊。感觉会咬到舌头。"

---

①樱花的"樱"字在日语里读作"さくら"，罗马音为sakura。

②"佐仓"在日语里也读作"さくら"，罗马音为sakura。

③"清义"的发音是"きよよし"，罗马音为kiyoyoshi，略有些拗口。

"所以很多人都叫我正义。"

我把桌上的调查问卷翻了个面，写上汉字予以说明。

"虽说好一点，但也土气。"

"哈哈，随你怎么叫都行。"

高高束起的黑发，娇小的五官。这外貌显现了一个清秀女高中生的形象。如此这般相对而坐后，真看不出这会是一个搞色狼讹诈的女孩。

"好了，你为什么能看出来?"

"你这个问法，无异于认罪。"

"我只是假设。我的行为有那么不自然吗?"佐仓侧头不解。

我啜饮一口清咖后，答道："啊，你不用担心。我想其他乘客多半没注意到。我是想和你说几句话。所以措辞夸张了点，想引起你的兴趣。"

"这是新式泡妞法吗?"

我知道佐仓提起了戒备之心。

"不过，你想搞色狼讹诈是事实吧?"

"老兄，你是政府的色狼管理专员吗?"

我差点儿喷出一口咖啡。这单词我还是第一次听说。

你摸了她的屁股吧——常有人一下车就被这么带进另一间屋子。色狼行为如此猖獗，也没准真有这样的工种。

"你并非预先锁定目标，而是上车后再寻找貌似有钱的中年男性。"

"无可奉告。"

"关于车厢里乘客的行为，你能想出哪些来？"

"看手机，听音乐，打着鼾睡觉。"

"也有和朋友大声说话、打扰别人的学生对吧？"

"主观臆断人家是学生，我觉得是一种偏见。不是还有喝醉了酒吵吵嚷嚷的大叔吗？他们更烦人，还臭气熏天。"

她的反应能力比我想象的强。估计这女孩智商不低。

"这些行为的共通之处是屏蔽了其他乘客的存在。电车里几乎没人会对旁人抱有兴趣。于是，在车厢内东张西望的你就显得特别扎眼。"

"跟人约好在电车里碰头的可能性也不是零吧？"

"你找到的是中年男子，穿着看起来很贵的西装。你这个碰头的对象是不是有点稀奇啊？"

"女高中生和中年男子……这可是典型的援助交际组合啊。"

"我认为，首先应该想到的是父女关系。"

"约好在车厢内碰头——这种幸福的父女关系我难以想象。"

"你扯远了。"我轻轻咳嗽一声，"不过你没跟那男人搭话，只是站在他后面晃着身子，一副静不下心来的样子。你觉得天下会有这样的碰头方式吗？"

佐仓轻叩桌面，仿佛在回答智力竞赛题。

"我移过去，靠着中年大叔温暖的后背，是为了准备在下一站下车。"

"很遗憾，你移动的方向与车门的位置正相反。"

"唔……行啦行啦，其实我是跟踪狂，目的是跟踪那个人。"

"这种事能大声地往外说吗?"我瞅了瞅其他顾客，"顺便说一句，跟踪狂不会离人那么近。"

"确实。"佐仓咯咯直笑，显得天真烂漫。这是个很有趣的女孩。

"你可以投降了吗?"

"你竟然在电车里思考这种事啊? 简直就像喜好观测人类的危险分子。"

"一多半都是事后找补的。其实我是凭直觉知道的。看你有握住男人的右手大声喊叫的意思。只是，我一开始就这么说的话，你不会相信吧?"

"果然，这不就是痴汉管理专员嘛。"

"也许吧。"

"原来我是那么形迹可疑啊……"

佐仓喝光了奶茶。融化中的冰在玻璃杯内铿铿作响。

"老兄你的直觉很准。当时我正要大声喊叫。"

"是吗?"

由于没有证据，她本该一口咬定并无此事。这女孩骨子里不是坏人。正因为这么想，我才会在电车里握住她的右手。

"你要把我送交警方?"

"我才不会这么做呢。我只是想给你一个忠告。"

"为什么? 我们这是第一次见面吧?"

既然佐仓坦率地承认了，我也应该以诚相待。

"过去我也做过类似的事。所以注意到了你的可疑举动。"

"老兄你是男的，也搞色狼讹诈？"

"分工不同罢了。当时知道这种诈骗术的人不多，但现在不一样了。去网上一查马上就能搜出应对方法，而且还有简易装置能查出掌中是否附有衣服纤维。做法粗糙的话，只会马上被抓。如果我没拦着，你没准就被那律师告了。"

周围的顾客和店员怕是做梦也没想到，有人会在上午的咖啡馆里谈论这种事。

"你的意思是，我这个笨蛋做不成？"

"是有没有决心的问题。在电车里你看起来很犹豫。"

"你倒是说说看，你对我……有什么了解？"

"毫无了解。不过，你并不是为了现场演出的门票或名牌产品去赚'零花钱'的，对吧？要不是看你不像喜欢紧张刺激的人，我才不会拦你呢。"

佐仓脸朝下方，望着破旧的制服和磨损严重的鞋子。

"是为了生存。"佐仓的声音很坚毅，与之前有所不同。

"那要是被抓了，就更没意义了。最糟糕的就是不上不下。"

"你倒也不说别再干了。"

"因为我也知道，女高中生干正经活挣钱有多不容易。"

"真是的，你到底是谁啊？"

"你的人生前辈。"

"完全搞不懂你。"

佐仓的表情再次柔和下来。我该怎么向她开口呢?

"今后怎么办,你自己决定便是。但只有一件事希望你能立下保证。"

"什么事?"

"如果将来你真刀实枪地搞色狼讹诈,终有一天你会直面一些问题。"

"看来会出很多问题呢。"

"碰到那种寸步不让、坚称我绝对没做过、我是被冤枉的人,你准备怎么办?"

数秒之间,佐仓显出思考的模样。

"交给警察后逃跑。

"只有这件事我不能容许。"

也许是对我激烈的语气感到震惊,佐仓的回应慢了一些。

"为什么……你不是说'最糟糕的就是不上不下'吗?"

"因为会带来不必要的负面结果。我不会说不许为了生存而犯罪。但是,为了自己逃跑而让无辜的人背上黑锅,可就超越底线了。"

我无权说这样的话,但还是想告诉佐仓。

"什么无辜?女婿①吗?"

"是指没有犯下任何罪行的人。"

"你认可骗人钱财的行为,却不容许让他人背锅,是这

①日语中"无辜"和"女婿"的发音一样,均为"むこ"。

样吗？"

我默默点头。我想表达的意思是否传递到位了呢？

"我总觉得学校里会教育你说，这两种是差不多的恶行……"

"一个人要被强奸了，可以踢对方的裆部，被欺负了可以打回去，这些学校里不也没教吗？"

"可以这样吗？"

"如果是为了生存。至少我能容忍。"

"这下我胆儿肥了。"佐仓嘴上开着玩笑，但在认真地听我说话。

"那你的回答是？"

"明白了。我保证。"

"于是我就成了讹诈教唆犯了。"

"教唆犯？"

"就是怂恿女高中生说可以搞讹诈的坏蛋。"

我心不在焉地想着无关紧要的事：原本对方就有犯罪企图，所以我的言行只是让犯罪变得容易了，也即停留在"帮助"的程度。

"这身土里土气的制服，其实是角色扮演啦。我看着像真正的女高中生吗？"

"嗯，我一点儿都没怀疑。"

"因为直到上个月为止我还是真正的女高中生啦。不过……我主动退学了。没了这层身份就变成角色扮演了。很不可思议吧？"

"是这样啊。"

"你不问我为什么退学吗？"

佐仓特地强调是主动退学，大概是想让我明白，她不是因为什么丑闻而退学的。听听原因或许也是一种体贴。

"你想说的话，我就听听。"

"不了，毕竟是很无聊的事。这次就算了。"

"还有下次？"

"要是我又在电车里形迹可疑，你就告诉我。到那时我们不妨搞个作战会议。"

"我很少在那个时间段乘车。"

两人的饮料都喝完了，于是我们决定离店。想来不会再遇到佐仓了。我明白这种事不宜介入过深。

"さき。"

我捧着托盘，身后传来佐仓的声音。

"这个是我的名字，开花的那个咲[1]。"

看来她心意已变，想把名字告诉我了。我把姓与名连起来低声读出，有了发现。

"樱咲く[2]……"

"不是さく，是さき[3]。"

"果然是很好听的名字啊。"

---

[1]日语的开花写作"咲く"。女孩的全名是"佐仓咲"。

[2]"佐仓"与"樱"发音相同，因此女孩的全名只听发音，可以理解为樱花盛开的意思。

[3]"咲く"为动词，读作"さく"；"咲き"为名词，读作"さき"。单独的"咲"用作人名时，可以读作"さく"，也可以读作"さき"。此处女孩名字里的"咲"读作"さき"。

我终于能正确地赞美她的名字了。

8

抵达学校的时间比预定时间晚了两个小时。

我用卡片钥匙打开门，刚进入自习室，便有大量视线像昨天一样向我汇集。

想来他们极为在意惩罚有无执行完毕，以及报道里的男生是不是我。败者贤二盯着备考教材，装作没注意到我的存在。

露骨的反应，过强的自我意识，毫无意义的逞强。这一切都令我心生不快。

邻桌不见美铃的身影。我心想她是不是去吃午饭了，但课桌上未免太干净了一些。手机里没有收到任何短信。于是我把公平叫出来问话。

"是找我商量惩罚游戏吗？我有一个绝妙的主意。"

"那个已经执行完毕了。"

公平颇觉遗憾似的耸了耸肩。

"那到底是什么事？"

"美铃第一节课来了吗？"

"织本？不，她没来。优秀的正义和织本缺席，教授可是相当的不痛快啊。"

法都大学法学院对学生考勤情况要求极严。以至于有人说，缺三次课就别指望能拿到学分了。

"正义怎么也没来上课？这很罕见啊。"

"在电车上卷入了一桩纠纷。"

"纠纷？被错认成色狼了？"

"可惜你猜错了。"怎么说呢，倒也基本是正确答案。

"总不会是跟织本约会去了吧？我绝不允许你抢先下手。而且你还用名字'美铃'称呼她，我很怀疑啊。在意人家来没来上课就更奇怪了。难不成昨天晚上……"

"不要满嘴跑火车！拿名字称呼她的又不是只有我一个。我是想向她道谢，毕竟我自作主张，申请传唤她做证。"

"哦哦，原来如此。"公平似乎接受了我的解释。

和公平分开后，我决定去美铃的住处。

美铃也在福利院招牌前拍摄的集体照里。她一副女高中生的打扮，又几乎不着粉黛，所以好像谁都没有认出她。

我和美铃是在那家儿童福利院相遇的。这已是将近十年前的事。

无论何时我俩都在一起。美铃的身边有我，我的身边有美铃。

但是，我俩的身边再无旁人。

我们之间的关系非友人亦非恋人。与真实情况最接近的表述恐怕是"家人"，但又觉得不甚吻合。真要说起来，我俩其实互为对方的影子。

犯错时互相承担后果。我始终认为这是理所当然之事。

从法学院到美铃居住的公寓，步行需二十分钟左右。我掏出手机，拨打了某个号码。

电话号码可能有变，不过听到接通音后我安心了。

"喂。"对方立刻接了电话。

"是喜多老师吧。我是久我清义。"

屏气凝息的声音透过通话口传来。

"你……为什么……"

"你最近还好吧？"

"你有什么事？"

"这就过分了。我毕竟是从那家福利院出来的，打个电话问候下总可以吧？"

"事情都了结了，你还来……"

想必喜多正紧紧地握着手机，满是皱纹的脸上露出了丑陋不堪的表情。

"情况有了变化。"

"你什么意思？榨取了那么多还不够吗？"

"怎么会呢。你给的够多了，所以钱是不需要了。要是没有老师，我也上不了大学。非常感谢。"

"你……别叫我老师！"

"别摆出只有你是被害者的模样。我的人生也是一团糟。"

喜多明秀是"榉树之家"的老院长。我用刀刺了这个男人的胸口。

"不是为钱的话，又是为了什么？"

"有人在探查我们的事，关于这个你有没有什么头绪？"

我问得直截了当。时间有限，而且面对喜多也不必讲究策略。

"我们?"

"我和美铃。"

此处出现了些许空白。恐怕并不是因为对方忘了美铃的名字。

"这种事为什么要来问我?"

"要说憎恨我们的人,头一个想到的就是你。"

对面传来了干涩的笑声。

"这样的人多了。你以为我不知道你们离开福利院后的事吗?"

"我早就发现你在到处查我们的事。即便如此你也没来接触我们,应该是没收集到明确的证据吧?"

喜多默不作声。我无意追究此事,便决定继续推进话题。

"有人把福利院的照片传出去了。可能我们确实遭很多人恨,但要说到福利院相关人员,自然会锁定在你一个人身上。"

"呼……我反正不知道。再说了,你觉得罪犯会老老实实地自报家门吗?"

"我是在观察你的反应。因为你这个人一眼就能看穿。"

"再挑衅也没用。你们的伎俩我一清二楚。"

从颤抖的声音就能立刻明白,对方正试图压住火气。

"知道了什么就请告诉我啊。"

"开什么玩笑!别再打我这个号码了!"

"明白了。下次我就直接找你谈吧。"

"我可是恨不得想杀掉你们的。"

这不过是老头子的一句胡话罢了。很久以前的我到底是怕他什么呢?

"巧了,我也觉得当初把刀刺得更深一点就好了⋯⋯"

还没说完,通话就断了。不过事情算是说完了,所以我把手机收进了口袋。

打电话只是为了保险起见做个确认。喜多果然不太可能是罪犯。我刺伤喜多是好几年前的事。难以想象他现在还会来报复。

左思右想之际,我已经能看到美铃居住的公寓了。

生锈的白铁皮屋顶。铺设得歪歪扭扭的导水管。丛生的杂草。

木制公寓破旧不堪,这外观连贫困生看了都会犹豫要不要入住。住在这里的美铃正是贫困生,只因房租便宜就当即决定签下合同。

刚踩上褪了色的楼梯,便响起了令人不安的嘎吱声。

走到第八级台阶时,我的脑中浮出了一个疑问:美铃正在做什么呢?

到了第十级,我又试图乐观地想:她可能只是在睡懒觉。

然而⋯⋯在可望见二楼通道的第十四级台阶上,我意识到了事态的严重性。

从外往里数的第三个房间明显有异常。理应是平面的门,一部分向过道突起。光景之诡异,远远望去也是一目了然。

靠近那房间后，我对事态已有所把握。但理解力未能跟上。

203室的门中央稍稍偏上的地方，嵌着像木柄一样的东西。起初我误以为是金属门板被击穿了，仔细一瞧，才知被贯穿的是猫眼。可从室内一览门外情况的窥孔被彻底破坏。

从我这边无法知道木柄的前头是怎样的。

凝视那地方数秒后，不知为何我既没有摁响门铃，也没去报警，而是拔出了戳在门上的木柄。

不费吹灰之力。拔出的是一把冰锥。

猫眼所在的位置开着小孔。在屋里亮灯的时候窥探，估计能看清室内的情况。罪犯是在寻求这狭窄的风景吗？

摁响门铃后，我听见有脚步声向门靠近。

"谁？"是美铃的声音。

"是我啊。快开门。"

旋动门锁的声音和摘下链条锁的声音接连响起，门缓缓地被打开。确定只有我一个人在过道后，美铃扑进了我的怀里。

"清义！"

"不怕不怕。出什么事了？"

美铃的手死死攥住我的衬衫，呼吸也乱了。

"这个……进屋再说。快进来。"

"这个冰锥怎么处理？"

被美铃紧紧抱住的时候，冰锥差点刺伤她的胳膊。

"前面我是觉得别碰它为好……不过，既然拔下来了，就带进来吧。"

未加深思就触摸木柄的我，可能才是心慌意乱的那个人。

进屋后，美铃不光要我锁门，还让我把链条锁也挂上，想必是害怕戳冰锥的罪犯闯进来。

六叠①大小的一室户只能放最低限度的家具和电器。想象普通女大学生的房间时，脑中通常会浮现出可爱的室内用具，而这里却一概没有。

"正要上学的时候，发现门上戳着这个。"

"是半夜里戳上的?"

"昨天我在上午九点左右去过便利店，所以只知道是那以后到今天早晨之间。当然，如果猫眼是在我还没睡下的时候被破坏的，我应该能注意到。"

想问的事有一大堆。我有些迷茫，不知该从何问起。

"你为什么还待在屋里?"

"因为觉得待在这里安全。"

"安全? 哪里安全了……"

"猫眼下面就是锁。把绳子穿过被冰锥凿开的孔，就有可能打开锁吧?"

"从那个小孔吗? 这怎么可能。"

---

①叠:在日本,住房面积通常以"叠"为单位进行计算,其中1叠大约为1.62平方米。因此,6叠的房间面积约为9.72平方米。

"这个可不好说。要是被人随便闯空门，麻烦就大了。"

"只要有工具，连链条锁都能轻易切断。"

"偷盗罪等防范法第一条。"

理解这句话的意思花了我一点时间。

"你是在说防卫行为的特别条例吗？"

为了解除迫近自身的危险，即使对尝试撬锁侵入民宅的人施以杀伤行为，亦有可能被认定为防卫行为，成为违法阻却事由。

简而言之，美铃的意思是她要在屋里等候，对罪犯实施物理性攻击。

"我这里不存在'离开房间'这个选项。"

"很冷静嘛。明明刚才抖成那样。"

"当时没准有人正在监视门口。我只是在扮演一个害怕地抱住男友的女人。"

是这样啊……原来我是被彻底利用了。

"为什么不马上叫我过来？"

"因为之前收到了你的短信，你说今天会过来。"

"我是指上完课以后再过来。"

"可清义不是来了吗？虽然比我预想的要晚。"

两人独处时美铃会叫我清义，在大学里却叫我正义，切换起来还真是得心应手。关于电车里发生的风波，我无心从头开始——说明。

"有没有报警？"

"冰锥的柄上绑着这个。"

美铃指向的桌上放着一张纸，有字的一面朝下。

纸上用粗体字印着带有挑衅意味的文字。

"器物损坏罪成立应该无可争议吧？就算是冰锥也具有财产价值。问题是入侵民宅罪是否成立。只是冰锥的尖端贯穿了门而已，你觉得这样能被评定为入侵吗？"

文字下方是福利院的集体照。所用照片与放在我桌上的一样，但加工内容不同。罪犯用红线圈出一个站在边上的女高中生，以不自然的直线写下了"织本美铃"四个字，仿佛是用直尺画出来的。

末尾则以一段文字作结：

"透过这个孔，你的行为一览无余。这不是结束，而是开始。还是找福利院的朋友商量为好。你能追踪到罪犯吗？"

天秤的标记也没忘了添上。

"无辜游戏。这种就是单纯的犯罪行为，不是吗？"

"设置违反刑法的犯罪行为，这不正是无辜游戏的规则吗？因为是犯罪，所以游戏成立。"

"我知道，但我想说的是这个过火了。"

"话虽如此，但既然没有违反规则，那我们只得做出选择。"

见到集体照的瞬间，告发这一选项恐怕就已消失在美铃的心头。正如我昨天所选择的那样。

"光靠冰锥和恐吓信推导不出罪犯吧？"

"是啊。不过，今后的信息会增加。"

这不是结束，而是开始——这次的无辜游戏会是持久战。

"关于罪犯，你有无头绪？"

"我也想问清义同样的问题。是你先被下套的，不是吗？"

我把昨天结束无辜游戏后与贤二交谈的内容告诉了美铃。

"获取福利院照片的人不是贤二。"

"我觉得，人不会因为'在模拟法庭上蒙羞'这么点小仇恨，就去刺探别人的过去。"

"法学院同一年级的学生里，有从福利院出来的人吗？"

"我也好，清义也好，应该都没那么遭福利院小孩的恨。"

"这个论断是不是下得太轻易了？"

只要翻一下判例或相关文献，就能找出大量基于异常动机的犯罪行为。

"也是。不过，应该还有别的不得不怀疑的对象吧？"

"这个……是指特定的某个人吗？"

美铃摇头道："是连名字也不知道的非特定多数者。"

看来与我浮上心头的答案有些许偏差。

"可是，最恨我们的人……"

"别在我面前提那个人。"

"已经是很多年前的事了。肯定……没问题。"

"闭嘴！"美铃罕见地吼道。

"总之你多加小心。"

"我会在发生些什么之前揪出罪犯。"美铃如此断言道。

看着她的嘴，我下定了决心：既然因果轮回已至，就只能将其切断。

9

馨亲口宣布对无辜者的救助，是在一周后的星期二。

馨没有认可原告人所指定的罪犯。现场的气氛起来了，但这结果不至于令人惊讶。宣布对无辜者的救助并不是多罕见的事。

日本刑事审判的有罪率约为99.9%。换言之，受到起诉的被告人几乎无一例外都会被判决有罪。有罪率如此之高的原因涉及方方面面，但主因为何，凡是学过法律的人都能轻易想象出来。

仅在高度自信可达成有罪判决时才起诉，实务中所采取的这种精密起诉，从基底撑起了别国罕见的有罪率。而精密起诉的背景则是对检察官的搜查能力和起诉判断的司法信赖。

这种信赖在刑事法庭和无辜游戏之间有着巨大差异。

在无辜游戏中担任检察官角色的是原告人本人。专业的检察官和业余的原告。两者的优秀程度毫无可比之处，其能力差异直接关系到对无辜者的救助件数。

愤怒于恶劣的伤害，原告人还没收集到充分的证据就提起诉讼，然后被审判者否决。这样的案例我已见过多起。

这次的罪名是盗窃，可谓无辜游戏中最常见的种类。

失窃物是酒会参加者预先交给干事的餐费。这个酒会曾被用来掩饰对我的名誉损害，身为干事的贤二自然是承担了原告人的职责。

据贤二所言，他把装有餐费的信封放在自习室的课桌上后离席，办完事回来一看，桌上摆了一个做成天秤形状的徽章，取代了消失的信封。

馨自会判断供述的可信度，不过感觉并没有不合理的地方。

指定罪名的贤二推动了游戏进程。被提请调查的证据是装有餐费的信封，以及我——久我清义的证人质询。

想必贤二也不愿指定我为证人，只是发现那信封时，我正好在场。因此，我能预料到贤二会要我做证。

"正义，证人质询的规则你应该明白吧？"

"不说谎，且只能给予肯定或否定的回答。"

今天没有奈仓老师那样的特殊观众，确认流程的时间被压到最低限度。

馨做了个手势，贤二开始发言。

"那就开始吧。你见过这个信封吗？"

贤二毫不掩饰不快的情绪，把鼓胀的信封放在证言台上。

"嗯，见过。"

"里面装有今晚酒会的餐费。你参加酒会吗？"

"不，我不参加。"

通过这番问答，在被窃金额方面我处于中立立场的事实已非常清楚。想来此后的回答都能被馨视为具有一定可信度的证词。

"第二节课结束后，只有我一人留在自习室，此后第一个进来的人是正义。这一点是否符合事实？"

"没有需要指正的地方。"

发现信封被天秤徽章取而代之，据说是在第二节课开始的五分钟前。认识到这一事实后，贤二擅自逃课，决定搜寻罪犯。他在无人的自习室里翻遍了同窗的课桌。

"正义进自习室时，我正站在安住尊的课桌前。这一点是否有错？"

"没错。"

我知道身后起了骚动。他们应该在偷瞧坐于旁听席左端的尊。我走进模拟法庭，第一眼就确认了尊所坐的位置。

"我原本持有的信封出现在尊的课桌里。这个没错吧？"

"……"

"为什么不回答？"

因为无法肯定也无法否定。我并不清楚这个问题的答案。

"喂，你是打算包庇那家伙吗？"

此话是对证人质询规则的无视。我没吭声，看了看坐在审判台上的馨。

"继续质询已毫无益处。还有其他要问的吗？"

受到馨的干涉，贤二不由得咂了咂舌。

"已经足够了。罪犯的名字是……"

"慢着。我的最终询问还没结束。"

"没必要了吧？答案已经出来了。"

"判断有无必要的人是我，不是贤二。正义，你进自习室时贤二手里已经拿着信封了吧？"

听到这个问题，我确信馨将宣布对无辜者的救助。

"我并未亲眼看到贤二发现信封的那一幕。不过，我姑且补充一句，当时课桌的抽屉是打开着的。"

贤二没有申请新证据的调查，直接指定安住尊为罪犯。尊被叫上证言台，馨要求他做陈述。

"只是贤二自己在闹腾，我什么也不知道。你们赶快把这事弄完吧。"

尊平日文静温和，此时声音却罕见地凌厉。

"若无其他主张及其举证，我将结束流程。"

旁听席上气氛低落。唯有激情澎湃的贤二相信自己会获胜。

自上周在无辜游戏中落败后，贤二的情况显然很不对劲。

他在自习室时只顾往桌上一趴，连教授的初级问题都答不上来。但凡精神状态正常，他也不会在离席时把装有大额现金的信封放在桌上。

"首先宣布惩罚内容。"馨低声宣告，"盗窃罪名所保障的法律权益有诸多说法，但最为直率的解释是：保障人们对财物的占有这一事实上的支配，以维护财产秩序。既然如此，对无故扰乱财产秩序者课以与侵害程度相应的产权限制，则合乎无辜游戏的理念。我作为审判者，宣布对败者处以向胜者支付一万日元的惩罚。"

如果可以在游戏内执行罚款，为了过后不节外生枝，按规定双方需在指定罪犯前先交纳现金。贤二和尊各从钱包里取出一万日元纸钞，放在证言台上。胜者拿走败者的一万日元后，本次游戏即宣告结束。

"本次游戏无法根据调查取得的各相关证据指定犯罪者。由此推定原告人所指定的犯罪嫌疑人无辜，所以胜者为安住尊。胜者可以拿走败者藤方贤二交纳的罚金。"

贤二怔立当场，一副不敢相信的样子。

"刚才你说什么？"

"我说贤二是败者。"馨再次向对方亮出无情的现实。

"为什么呀！为什么是我败了！"

"有必要说明理由吗？"

"当然了！"

"连尊占有过信封里的现金这件事，你都无法举证。你不觉得你败得其所吗？"

"我都说了，我从这家伙的课桌里发现了信封。你到底听了些什么呀！"

被贤二指指戳戳的尊面无表情地站在证言台前。

"这只是贤二你的个人主张。你有信封躺在抽屉里的照片吗？你有发现信封时在场人员的证词吗？你锁定作案时间和方法了吗？我不会要求你提取指纹，但你至少得做点必要的举证行为以推导出罪犯吧？这又不是小孩子吵架。"

贤二已失去冷静，即使被馨指出了问题，似乎仍未意识到自己的失态。

"见证人的话，有正义。他在我身后看到我发现了信封。"

"正义精确地做证说，他进入自习室时贤二手上已经拿着信封。很遗憾，这证明不了什么。"

"岂有此理！你这就是吹毛求疵。"

"我是在指明事实。请正确使用语言。"

"自高自大、把犯罪者判为无罪……你以为自己是神吗！"

"你要真心这么想，就别白费工夫去当什么司法人员了。"

馨如此挑衅对方，令人意外。

"开什么玩笑！"贤二大吼一声，"你……你这个狗眼看人低的家伙，到底懂什么呀！"

"如此草率武断，只会制造冤狱。建议你从头开始学习法律，否则今后还会败诉。下回就该是第三次了吧？"

馨果然是在故意煽风点火。他的意图是什么？

"你给我闭嘴！"

贤二冲出证言台，直奔审判台。跨上左右的台阶，便能靠近审判台。由于事出突然，无人阻拦贤二。

几乎所有人的视线都锁死在贤二的举动上，所以反应迟了。

当二人的身影被同时收入视野时，我发现馨手中握着一样东西。

被上了色的真皮裹住的柄，醒目的锯齿状刀刃，光滑的边缘，可用单手释放出刀身的按钮。

这凶器十分眼熟，因此脑中立刻浮出了它的名字。

折刀。与我刺进喜多胸口的凶器相似。不知为何审判台上的馨竟拿着这样的东西。这到底是怎么回事，我一时无法反应过来。

从旁听席看来，贤二跨上的是右侧台阶，因此馨的右手处在其视野的死角。想必贤二断定对方毫无防备，就这么径直逼近了庭长席。

"危险!"我条件反射式地叫道。

也许贤二以为我是在向馨示警，他没有停止的意思。

在两人之间的距离仅剩几步之遥时，馨将右手举到头顶附近。

随后……折刀以近乎垂直的角度落下。

沉闷的响声。贤二停止了行动。惊叫声从旁听席传来。

刀尖刺入的是桌面。

"你干什……"贤二一边后退一边咕哝。

"刀就戳在这里。"即使馨松开刀柄，折刀也没有倒下。

"我是在说今天早上的事。我刚进模拟法庭，就发现刀戳在桌面上。我一度想可能是贤二你干的。不好意思拿你做测试了。"

"为什么觉得是我?"

"你看这小饰物。"

由于十分小巧，馨用手指弹拨之前我还没注意到。凝目细看才发现，刀柄上绑着天秤状的饰物。

"有人要把馨引入无辜游戏……"

"能想到的人可能很多，不过我首先怀疑的是最近的败者。"

贤二沉默下来，气势仿佛被削弱了。想来是不知该生气还是该安心。

"刚才那个能试出什么来？"旁听席上的公平发话了。挑选的时机还是那么绝妙。

"如果放置折刀的嫌疑人是贤二，他应该会犹豫要不要靠近审判台。因为我也有可能就把刀收在身边。但是贤二任由愤怒驱使，向我迫近。"

"你的意思是，像野猪一样冲过来的贤二是无辜的？"

站在审判台旁的贤二瞪了公平一眼。

"我所观察的不仅是贤二的举动。在我挥下折刀的一瞬间，各位的反应也是颇耐人寻味。你们知道吗？从审判台可以清楚地看到旁听席的诸位。"

"凭借引以为傲的观察力，你是否已锁定罪犯？"

"唔，怎么说呢。"

"直接申请进行下一场游戏也行啊。馨当原告人肯定会很热闹。"

刺入桌面的折刀和天秤状的饰物。确实已满足无辜游戏的要件。只要馨在法庭上指定罪名，游戏即可以宣告开始。

"公平能替我做审判者的话，再开一场也无妨。"

"啊?"

"我当原告人的话,自然就需要另立审判者。否则岂不是还未开始就胜负已定了。没有规则说审判者必须由我来当。我是在问你,你有没有做好判罚别人的心理准备。"

"这个嘛……"

嘴皮子利索的公平也拿身穿法官制服的馨没辙。

馨是以惊人的成绩通过司法考试的天才,但目前也不过是法都大学法学院的在籍学生之一。他在无辜游戏中所做的判罚多少引发过一些争执,但败者都能接受,其中存在着重大理由。

半年前,在第一场无辜游戏中,馨立下了身为审判者的誓言——审判者被证明行为不当时应受的惩罚。这誓言指的正是馨方才所说的心理准备。

"开个玩笑罢了。我并不打算让谁当审判者。罪犯理应在你们之中,我想告诉罪犯,我无意接受无辜游戏。所以,想引我入局也是白费工夫。"

说到这里,馨转向神色阴鸷的贤二:"如果打我能让你的心里舒坦一点,悉听尊便。"

"馨……你真心觉得那家伙是无辜的?"

"偷信封的人可能是尊。"馨干脆地承认了这项事实,"刚才你问我'你以为自己是神吗',对吧?我只是人而已。所以我才会迷惘。人要裁决另一个人,就必须构筑近乎确信的心证。举证则是为达成这一目标而进行的、必要的事实与逻辑的堆积。说成'路标'是不是更容易理解?"

"对可能有罪的人不施加惩罚。这种事天理难容!"

双方话不投机。馨语声流畅地开口道:"假设我面前有十名被告人。据说其中九名是杀人犯,一名是无辜的。那九人是理应直接处以死刑的罪犯,但谁是无辜者直到最后也没能查清。判十人死刑还是判十人无罪呢——人们要求审判者做出判断。让杀人狂回归社会,可能会产生许多被害者。但我会毫不犹豫地宣判十人无罪。只为救出那一个无辜者。"

贤二一言不发。也许是想不出回应的话。

"今日就此退庭。解散!"

宣布退庭后,模拟法庭内充斥着尴尬的沉默。证言台前的尊置一万日元罚金不顾,正准备走出栅栏。贤二在他的背后喊话:"这是你的,拿走。"

"我把话说在前头,钱真的不是我偷的。"

"已经无所谓了。"

尊一时显出犹豫之色,说道:"以后可别出尔反尔。"随后将两万日元塞进夹克的口袋。

我把视线转向审判台,先前立在那里的折刀已不见踪影。

10

此后的两个星期风平浪静。

既没有在地铁里遇上企图实施色狼讹诈的女高中生,

也没有进行过无辜游戏。每天都与往常一样，我只是在自习室或资料室里阅读备考教材。

被曝光的福利院照片，刺入门板的冰锥……

这两个遗留问题均无任何进展。有望成为突破口的是获得照片的途径，但即便给"榉树之家"打电话，也无法期待能得到有助益的回答。如果有人曾愚蠢地在SNS平台上传播过福利院的集体照，那就几乎不可能追查出获取途径。同时期在福利院生活的人，都知道我刺伤喜多的那个案子。

最大的问题不在于照片和报道外流这一结果，而在于动机。罪犯昭示我和美铃来自福利院的事实，又能得到什么呢？

罪犯对美铃设下的局比对我的更过分。从那以后美铃不再联系我。在法学院时，我们两人甚至不会对视一眼，我发邮件询问事件是否有进展，她也不回复。我一直想找机会去公寓探探情况，不知不觉竟已过去两个星期。

总有一种不好的感觉。我把全身的重量压在椅背上，叹了口气。

如今我正在301教室上特别课程。课程的主题是刑事法庭现有的问题，由奈仓老师授课。原以为不会再有机会上奈仓老师的课，上课前老师抱怨说校方硬要他在学期结束前凑满课时。

在上课前确认美铃坐在哪里已成为我的习惯。可随意落座的时候美铃通常会选择窗边的座位。今天也是，她坐在从后面倒数的第三个座位上。

从窗户射入的阳光照耀着美铃所坐的那片地方。前后的座位也同样明亮，但我总觉得只有美铃那里被打上了聚光灯。

眼角略微下垂的大眼睛，挺拔的鼻梁，好似被线缚住的娇小嘴唇。

看着美铃的侧脸，我想起了以前和公平之间的无聊对话。

"这不是假设嘛，假设你和心里在意的人一起排队等九十分钟后的加演节目。可以这么说，能否不感到无聊地度过这段时间，决定了两人能否成为恋人。"

已经记不清是怎么转到这个话题上来的。当时我肯定是"嗯嗯啊啊"地表现出了毫无兴趣的样子。

"这就是一个测试，强行制造出不得不交谈的场景，以调查双方是否合得来。不过，织本是例外。你看，如果身边站的是织本美铃，光是望着她的侧脸就能等到公园关门为止，对吧？"

公平一脸严肃地说着这些话。我不知道该挖苦几句还是该随声附和，最终什么回应也没给出。

明明拥有这样的美貌，可我不曾见过有男性向美铃告白。

"不会想着跟她交往，能远远地看到她就满足了。"公平如是说。

无法对等地交往，所以甘愿做旁观者。这与无辜游戏的思路颇为相似。因为不可能以专家的身份成为玩家，所以就靠利用法律的游戏得到满足。

莫非那冰锥也……铁制门板上开启的小小窥孔。

那是在表明心迹吗——想成为积极的玩家，而非消极的旁观者。

若是隐秘的心意，那就是单恋，但一旦混杂了恶意，评价便会随之一变。

混杂着恶意的单恋者，通常被称为跟踪狂。

福利院的照片，冰锥，跟踪狂，无辜游戏。

思维开始脱缰。美铃的侧脸变得模糊起来，讲台上奈仓老师的声音渐渐远去。

爱恋美铃的罪犯希望知道她的一切。他无法满足于现有信息而去查探过去，其结果得到了一张照片。"榉树之家"的集体照里除美铃外还拍下了另一个熟悉的人。久我清义——我。

早在福利院时便已相识的两人，在法学院形同陌路。罪犯对此添加了扭曲的解释，决心驱除我这个讨厌的障碍。

罪犯把写有我名字的照片曝光给多人，却体贴地只让美铃本人看到自己的照片。因为罪犯的目标是只毁坏我一个人的名誉。他试图向美铃传递出"就算你是福利院出身，我也接受"的信息。

这只是我低俗的胡思乱想，还是窥破了罪犯心理的缜密逻辑呢？

恐怕是前者。为了不让讲台上的人看到自己的模样，我面朝下方苦笑起来。一个法学院学生，不过是学了点法律知识，怎么可能干得了侦探的活？

"久我，是有什么趣事吗？"

是奈仓老师的声音。我自以为已经很小心，看来头低得还不够。

"不好意思。我想起以前的事忍不住笑了。"我大言不惭地答道。身后的公平轻轻地笑出声来。

自不良记录曝光以来，常常能见到望着我窃窃私语的同窗。但公平与我攀谈的时候还是老样子。

"虽然我选了些估计你们会感兴趣的题材，但你们还是感觉很无聊，是吗？"

不知不觉中奈仓老师已经展开本次教学的主题。白板上写着"冤狱与无罪"这五个大字。

"是因为……有跟无辜游戏共通的地方吗？"

"知道冤狱和无罪的区别吗？"

奈仓老师始终贯彻苏格拉底的教学方法——通过与学生对话的形式教学，在得到满意的回答前不会放过对方。由于点名是随机的，即便是普普通通的一堂课，教室里也会被紧张感所支配，仿佛正在进行一场考试。

"不予问罪的结论是共通的，但我总觉得冤狱的概念更为狭窄。"

这个问题我从未深思过，只能一边窥探对方的反应一边推理出正确答案。只要不走错赛道，奈仓老师就会把我引向正确的终点。

"什么情况下是无罪？"

"呃……对于被告人是否犯罪尚有予以合理怀疑的余

地时。"

"只有这种情况吗？"

我自以为这回答涵盖了一切，因此一时语塞。

"所谓是否犯罪，换句话说就是一个'构成要件符合性'的问题，对吧？"

"啊，对啊……"

恰如其分的诱导。

比如杀人罪，只要怀着杀意杀人的事实被承认，那么由《日本刑法典》第一百九十九条规定的构成要件符合性便得到了肯定。但是，即便符合杀人罪的构成要件，仍留有"无罪"之路可走。

"如果违法阻却事由或责任阻却事由得到承认，也可以变成无罪。"

正当防卫和紧急避难属于前者，精神失常和未成年则是后者的代表。

"那么，什么情况下会被认定为冤狱呢？"

"自然是……唔，这个嘛……印象里，冤狱总是作为'逆转无罪'的同义词被讲述。一度被判决有罪，后来通过逆转获得了无罪释放。由于需添加前提条件，所以感觉它比无罪的概念要狭窄吧。"

奈仓先生满意地点了点头。看来我好歹是推理出了答案。

"这个也算是一种定义方式吧。"

"还有其他方式吗？"

"无罪是法律上的概念，但冤狱不是。事实上，不同的学者有不同的定义。结城，还有其他你能想到的分类方法吗？"

馨坐得比较靠后，他所在的那排座位靠近教室门口。他装束简单，穿着不见一丝皱褶的白衬衫。这是平常时候的馨，没有摁下审判者开关的馨。

"有罪还是无罪由法官决定，但……冤狱与否恐怕只有神才知道。"

突然冒出"神"这个字眼，我不由得吃了一惊。

"有趣的回答。"奈仓老师轻抚胡须，"各自的定义如何？"

"无罪的定义跟正义讲的一样，无非是检察官举证失败的结果之一罢了。"

"冤狱呢？"

"明明没有犯罪却被判决有罪。即使再次上诉被驳回并被执行死刑，即使被载入文献成为历史上著名的罪犯，即使在狱中精神失常而殒命，只要其人没有犯罪，那它就都是冤狱。"

"是否犯罪只有能窥破真理的神才能判断，是这个意思吗？"

听了奈仓老师的补充，我的思路终于跟上了。

"是的。进行审判工作的是不完美的人类，所以会产生冤狱这样的错误。"

"如结城所言，冤狱与否只有神才知道。正因为如此，作为神的替代者，被要求做出判断的法官必须慎之又慎。"

"简而言之，老师是想说，无辜游戏这个名字不准确，是吧？"

奈仓老师既已采用苏格拉底的授课方法，自然也允许学生提问。

"我还什么都没说呢。"

"观摩过游戏后给我们上这样一堂课，谁都会意识到的。"

我往身后的座位看去，只见公平歪着脑袋，脸上一副"那家伙在说什么呀"的表情。我也有同感，所以朝他微微点了点头。

"那我反问一句，所谓无辜是指什么？"

这下可真的演变成哲学式问答了，宛如苏格拉底与其弟子之间的对话。

"指没有犯罪。总觉得我们的对话绕来绕去的。无辜与冤狱的区别仅在于有无'被宣判有罪'这一前提条件。"

"无辜与否是由结城来做判断吗？"

原来如此……是这个用意啊。

在无辜游戏中担任审判者的馨是人不是神。把人裁决人的游戏冠以"无辜"之名岂不可笑——他俩是准备做这样的讨论。

"这是学生之间的游戏。我认为其中并无深意。"

"稀奇稀奇。我还以为结城是出于独特的考虑取了这样一个游戏名。"

听这语气，奈仓老师很以挑动馨的神经为乐。

"说起来，这名字并不是我取的。不知从何时起大家就这么叫了。不过，我个人很中意。所以就算不准确，我也不打算更改。"

"很中意？中意什么地方？"

"听到这个名字难道不会产生这样的感觉吗——就算是人类，只要努力就有可能像神一样判断他人是否无辜。"

"呼……"看奈仓老师的表情，似乎想说"真是扫兴"。

"接下来，我想就再审制度进行说明，这项制度与冤狱有着不可分割的关系。"

馨的话，终有一天会成为窥破真理的神，不是吗？

将这个缺乏现实性的想法留驻心中，我开始听讲关于再审制度的说明。

11

我无法彻底放弃跟踪狂罪犯说，便决定把自己的推理告诉美铃。

自门板刺入冰锥以来，美铃留在自习室里的次数变少了。难不成她故意要待在公寓里，迎击罪犯？

按美铃的性格，她不会坐视受害程度的不断叠加。在招致无可挽回的结果前予以阻止，是我应尽的职责。

星期三只有三节课，现在的时间是下午三点半。

美铃的住所附近有一座公园，孩子们正在里面无忧无虑地四处奔跑。沙坑，滑梯，单杠。看他们的表情，仿佛这一切比任何游乐场里的特别演出都好玩。也许他们能看见某种熠熠生辉的东西。这些东西无法映入成年人污浊的眼睛。

孩子们在公园里，父母们极有可能也在公园里。为了不让孩子受伤或争吵，他们需要在一旁守护，监控是否有坏人靠近。我觉得他们很辛苦。

公园围有栅栏，美铃就站在西侧的栅栏前。我没想到她会在那里，不自觉地停住了脚步。她在干什么呢？

美铃似乎是在公园里侧越过栅栏观察着马路。她的视线前方是自己所住公寓的入口。

靠近到伸手可及的距离，美铃才终于发现了我的存在。

"你干吗？"

"我正要去公寓，看见你站在这里。"

"哦。有事的话，能不能发个邮件给我？"

"发过好几次，可你都没回啊。冰锥的问题解决了吗？"

"别那么大声。"

"那好，你回答我的问题。"

"我在逼迫罪犯。"美铃叹了口气，看了看圈在纤细手腕上的表，"想问什么的话，就站我身边。"

"你知道罪犯是谁了？"

"如果我的设想没错，再过二十分钟左右就该出现了。"

美铃的意思是，下午四点罪犯会过来。

"这么具体啊。罪犯会过来自首说他是罪犯？"

"别开玩笑。罪犯是来恶心人的。"

"你是怎么知道的?"

"因为我确定了他的犯罪周期。"

"对不起!"

一只足球从背后滚来。先前美铃凝视着栅栏,此时她挪离视线,把球递给一路小跑过来的男孩。

"谢谢姐姐!你在做什么?"

"玩侦探游戏。"

美铃温柔地微笑。这是她平时不会显露的表情。公园和男孩。也许是这对组合使她想起了过去在福利院共同生活的孩子。

"侦探?"

"一种帮助人解决困难的工作。"

"是吗,就是惩罚坏人吧?"

"没错。不过你要对别的小朋友保密哦。"

"嗯,知道了!"

目送男孩远去后,美铃以一贯的冰冷视线看向前方。

"这不是结束,而是开始。那纸上是这么写的。"

"看来是有后续啊。为什么不告诉我呢?"

"你知道以后就会来公寓,不是吗?这个公寓很可能正在被监视。我想清义要是来了,罪犯可能会躲藏起来。"

"又遇上什么事了?"

"不是什么大不了的事。自行车爆胎,锁孔里灌胶水,邮件被偷,还有……"

听着她语气淡然地讲述令人心惊的受害情况，我无言以对。由此我明白了，这些给人添堵的行为都发生在公寓区域内。

"真是胆大包天。竟然在公寓区域内反复干这种事。"

目前为止美铃还没有性命之虞，比如室内被侵入或受到身体上的伤害。我的脑中浮出了"不幸中的大幸"这句不恰当的话。

"周一，周三，周五。罪犯会在一周的非休息日里每隔一天来搞事。"

"这个期间你并没有一直监视公寓吧？"

"我不干这种没效率的事。罪犯会在四点前后出现——我已经锁定到这一步了。"

"怎么锁定的？"

"很难用语言解释。总之，现在你就相信我的话。"

美铃好像很有自信。就算我说这样做危险、加以阻止，恐怕也是白费口舌。

"也就是说，你要监控四点左右是否有人出入公寓？"

"对。你可以先回去。"

"我当然是要陪你了。不过，为什么是在这个公园里？"

"接下来会出事的是信箱。这个公寓一进正门就是信箱，自行车停放处和楼梯在反面。因为有楼墙和围墙挡着，信箱成了死角，在其他地方是没法监控的。"

我回忆了一下公寓的构造，确实如美铃所言。站在这里的栅栏前，虽然不能把信箱收入视野，但可以确认是否有人出入公寓。

"信箱会被动什么手脚，你也知道？"

"你看了就明白了。"

只此一言，隔着栅栏相对而立的交谈被强行打断。

美铃想亲眼确认犯罪过程。仅凭进入公寓门口这一条不能断定其人是罪犯，但可视其为最具可能的嫌疑人。这幢公寓唯一的可取之处是房租便宜，难以想象有很多人居住，而且多半也不会出现大量在四点前后出入公寓的人群。

相比独自一人注视栅栏，有我在旁边站着还能显得不那么奇怪。我俩并肩而立，等待四点的到来。

还剩下十分钟。我开始感到气氛紧张，甚至在想：如果进公寓的是同班同学，我是不是该一马当先将人擒获呢？

然而，都过了四点十分，还没有一个人出入公寓。

"奇怪……"超时十五分钟后，美铃终于嘀咕了这么一句。此前我俩之间完全没有对话。默默地观望栅栏的时间，感觉长得几乎让人忘记了本来的目的。

"你说的这个周期真的可靠吗？从引你进入无辜游戏到现在，只过了两个星期。也可能是日期和时间偶尔呈现出了某种倾向。"

"可能是被发觉了。"美铃自言自语，仿佛没听到我的话。

"我说美铃。"

"啊！不好意思，你说什么？"

终于得到了与她视线相交的允许。

"与其一个人扛着，不如两个人一起思考。"

"去房间吧。我们在那里谈。"

公寓很快就到了。美铃在信箱前站定，打开了203室的信箱。她预测有人会在信箱里使坏。但是，监视期间无人通过出入口，所以应该没有发生什么不好的事。

"这是怎么回事……"

然而，美铃的反应不一样。她当即回头，以胆怯的目光扫过自行车停放处和出入口，随后从信箱里取出一张纸。若是普通信件，没有信封可就奇怪了。换言之，是有人把这张纸直接投进了信箱。

"怎么可能……"

信箱的门被粗暴地关上，锈迹斑斑的金属之间互相摩擦，发出了刺耳的声音。

美铃向楼梯走去，我追随着她的背影。进入已开锁的203室，我直接坐在了地板上。地面的冰冷触感使我能静下心思考。

"能让我看看吗?"

"每次放的都是一样的纸。反反复复，一次又一次。"

递过来的纸上印着一则网络报道。

女高中生的有组织犯罪
揭秘以中年男性为目标的、巧妙而恶劣的手法

报道里写了四名女高中生被逮捕的事。

据报道，警方发觉就读于东京都内某名门私立高中的女生实为某诈骗集团的犯罪实施者，怀疑其背后亦有黑社会人员的参与。

文章的中段部分介绍了有组织诈骗的具体内容及手法。

仙人跳——利用成人网站把人叫到旅馆后，亮出未成年人身份向人勒索钱财；色狼冤狱讹诈——谎称受到性骚扰，要求对方支付和解金作为不报警的代价；以及一些典型的敲诈手法，比如声称因援助交际怀了孕，以骗取流产费用或赔偿金。

诈骗集团的犯罪特征在于分工合作。女高中生为犯罪实施者，声称自己受到了性侵害，而黑社会人员则以此为由行威胁和诈骗之事，负责勒索。

报道以"是否有其他女生参与其中，目前仍在调查之中"结尾。

"这个报道一次又一次……"

正因为做法简单，反倒凸显出阴森之气。读完这个，自然能明白对方想说什么。其背后传递出来的信息清晰可见。

"你怎么看？"美铃面无表情地问道。

"是告发吧。"

"告发什么？"

"告发我和美铃犯下的罪行啊。"

"我可没加入这个诈骗集团。"

"但我们做过类似的事。有些人的生活因此被搅得一团糟。"

美铃从我手中夺过纸，用双手将它撕碎。

"事到如今就别装出一副伪善者的模样了。"

"我只是觉得我们必须面对现实。否则我们无法找到罪犯。确实，我们从无辜的成年人那里捞到了钱，但这些事不已经过去了吗？自那以后都过了好多年了……"

"这不过是加害者一方的说辞。事实上，有人拿到了福利院的照片，甚至查到了我居住的公寓，正准备报复我。"

美铃的信箱里放了一则网络报道，内容与女高中生犯下的诈骗罪有关。以我俩现在的心态，很难从中读出报复以外的意思。

"其他还出过什么事？"

"不是在公园里告诉你了嘛。"

美铃说过，是自行车爆胎和锁孔被破坏等。

"我是问，还有没有像这个报道一样的恐吓行为。"

"没有。就只有这个，其他的都是单纯的恶心人的行为。"

"也没要钱是吧？"

美铃只是摇了摇头。越来越搞不懂罪犯的企图了。

"你觉得，这一系列犯罪行为有没有可能是跟踪狂干的？"

"跟踪狂？"

我把听奈仓老师授课时思考的内容告诉了美铃。

"你是说对我抱有好感的人搞出了这些事情？难以理解。"

"不是说爱的反面不是恨，而是漠不关心吗？"

"这话好像在哪里听到过啊。"

我不知道这是谁留下的名言，只好含糊地点了点头。

"照这名言的说法，狂热的跟踪行为就不是爱情翻转后的结果了。因为关心对方，所以纠缠对方、恶心对方。爱和恨不过是一纸之隔。"

"假设罪犯是跟踪狂，那他的目的是什么？"

"想获取美铃的全部。"

"看到插在门上的冰锥，一个人难道还会对罪犯着迷不成？"

"可能是还在准备阶段。他想要恶心你，削弱你的意志力，威胁你'要是不想让过去的事曝光就跟我交往'。这个解释姑且能说通，不是吗？"

"真是想象力非凡啊。"

恐怕在美铃看来，罪犯就是一个不可理喻的变态。

"你不是说了吗，所有给人添堵的行为都发生在公寓区域内。在离你这么近的地方反复作案，我觉得罪犯多少会留下一点痕迹。"

"我跟清义想的一样。不……我怀疑罪犯会深入一步，他想等完全掌握我在公寓的动向后，再实施大胆的犯罪行为。"

"你的意思是……"

我不再作声，美铃指了指位于屋角的小橱。小橱的第二格里随意地搁着一样东西，形似无线对讲机。

"我拿窃听器探测仪在屋子里查了一遍，什么也没发现。"

"探测仪可靠吗？"

"是熟知这一行的朋友帮我挑的。"

我不清楚美铃的交友情况，但她应该不是在开玩笑。

"你是怎么确定作案时间的？"

"只有投递报道是定期反复进行的。所以我用摄像头拍下了信箱里的情况。"

"摄像头……装在哪儿了？"从刚才开始就尽是出人意料的回答。

"303室的信箱。那个房间现在没人住，信箱也没上锁。"

我仰头看了看天花板。这幢楼有三层，顶上就是303室。

"是靠红外线摄像的那种？"

"只是带有黑暗中也能摄像的暗视功能，不是什么高科技的东西。特殊之处在于信箱的构造。这个破公寓连信箱都很破，上下两面是粗格的网眼，都能瞧见下面信箱里的东西。只要调整镜头，对准孔洞部分，自然就能拍下罪犯扔进邮件的那一瞬间。"

窃听器探测仪和监控摄像头……感觉这已经超出个人对策的范畴。

不过，为找出罪犯所需的信息确实一点点地齐全起来了。

"美铃预测今天下午四点罪犯会在信箱前出现。"

"其结果清义你也看到了。"

"四点前后没有一个人通过公寓的出入口。然而，报道被投进了信箱……"

"你可能认为，开始监控时信箱里就已经有那张纸了。我做了那么充分的准备，在公园里守了几十分钟，你觉得我可能看漏信箱里的东西吗？"

"你难道不明白，如果你真没看漏……"

"我们看差了某些事。我认为有必要再次从头思考。"

我们为追逼罪犯进行了监控，哪知案子的全貌至今仍是雾里看花。

罪犯看着我和美铃苦苦挣扎的样子，是否在暗自嘲笑呢？

12

第二天我在自习室读宪法判例集时，馨朝我走来。自习室也给馨分配了课桌，但从未见他在那里坐过。

"正义，能不能和你谈几句？"

我被带进了模拟法庭。馨坐上庭长席，我则在右陪审席就座。

"还记得这个吗？"馨拉开审判台的抽屉，从中取出一样东西。

"是那把折刀吧。"

从近处看，可知这把折刀的边边角角都制作得十分精致。想来也是值钱之物。反射着灯光的锯齿散发出阴森的光泽。

"真是被硬塞了一个烫手的山芋啊。"

"你把它放在这种地方啊?"

"因为无处可还啊。又不能说一句是捡到的,把它交给教务处。"

"交给警察不就好了?"

"审判台上插了一把刀。你觉得这能构成什么罪名?"

倘若被算计的人是我,在无辜游戏的开头我该怎么指定罪名呢?

"罪犯并没有财物上的索求,所以很难定为恐吓。说起来,能不能把这种行为视作对馨的威胁都不好说呢。"

"为什么?"

"模拟法庭不是专门为馨建造的自习室。不能因为在你擅自占用的审判台上插了一把刀,就认定其为威胁。假如除了这把刀之外还附带一张以结城馨为抬头的纸条,则另当别论。"

我这通发言未经周密的调查,但感觉大差不差。

"嗯。果然,幸好是把正义叫来了。"

"你想跟我说什么?"

我感觉气氛有些险恶。抽屉关上后,危险的凶器从视野中消失了。

"关于最近的无辜游戏,你有什么看法?"

"什么看法……好吧,气氛热烈这一点是没错的吧?"

这样的措辞显得话里有话。

"我一直在想我该急流勇退了。我要从审判者的位子上退下来。"

"你的意思是不该再办无辜游戏了?"

"你要有意立其他人当审判者,也可以继续下去。"

"我们可不行。负担太重了。馨要退位的话,那就到此为止吧。"

"你不问我原因吗?"

"继续也好,停止也好,都是馨的自由。"

游戏总有一天会结束。我甚至觉得持续时间已经比预想的长了。

"大家都像正义一样懂事的话,就谢天谢地了。"馨苦笑一声,继续说道,"你知道无辜游戏的最大问题在哪儿吗?"

动辄被误解为容许犯罪,有破坏人际关系之虞,本是正务的学业被怠慢……问题很多,但基本都可用一句"责任自负"来打发。馨所要求的应该是更深层次的回答。

"莫非是惩罚执行力的问题?"

"真叫人吃惊……和我的答案一样。"

"前不久我第一次以原告的身份参与游戏。当时我有了深切的感受。就算赢下游戏,只要败者不接受惩罚就毫无意义。"

罚款的话,还可以让双方预先交纳规定的现金,但我赢得的那种惩罚——剥夺社会信用,胜者必须开动脑筋,思考执行方式。

"刑事审判存在独立的刑罚执行机关。惩役或监禁是通过对人身自由加以限制来执行，罚款也允许强制执行。在罪犯回归社会之前的那段时间，对罪犯来说当然不是一次外出远行那么简单。惩罚在得到执行的那一刻，才有了约束力。"

"可是，这个缺点是审判者该在意的吗？"

宣布惩罚内容和胜者的那一刻，审判者的任务就已完成。惩罚能否得到执行，不是馨该操心的事。

"最近无辜游戏进行的频率增加了，罪行的恶劣性也到了无法忽略的程度。我认为其原因在于大家不惧惩罚。罪行越恶劣，惩罚自然也会越重。因为我们是按同态报复的理念来决定惩罚的。现在的情况已经越过了游戏的界线。"

"我懂你的意思。但是还没到不能维持下去的地步吧？"

"偶尔我也想过，如果那刀刺的不是桌面，而是我的身体……到那时，犯人的罪名会是什么？"

"呃……是伤害罪，或杀人罪。"

也可能是伤害致死或杀人未遂，但要全部列举出来就没个完了。

"无辜游戏可无法给出对这些罪行的惩罚。我说不出'容许用刀刺人'这种话。如此一想，我就觉得自己看到了游戏的局限性。"

无辜游戏课以的惩罚，其执行基础是：败者同意，且能阻止违法性。但是，对生命的侵害行为，其违法性不会仅凭受害者的同意而得到阻止。

"你不打算查出罪犯？"

"信息太少了。如果罪犯抱有目的，自然就有后续。我会等。"

"后续……"

"我明白。下一次，刀可能就会戳在我的心脏上。"

"还是该去报警，不是吗？"

我想起自己对美铃也提出过类似的忠告。我的身边发生了太多混乱不堪的事。

"万一我有不测……我想托正义办一件事。"

"如果是要我当审判者裁决罪犯，我拒绝。"

"我可没打算塞这么一个麻烦的差事给你。很简单的委托。"

"那我姑且一听。"

所谓的"万一"是哪个等级层面的事呢？我害怕问这个。

"能不能带着龙胆花来给我扫墓啊？"

"哈？"就算是说笑，这玩笑也让人摸不着头脑。

"有块墓地埋着我的父亲和祖父。希望你能过来为我献上龙胆花。"

"你这话是不是哪句歌词里的？"

"把这事存在你脑中的一隅就行。一直以来我都是在宣布残酷的惩罚内容，所以偶尔也想说说这种话。"

我不知道自己该如何反应。

不过，要打听馨作为一个审判者的想法，现在可能是个好机会。

"说起来，馨，为什么这么执着于同态报复？"

"什么意思？"

"我是在问你惩罚的决定方式。以眼还眼——这种同态报复是古代，或者说是很久以前通行的刑罚方式，不是吗？"

历史课上学到的《汉穆拉比法典》，应该是用楔形文字记录在石柱上的。

"因为是很久以前的东西，所以是错的，你这想法非常粗暴啊。"

"我并不是这个意思……"

"说到底，正义有没有正确理解同态报复的思想呢？"

"总之……不就是以牙还牙吗？"

"咦？真叫人吃惊。原来正义也有这样的错误认知。"

我对法制史的相关知识没什么自信。

"错误认知？我一直以为，同态报复就是容许复仇的思想。"

"不不，正相反。同态报复的内在逻辑是宽恕。"

不是复仇，而是宽恕——这确实是两个正好相反的概念。

"能不能说得更好懂一点？"

"假设人家把毁了你眼睛的罪犯送到你面前，说你可以随便报复。如果这是一个不存在刑罚的无序世界，你很可能会把对方弄得半死，或干脆杀掉。但是，要求用生命作为视力被毁的代价，毕竟太过分了。通过剥夺他人的视力来补偿自己失去的视力，然后原谅对方。这才是以眼还眼的意思。"

"原来你是想说，用正当的代价做补偿以原谅对方，是一种宽恕……原来如此，过去我完全不知道。"我由衷地感到佩服，轻轻点了点头。

"好吧，其实也能说成'容许以此为限度的报复'。"

"可是，以其之罪还至其身的同态报复在现代社会是行不通的吧？否则不管是事故还是谋杀，都会让肇事者以命来赎罪吧？"

我这也是无心之言，然而馨罕见地迟迟未答。

"这想法有错吗？"

"啊？"

馨的语调冰冷得令人吃惊，我不禁看了看他的脸。馨压抑着身穿法官制服时鲜有表露的情绪，凝视着某处。

"以命抵命——如果有人认为这想法是正确的，正义会对他说什么？"

面对突如其来的询问，我无法作答。

"开个玩笑罢了。我并不只是以受侵害的法律权益为基准决定惩罚内容。判断的基础里存在同态报复的思想确实是事实。但是，理应课以的惩罚会根据认定的罪名而有所变化，也是理所当然之事。借用正义的话来说就是，我认为只有在真正意义上犯下杀人罪的人可以让其以死来赎罪。"

"是否在真正意义上犯下杀人罪——这个该如何裁定呢？"

馨显出略加思索的模样，脸上露出柔和的表情。

"我一直在摸索这个判断基准。针对所犯罪行，选择恰当的惩罚——我的目标就是成为这样的审判者。因此，我开设无辜游戏，不断向败者宣布惩罚内容。这是为了积累经验，学习如何认定罪行和决定惩罚内容。"

"感觉找到答案了吗？"

"我终于看清了摸索的方向。其实我开设这个游戏是出于私心。"

我并未完全理解馨所讲述的想法。但我能感受到，他正试图真挚地面对"罪与罚的应有形态"这一问题。

对馨来说，无辜游戏大概是一项拥有重大意义的手续。那些不负责任的参与者只认识到这是一个展示法律知识的平台，隐藏在馨体内的热量与他们的相比简直是天壤之别。

"你是不想再受理诉讼了？"

既然无辜游戏要停办了……我有一件事想问馨。

"还恋恋不舍了？如果是你的诉讼，我可以最后受理一次。"

"啊啊……我不是这个意思。关于游戏的事，以前我们是不能找你商量的，对不对？"

"因为我必须排除预判。"

"可以理解为现在这个禁令也解除了吗？"

馨眨了几下眼，点了点头。

"原来如此，你是在为没法诉讼的罪而苦恼吧？"

我心里明白这事不该对外人说，但馨既不会做无必要的刺探，想来也不用担心信息泄露。最重要的是，我想听听馨的意见。

"美铃家房门上的猫眼被戳了一把冰锥。绑在柄上的纸上画着天秤的标记。"

"哦？你仔细说说。"

我简明扼要地描述了降临在美铃身上的灾难，在模拟法庭进行罪名的指定。由于馨的存在，其间我想起了申请无辜游戏时的情况。

部分内容我按下未表，因为它们暗示了我和美铃的过去。倘若馨追问为什么有人要往信箱里投放诈骗集团的报道，我可没自信把谎圆到底。

在我讲述受害概况的时候，馨反应微弱，简直令人怀疑他有没有好好听。然而，当我告知美铃安装监控摄像头、确定了作案时间，以及在公园的栅栏前监视出入口时，馨的表情发生了变化。

"说全了？"

"我觉得……我已经把知道的都告诉你了。"

"明白了。那正义想找我商量什么？"

"为了阻止罪犯，我想请你帮忙解谜。"

馨总是通过原告的举证来确定罪犯，因此我有所期待：如果询问他的意见，没准就能得到一个查明罪犯的契机。

"所谓的谜，具体指什么？"

"我和美铃一直在监视公寓的出入口。没有人在四点前后通过那里。然而，信箱里还是被投进了报道。美铃说，开始监视前里面什么也没有。"

我本想让馨一起开动脑筋，谁知他歪下头问道："除了你们一直在监视的出入口，还有其他进入公寓的方法吗？"

"离开房间后我在公寓周边走了一圈，并没有发现后门之类的地方。而且，没有出入口的几个方向上都有围墙，我没找到貌似能轻易侵入公寓的地方。"

我特别仔细地确认过这几点。因为我觉得它们是最具现实性的方法。

"关于那围墙的高度，你能断言绝对翻不过去吗？"

狡猾的问话方式。明明馨也应该知道，证明不可能或不存在是非常困难的。我决定谨慎回答，力求没有违背事实的地方。

"围墙上倒也没装带刺的铁线，所以我想还是能够爬上去的。不过，选择这个途径，动机只可能有两种，而且都能轻易否定。"

或许是受了馨的诱导，我迅速整理着自己的思路。

"能说一下吗？"

"第一种，罪犯平时就是爬围墙进来的，所以这次也选择了同样的途径。但这明显不对劲。就以美铃所言，罪犯在公寓区域内作过好几次案，要是每次都爬墙，终究会被人发现。"

"继续。"

"第二种，罪犯知道我和美铃在监视出入口，所以想避开监控。这个推测虽然感觉合情合理，但我想罪犯只需要等我俩离开后再作案就行了。明明出入口被监视，还要让人知道在此期间信箱出了问题，除了向我们提供锁定作案手法的提示外，对罪犯没有任何好处。"

目前为止的探讨应该没有遗漏。罪犯没有意识到出入口已被监视，但也没有爬墙。罪犯走的明明是公寓的正门，我们却没注意到。罪犯难道是那种像幽灵一样的人吗？

"归整得很有条理嘛。我放心了。"然而，也不知馨为何还能显得如此从容。

"所以我们才发愁啊。罪犯不经过出入口就能靠近信箱，在那里作案后离开时也没有经过出入口……这怎么可能？"

"不，这个就是答案。我并没有实际确认过现场，这一点这回反倒起了正面作用。你试着俯瞰式地思考一下吧。正义的话，应该马上就能想明白。"

"我思考过。但还是想不明白。"

"你是不是总觉得自己对某些事实存在错误认知？别这么想，把一切都当作正确的接受下来。抱着被骗也无妨的念头，尝试一下。"

对信箱内部的确认有遗漏，除了正门还存在其他进入公寓区域的途径，在公园进行的监控不够充分。我自认已把作为考察前提的条件做了各种变换，列举了所有可能性，拼命地想寻找混入其中的讹误。

不过，正如馨所言，假设所有的一切都是正确的……

"啊！"灵光一闪的同时，我忍不住叫出声来。

"明白了？"

不经过出入口就能靠近信箱，是因为罪犯一开始就在公寓里。

不经过出入口就能从信箱前离开，是因为罪犯滞留在公寓里。

我完全忽略了一点——那是一幢集体住宅。

"原来是公寓的住户啊……"

"这多半就是正确答案。"

从自己的房间前往信箱，投放报道后再返回自己的房间。这样就不用翻围墙，也不必经过出入口。一旦领悟过来，答案之简单简直让人不可思议：为什么之前就没想到呢！

"不过……没有其他可能了吗？"

"我和正义的答案一致。就这样你还要怀疑的话，悉听尊便。"

"罪犯和美铃住在同一幢公寓里……"

想象了一番此等情况的可怕，我陷入了沉默。不，现在我已经没时间心惊胆战。我推开椅子站起身，从审判台俯视旁听席。

"你打算怎么办？"

"我去告诉美铃。她待在公寓里太危险了。"

"既然如此，我再补充几句吧。"

馨所描述的犯罪手法脱离了常识的范畴，令人一时间难以置信。

不，也许正因为如此，它才适合成为本案的真相。

13

一个男人抱着巨大的纸箱走下锈迹斑斑的楼梯。

在狭窄的楼梯上与他擦肩而过恐怕有点危险，于是我决定注视着信箱等男人通过。纵横交错的长方形信箱在本案中担负着巨大的使命。

信箱的设置格局与各房间的实际方位一致。换言之，若以203室为基准，左右则分别是202室和204室的信箱，上下分别是303室和103室的信箱。

美铃试图靠监视信箱来确定罪犯的作案时间。令人吃惊的是，被害者与罪犯的思路在"监视"这一点上挂钩了。区别只在于监视对象是信箱还是公寓的一室。当然，房间的天花板和地面并非网眼结构。罪犯一方采用的手法更为单纯。

我产生了打开303室信箱的冲动，旋即又命令自己冷静下来。

我首先要做的应该是确认美铃的安全，通知她危险已近在眼前。

转回视线时，那个男人已没了踪影，于是我径直上了二楼。

抵达楼梯平台后，我没看二楼的过道，而是望着通往三楼的楼梯尽头。如果没听过馨的推理，我恐怕不会对三楼感兴趣。

三楼某室的门开着。那房间位于203室的正上方。

303室——我想起了刚才抱着纸箱的男人。要说是扔垃圾，搬运动作未免过于小心；要说是搬家，那纸箱的尺寸又有些不上不下。

难不成……一回头，那男人就站在我身后。

"借光，能让我过去一下吗？"

"啊！请。"

男人说话怪腔怪调。我退入二楼的过道，看了看他的脸。

单眼皮，细长眼，略有点尖的鹰钩鼻，稍显轻佻的薄嘴唇。这容貌使人联想起阴险的爬行动物。此人肯定比我年长，但由于乱糟糟的头发和唇边的一圈胡子，分辨不出具体的年龄。

难以想象美铃会认识这么一个像流浪汉的男人。

罪犯……真的是这家伙吗？

男人迈步上楼。很快他就会抵达三楼，消失在房间里吧。

我瞬间展开了思考。按理说我不该做任何举动。现在既无确证，也缺少正当化的理由。检查信箱或设下圈套，试图揪住罪犯的尾巴才是正确的做法。有时间的话，自然是这样没错。

但是，那纸箱……如果我所料不差，这个男人有可能就此销声匿迹。如此一来便无法追踪到他。这可能是最初也是最后的机会。

我奔上楼梯，在正要进屋的男人背后说道："请问……"

男人悠然回头。

"啥事？"

"您是要搬家吗？"

追过去对一个陌生人问这种事并不合适，但我想不出其他话题。

"是啊，要说搬家嘛，也确实是搬家。"

"我还以为这里一直是空着的。你是什么时候住进来的？"

"哈？啥时住都行吧？你谁啊？"

男人准备进屋。不能让他把门关了。

"我是住你楼下的那个女大学生的朋友。"

"哦？是我太吵了？反正我要搬家了，别在意哈。"

"她说楼上很安静。而且，好像她一直都以为没人住。"

"是吗？隔壁的话还有可能，楼上的声音哪里能听见啊。我也是很忙的，你没别的事了吧？"

对方语气独特，所以很难把握对话的节奏。他的口音近似关西话，但我总觉得语调和词尾有微妙的差异。这是哪里的方言呢？

"其实有件事我想在你搬家前向你道歉。我以为这里没人住，所以擅自使用了这个房间的信箱。非常抱歉。"

"啊？你说啥？"

男人的眼皮似乎跳了一下。

"我刚才说了，我是住你楼下的那个女孩的朋友，不过只是单相思啦。我想知道那女孩的情况，所以监控了她的信箱。"

"喂喂，你是在搞什么自曝隐私吗？"

"安装监控摄像头用的是你这个房间的信箱。你没发觉吗？"

男人一言不发，仿佛在揣摩我的真实意图。

"摄像头都放了一个多星期了，难道你一次也没打开过信箱？"

"随便用别人家的东西，还敢这么跩啊。"

"你断定不可能有邮件，才一直不管不顾的吧？那我问你，你为什么觉得不会有邮件？因为你没跟别人说你住在这里？因为就没好好在这屋里住过？这房间直到最近都空着，你倒已经要搬家了？简直就像卷款逃跑似的。"

我连珠炮似的发起疑问。这种时候不能给对方思考借口的时间。

"这是我的自由吧？不去管信箱不是常有的事吗？"

男人的说法比较正确。但他正在动摇。不能犹豫，得再加一把劲。

我特地歇了口气，随后转动视线，打量室内。

"有件东西我一直很在意，那个拾音器是怎么回事？"

男人对我的话起了反应，他回过头去，多半是想确认室内的情况。

就是现在了！我从男人的身侧穿过，没脱鞋就蹿进了走廊。

"喂!"

我无视对方的阻拦，进入房间。铺陈在眼前的光景正如馨预想的那样。

"这是?"

我指着木质地板的中央。只有那一块裸露着混凝土，一个碗状器械如听诊器一般嵌入其中。

"你到底是谁啊?"

"你竟然不知道? 你用这个拾音器不都听到了吗? 我就是那个跟女大学生说过话的人。"

"原来是你啊……"

拾音器内部伸出几条软线，其中一条与桌上的笔记本电脑相连。这套装置的功能多半是增幅从下方漏出的声音并加以保存。

录的是正下方美铃所住房间的声音。

"很厉害啊。现在都能靠这个来窃听啦。这个部分是用来增幅声音的?"

"喔……感觉一切都被你看穿了嘛。"

"破破烂烂、隔音性差的公寓，真是最适合窃听了。"

"你是怎么看破的?"

窃听的证据被发现，竟还能显得如此从容不迫。为什么?

"你搞事的对象可不是那种会忍气吞声的人。她在抗争，在想方设法追查罪犯。她怀疑自己在公寓的一举一动受到了监控，用窃听器探测仪检查了自己的房间，但是没能发现窃听器。"

"然后呢？"

无须隐藏手里的牌。为了让男人坦白，现在反倒有必要让他明白：再怎么打马虎眼也没用。我要用牢固的逻辑掐断对方的退路。

"窃听活动需要在他人的生活空间里进行，所以重要的是如何不被对方发现。"

"这是最基本不过的。一旦败露就没有窃听的意义了。"

"为了不被发现，器械不得不小型化；为了小型化，就把接收器和发射器分开了；为了将发射器置于身边，就导入了无线化技术。窃听器探测仪靠感知无线电波来发现窃听器。因此，只要堂而皇之地用数据线把拾音器和电脑连起来，就能躲开探测仪。"

男人一边点头一边听我说话。

"因为行动都被人掌握了，所以就认定是被窃听了？你这家伙挺有趣啊。"

"被你赞扬我可高兴不起来。"

其实馨是第一个指出用拾音器进行窃听的可能性的人。我只是把馨叙述过的逻辑复述了一遍。

"就算知道方法，也没法确定是从哪个房间窃听的吧？"

"增幅屋内漏出的声音对距离有最低限度的要求。以遭到窃听的203室为基点，范围不出上下左右四个房间。确定到这一步还是很容易的，接下来就是可能性大小的问题了。"

"所以你赌上了四分之一的可能性？"

　　我侧目瞥了一眼那散发着诡异存在感的拾音器。

　　"我不会打这种轻率的赌。当时，我想到了303室的信箱装有监控摄像头的事实。我是这么思考的，如果303室有人住，而居住者竟然没有发现信箱里的摄像头，那么这间屋子极可能是用来窃听的。"

　　倘若有人只为窃听楼下的屋子而租房，那么这间房子的信箱内除了广告单不可能再有其他邮件。居住者完全不去查看信箱也没什么好奇怪的。

　　"原来我们的做法都一样啊。那女人是监控信箱，我是窃听房间。哈，我完全没想到。"

　　"难道你没听我们在屋里说的话？"

　　我和美铃信任探测仪的检查结果，在屋里无话不谈。

　　"我没有一直实时地听。当然，音频全都保存下来了。啊！你说你跟踪那个女人的事也是骗人的呀。"

　　看来对方没打算抵赖。有一个问题我必须问他。

　　"你……到底是什么人？"

　　绑在冰锥上的纸上画有天秤。因此，来这里之前我以为会和某个同班同学对峙。然而，眼前这个年龄不详的男人显然不是。莫非是受人指使？

　　"我是网络报纸的配送员啊。"

　　"少装蒜！你知道自己在干什么吗？"

　　"我把网上的报道送过来了。这没错吧？"

　　"你还把冰锥刺进猫眼，又弄坏了锁孔吧。"

　　"这我就不知道了。那些不是我干的。"

"怎么可能……"

未及逼问，男人的语声已经响起。

"听下面房间里的声音，瞅准安全的时机把报道放进去。人家只叫我做这个。"

"托你办事的人叫什么名字？"

"你傻啊。我怎么可能把客户信息告诉你。"

"你想被送去警局吗？"

男人听了这话，"噗噗噗"短促地笑了几声。

"什么事这么可笑？"我紧紧握住拳头。

"把网上的报道放进信箱是犯罪行为吗？分发下流的广告单、人家不愿意还要劝人入教，这些也都是犯罪行为吗？"

我渐渐明白男人为什么能如此从容了。委托人恐怕连行为暴露时的说辞都为他准备好了。所以，他才不承认这些明确的犯罪行为。

"用拾音器窃听呢？"

"我没有潜入那女人的房间安装窃听器，也没有监听电话线路，或用无线方式把窃听内容泄露给第三者。说到底，我可没犯什么罪啊。"

我明白这是在说与窃听相关的管制，不过以我的知识尚无法判断其内容是否正确。但有一点是确凿无疑的。

"这是委托人指点你的吧。"

"那又咋了？"

光靠"罪犯熟知法律"这一个条件无法锁定罪犯。

"既然不是犯罪，委托人自己动手不就好了吗？那人不过是要把罪责推给你，编了一套谎话而已。你有必要忠诚地保护这样的委托人吗？"

"你好像搞错了，我可没觉得客户就是好人。我接这个活只是因为我们利益一致。什么把罪责推给我，你这话实在离谱。保守客户的秘密这一条是写在合同里的。"

"利益？是钱吗？"

"当然。而且还给我准备了这么舒适的屋子。就算破吧，对居无定所的人来说这环境也像天堂一样啦。这可真是无微不至啊。"

即使逼问，男人也只会闪烁其词。这流浪汉似的外表没准也是欺骗对方的手段之一。此人比我想象的难缠。

"如果我说付钱，你能告诉我委托人的名字吗？"

"别勉强。你就是个学生吧？"

"我可以借钱，什么都行，我会付钱的。"

男人用掌心磨了磨下巴上的胡须。

"干吗要做到这个程度？你们的对话我偶尔也会听听，你好像也不是那女人的男友吧？"

"我必须保护她。"

"你这种人我不讨厌，但我帮不上忙啊。我不知道客户是谁。"

男人语气肯定，感觉不是迫不得已编出来的说辞。

"我跟那家伙只通过邮件往来。也不知道是谁把我介绍过去的，总之委托就这么来了。租借的公寓房、要安装的器械、往信箱里投放的报道的电子文件、用来支付报酬的网上账户……这些信息全都是通过邮件得到的。"

"接活方式很不符合你的外表啊。"

我竭尽全力地挖苦，然而男人露齿一笑，并无情绪受挫的迹象。

"我们这个行当，不这么做哪里还混得下去。"

"窃听承包商吗？"

"是居无定所的多面手啦。在这一带我可是很有名的。"

对这男人的话也不知该相信几分。虽然我嘴上冷嘲热讽，但踏入的毕竟是对方的领地，不可以让精神松懈下来。

"为了往信箱里投放报道，竟然为你准备了一间公寓房和窃听用的器械。你不觉得奇怪吗？"

"汇聚到我这里来的委托，尽是些奇奇怪怪的东西啦。要是能靠正当手段解决，哪会找我这种流民。"

我需要做的不是让这个男人认罪。有人在背后操纵他，我必须想方设法获取此人的信息。

"刚才你说一直在和委托人通邮件。"

"哦哦……这个可不行。你想叫我给客户发邮件，把人约出来？很遗憾，对方只告诉了我一个发信专用的邮箱。而且呢……我跟这家伙的合同已经结束了。昨天我接到邮件，客户要我撤。"

"撤？为什么？"

"这个谁知道。应该是满意了吧。"

原来搬纸箱出去是在做善后工作。关于委托人的信息，现在毫无收获。我不能报警，也没理由把人扣在这里。

"替我向那女人问个好哈。"

就算打他一顿，也丝毫解决不了问题。对此我心知肚明。

"别再出现在我们眼前！"

"我正有此意。你要是想找我办事了，就拿'多面手佐沼'这个名字打听一下。我没在任何地方打广告，不过只要找附近的流浪汉问一声，应该就能找到我。"

"我可没有原谅你。改天我绝对会让你付出代价。"

"啊，我很期待。"

失败的滋味把我击垮了。我只得紧咬牙根离开了房间。

14

一言以蔽之：完败。

关于拉美铃进入无辜游戏的人，我未能问出名字。我也没达成对佐沼加以制裁的目的。公寓内的捉弄行为没再发生，但这要归功于佐沼已得令撤退，并非因为我曾闯入303室。

公寓的租金、窃听器的购买费、佐沼的酬劳，以及其他各项费用。委托人为这一件事花了不少钱。倘若他的目的仅仅是让美铃痛苦，有的是其他办法。而且我也不明白为什么仅仅两周就下令撤退了。

无法消解的谜团太多了。下令别动的主人不解除命令，导致家犬死亡。我总觉得自己就是这样一条悲哀的狗。

对我的名誉损害，对美铃的捉弄行为，两者都是精心策划的犯罪行为。将自己隐藏起来，拿别人当枪使，在精神上把我和美铃赶入绝境。

难以想象事情会到此结束。我战战兢兢地过着日子，做好了心理准备：对方真心要实施的犯罪正在前方等着我们。然而，这不祥的预感没有成为现实。

左等右等——我丝毫不期望预感成真——我和美铃的周围什么也没发生。

无辜游戏也同样开始保持沉默。

馨宣布今后不再受理诉讼，却也无人出马参与新审判者的竞选。唯一的娱乐被剥夺后，有人通过单方面发起游戏的方式表示抗议。

从外面让电梯紧急停止，将天秤形状的钥匙圈留在电梯内。

即便发生了性质如此恶劣的监禁事件，馨也不允许开庭。被害者无法接受，找教务处讨说法。由此，被监控摄像头拍下的罪犯受到了处分。想来众人已认识到馨的坚定不移，自此以后学校内再也见不到天秤了。

不久，我们修完了法都大学法学院的课程。

司法考试合格之前，毕业生既不是学生也非社会人，处于不上不下的状态。虽说心里明白，可一旦真的处于这个位置上，却又被脚无法着地似的感觉所侵袭。为拂去不安，我只能把自己牢牢钉死在摆着《六法全书》和备考教材的课桌前。

　　我并未忘记福利院的集体照和信箱里的报道，但已没有余力对它们进行研究，想法也转为"既然无事发生，就随它去吧"。

　　不知是不是因为努力有了回报，我和美铃第一次参加司法考试就通过了。时隔五年再现合格者，使得法学院一片欢腾。仅凭此，校方就开了表彰大会，校长甚至还找我们握手。这在别处恐怕是无法想象的。

　　馨作为教职员工一方的人，也参加了表彰会。第一个修完课程的馨没去已经有所推迟的实习，而是选择留校。他做出决断：不当法律工作者，而是做一名研究者。我听说如今他正在奈仓老师手下写论文。

　　合格者将面临"去不去司法修习"的抉择。

　　不合格者要么开始准备明年的考试，要么选择转换方向。

　　与被设套参与无辜游戏的时候相同，一旦出现结果，与之相应的选项便被强行推到你的眼前。至于哪个选项是正确的，在下一个结果出来前无从知晓。不……也许要过个数十年才能知道。

　　以一次考试为契机，每个人都开始走上各自的道路。

　　我和美铃选择了去司法修习的道路。结束一年的修习后，才能获准以法律工作者的身份参与实务。这一年中有八个月要在分配地进行实务修习。我俩被派往了不同的县。

　　修习期间，我俩几乎不联系。忙固然也是因素之一，主要还是觉得经历了无辜游戏的事，两人之间应当保持比以往更大的距离。

也是因为毕业自无名的法学院，找工作大费周章。即便如此，最后我还是拿到了好几家律师事务所的聘书。

面试时频频被问到"为什么想成为律师"。

契机是我刺伤喜多的那个案子。

通过少年审判程序，我遇到了许多法律相关人士——随身律师、鉴别所的法务教官、家庭法庭的调查官和法官。

对这些人中的某一位抱有强烈的憧憬，于是立志走上同样的道路——很遗憾，并没有出现这种命运式的邂逅。不过，有一个人让我知道了法律的趣味性和深奥性。

吸引我的不是法律工作者，而是法律本身。

进福利院之前，我常和周围的人起争执。不动手，只是嘴上吵架。但每次都是感情凌驾于逻辑，这一现实令我气恼。

把对方惹哭就是不对。一见形势不妙就大吼大叫。

无论如何我都无法容忍这些不合理的现象。

对性格如此扭曲的我来说，在鉴别所首次接触的法律学可谓救世主。在这个世界里，条文里的内容就是一切，唯有合乎逻辑的解释才被视为正义。随身律师都会以法律论而非感情论对我说话。

相比如何重新做人，我对少年法的理论及其基底中存在的思路产生了兴趣。随身律师渐渐开始向我传授更为精深的法律知识。

专心学习一门毫无感情介入余地的学问，心情着实舒畅。

进入法学部后，我也没有失去对法律学的兴趣。倒不如说学院的授课已无法令我满足，我整天泡在资料室里阅读专业书籍。当初决定去法学院念书，也是因为我觉得直接去找工作自己会后悔。

话虽如此，我不曾立志当一名研究者。因为我清楚自己成不了那种级别的专家。

因此，我并非对律师这一职业抱有强烈的念想。只是，当法律行业的三块招牌摆在面前时，副法官和检察官从一开始就不在我的选择范围内。

能力问题也是因素之一，但是很显然，我心中对正义的扭曲定义与副法官和检察官的职务是冲突的。我总觉得，能够依自己的信念决定是否受理案件的律师是留给我的唯一选项。

以什么样的律师为奋斗目标，如何处理与美铃的关系，如何达成与过去的诀别……对这些似乎得不出答案的问题思前想后之际，岁月匆匆流逝，漫长的最终修业考试也结束了。

不可能不及格。想归想，心里却好像又留有一丝不安。正当我抱着复杂的心态浑浑噩噩度日，等待成绩公布的时候……

来了一封邮件。发信人一栏里是一个令人怀念的名字。

"好久没玩了，做一次无辜游戏吧……"

只有一个人能批准无辜游戏。

邮件来自馨。

15

好久没玩了，做一次无辜游戏吧。

有人提出了诉讼。至于此人是谁，就作为你过来之后的一项乐趣吧。我想肯定是一个让你意外的人。因为连我也吃了一惊。

虽然听着像是借口，但我一度犹豫该不该批准游戏。毕竟宣布停止后，我前前后后无视了好几桩诉讼，我想要是有人愤怒于我为什么现在又批准了，也是理所当然之事。说到底，就是我怎么方便怎么来罢了。这一点我无法否认。

打那以后过了挺长时间。我也以我的方式思考了很多，最重要的是，我作为曾经的审判者不得不受理这次的诉讼。

我知道这事对你来说太突然，但我已决定在本周六进行。没办法，跟大家都待在自习室的那会儿不同，这次有人来不了。

周六下午一点，场所在老地方——模拟法庭。很期待能与你再次相见。

我又读了一遍邮件，把手机收入口袋。

坐在周六上午十点出发的新干线上，我左手摩挲着眼睑，精神恍惚地眺望窗外不断隐入后方的风景。说实话，读完邮件时我一度打算不去参加。我没心思只为看一场无辜游戏就出趟远门。

然而，第二天美铃发来了短信。

"星期六你会去的吧？"

我立刻回复道："嗯，当然。"意志之薄弱，连我自己都觉得羞愧。

邮件里所说的不得不受理的诉讼究竟是什么呢？

馨并非只凭罪行的严重程度来决定是否受理诉讼。倒不如说，一旦罪行恶劣就得施以重罚，进行游戏的门槛反而会变高。如果诉讼关系到重伤或性自由受侵害等重大罪行，馨怕是会劝对方报警。难以想象他会为一场无辜游戏积极招集众人。

相比之下，假如这项诉讼能激起馨对知识的好奇心，倒还有些可能。具体罪行很难猜测，倘若诉讼与微妙的、不知能否被认定为有防卫意识的正当防卫有关，或是与对故意的认定尚有争议的盗窃行为有关，那么馨身为研究者，或许会热血沸腾。虽说我无法想象他的这副模样……

另一方面，我又心存疑惑：为什么会挑在这个时候？我们已经从法都大学法学院毕业。如今谁会对谁设下无辜游戏的局呢？

不管怎样，一切都将在模拟法庭上揭晓。姑且等待罪名的确定吧。

打着盹儿的时候，不知不觉中新干线已抵达目的地。我在好久没去的咖啡馆吃完午饭，这时离指定的开庭时间只有二十分钟了。

在这个穿上大衣也不奇怪的季节里，我在穿过校门时后背竟然冒汗了。我一边调整呼吸一边确认手表：十二点五十五分。

倘若是公务，可能会遭受一两句责备，但无辜游戏就像一场怪异的老同学聚会，应该能得到原谅。肯定会有那么几个人迟到的。

这么想着，我便觉得也不必匆忙赶去了。开头的流程没看到也无妨。在楼内遛完一圈后再打开模拟法庭的门吧。

穿过通顶的门廊，坐上停止时晃个不停的电梯。自习室位于二楼过道的最外侧，但门卡已经归还，所以我进不去。

如此这般在楼内行走，我深切地感到记忆美化是真实存在的。

令人怀念的气息……

那位教授还精神吗……

还是在校生时我压根就没想过，有一天自己竟然会怀有这样的眷恋之情。

从实行学费免除制度的法学院里挑中的正是此地。起初我震惊于学校的水准之低。然而，遇见结城馨这个才华异于常人的家伙，我受到了更大的冲击。

入校第二年，我有了可以信赖的教授，也有了关系还算不错的友人。我心惊于司法考试的存在，不管不顾地在笔记本上写写画画。

无辜游戏开创后的记忆尤为鲜明。

目睹了一个又一个恶化到难以修复的人际关系；对曾经只觉得无聊的游戏产生了兴趣；以原告的身份参与游戏，知道了惩罚的可怕；在美铃的房间看到刺入门板的冰锥时，感到了由衷的愤怒。

毕业的同时，在法学院堆积起来的"记忆"被转换为"往事"。

与母亲的往事，在校时的往事，福利院的往事……将诸多往事索引化并保存起来后，便以为自己这些年没有囿于过去而生活。

但是，只有法学院的往事没有被贴上任何标签，就这么停留在表层。这大概是因为无辜游戏的记忆如沉渣一般被深深地埋入了往事之中。

记忆与往事的转换——以为记忆全部得到了转换，不过是错觉罢了。没能完全溶解的记忆如异物一般横加阻碍，绊住了我正欲前进的脚步。

回到这里真是太好了。不妨再次与记忆对峙吧。

一点零五分，我打开了模拟法庭的门。

身份核实是否已经完成？是谁以原告身份站在证言台前呢？来了多少旁听者呢？我怀着这些疑问，踏入门内。

然而，进入模拟法庭的一刹那，我的脑中变得一片空白。

什么都不对……我所预想的无一存在。

我迟到了五分钟之久才打开门，所以推测会有数道视线指向我。

不料，没有人看我。旁听席上空无一人。

我并没有走错门。

已发布预告的无辜游戏理应在这里上演。

究竟发生了什么？我思绪杂乱，看了一眼木栅栏的内部。

总觉得那里会有答案。希望那里会有答案。

展现在眼前的光景唯有"凄惨"二字可表。

有人倒在证言台前，仰面躺着，仿佛在仰视天花板。

胸前插着一把刀。

附有天秤状饰物的折刀。

如今它刺入了人的胸口……而非桌面。

刀被染红了。理应是白色的衬衫也被染成了赤色。

渗出的血液的红色在中途被法官制服的黑色所吸收。

无法染成任何颜色的漆黑制服象征着法官一职的中立性。

确实没有被染红。但那又如何？

大量血液流出的事实本身并无任何变化……

纤细的手臂从制服的袖口耷拉出来。富有特征的黑发垂于眼角。

绝无可能错认，绝无可能看差。

为什么……会变成这样……

倒在地上的人是馨。流着血的人是馨。

出血量如此之多，形态如此扭曲……馨不可能还活着。

直面这非现实性的一幕，我感到一阵恶心。

视觉与嗅觉互相联合，认知到了死亡。

突然，我觉得自己快要哭了。这是我第二次触摸死亡。

我连惊叫声都发不出来，也涌不起呼救的念头。

从证言台再往里去，就是书记员席。那里摆着一张长条形的桌子，其背后似有动静。从旁听席看来，那里是死角。我条件反射似的往后退去。

"清义！"

那是我一直在找寻的人。然而我不希望她在这里。

因为危机可能还未解除。

因为我担忧她可能才是危机的制造者。

"你别动，我过去。"

只能向她靠近。我认为这是我应尽的义务。

我用颤抖的手指一推木栅栏，木栅栏便发出了嘎吱的声响。

我把脸背向证言台，朝书记员席走去。心脏的跳动越来越剧烈。

我深深地吸了一口气。不这么做就无法发出声音。

"美铃……"

美铃瘫坐在地上，直直地盯视我的脸。

罩衫，裙子，双手。全都染成了红色。

我已明白这颜色来自哪里。从馨的胸口喷出的大量血液。

美铃无声无息地站起来，伸出右手。

美铃的右手和我的右手触碰在一起。

血液的触感如同被蹭上糨糊一般，与此同时美铃纤细的手指钻入了我的拳头。手分开后，我的掌心仍留有小塑料片似的东西。

血的独特气味始终萦绕在鼻中，使人想起雨天的单杠。

"这个是?"

美铃一言不发。她紧闭双唇，仿佛忘了怎么说话。

"到底发生了什么? 大家呢?"

我渴求回答。肯定也好，否定也罢，我想听到美铃的声音。

"馨为什么会倒在这里?"

不对……岂止是"倒"。

但是，我说不出"死"这个字。

"是美铃你发现的吗?"

这个也不对……如果只是发现，就不会全身都被染红。

我只是害怕接受现实。

"为什么不吭声啊!"

我必须面对。

面对刀、血液、馨的尸体——所有的一切。

"你认为是我杀的?"美铃问道。从语气里听不出感情的起伏。

"这个嘛……"

"你相信我吗?"

我不知道该相信什么。即便如此，除了点头我别无选择。

"当然相信。所以你要把一切都告诉我。"

美铃接下来的话完全出乎我的预料。

"是我杀的……我没有杀……"

我该如何回答？我该做出怎样的回应？

"再过一会儿警察就要来了。不久的将来，我会被逮捕。"

"不会吧……"

"被起诉还得过一阵子吧。"

"美铃，你在说什……"

"拜托了，清义，做我的辩护人。就像那场模拟法庭一样。你还记得吧，就是你扮演辩护人、我扮演被告人的那场。"

今天，帷幕本应在这模拟法庭上被无辜游戏的记忆拉开。

然而……并没有。

小小的天秤状饰品在馨的胸口前后摇摆。

在我看来，这不规则的运动似乎在宣告下一次游戏的开始。

第

二

部

法庭 游戏

1

第一次接触死亡，是在初中三年级的夏天。

结束社团活动回到公寓，就见到母亲已上吊身亡。

此前我就在想，这一天也许终将到来。因此，我流出了可以流出的泪水，吐出了可以吐出的胃液——仅此便得以与母亲的死诀别。

从一开始就不存在父亲。母亲不曾说过详情，恐怕压根就不知道是谁，要么就是知道但被人拒之门外了。

母亲对我采取中立的抚养方式，没有给予爱，也没有给予恨。

从这层意义而言，死时既无债务也无财产正是她人生样态的写照。

称得上是亲戚的人无一前来参加母亲的葬礼。市政人员似乎期待有人出面来收养我，但我从未见过除母亲之外的血亲。

在好似群演的无关人员的包围下，母亲的遗体被火化了。我望着白烟，拿回稀疏的骨灰。这场葬礼终究有何意义？

如此这般，十五岁时，我成了孤儿。

不过，我并未对此后的人生感到绝望。我总有一种乐观的情绪，觉得这个国家应该不会抛弃可怜的初中生。独自生活下去固然理想，但我虽是孩子却已理解"权利伴随着义务与限制""获取自由需付出代价"的事实。如我所预料的，国家给予了我最低限度的生活环境。

也就是在儿童福利院——"榉树之家"——的集体生活。

从与我年龄相仿的孩子到还不能独自站立的幼儿，榉树之家生活着各种各样的人。入院条件为不满二十岁且有不能与家人或亲戚一起生活的隐情。第一次听说明时，工作人员说严禁在福利院内讲述不幸遭遇。我并不想求取同情，所以很感激有这么一条规矩。

福利院的生活比想象的舒适。没有过度干涉的工作人员，也不必为烦琐的人际关系而烦恼。和其他入院者的交往亦是如此，保持适当的距离感固然辛苦，但相处起来反而比同班同学轻松。

在小学生面前，我像兄长一样受到敬慕；在高中生面前，我像弟弟一样得到宠爱。就像是在玩过家家，让我浑身不得劲，但渐渐地我感受到了不可思议的温暖。

不知从何时起，"榉树之家"成了我唯一的居所。

我记得，美铃进福利院是在我迎来高中入学典礼的时候。

美铃给我的第一印象不怎么好。

阴暗沉滞的眼眸似欲诉说自己已被不幸掌控。不知为何这一点令我很不痛快，总觉得光是见个面就在被迫听她炫耀自身的不幸。即使她并未开口。

再加上她的容貌标致得让人望而却步，为适应这里的生活美铃显得颇为艰辛。不，也许美铃原本就没打算与大家搞好关系。

初次见面的一个月后，我与美铃有了第一次正式交谈。

我们就读的高中不同，因此互相不知对方在福利院外的活动。平时我一放学就去图书馆消磨时间，但这一天馆内要大面积替换图书，我无法留在学校。

我也没钱去什么地方玩，便踏上了归途。这时，我发现福利院附近的公园里有一张熟悉的面孔。身穿运动套衫的美铃在沙坑里挖地道。当然，她并不是一个人在玩。她的对面坐着一个少年，看起来像是小学高年级学生。我被美铃满是泥迹的笑脸所吸引，望了两人一会儿。

于是美铃发现了我。她举起仍握着小铲子的右手。

"喂，有空的话就来帮个忙。"

柔和的表情，被泥沙弄脏的罩衫，响亮的声音。所有的一切都与美铃过去给人的印象截然不同。我走进沙坑，以生硬的动作拓宽地道。

"小哥哥，你手脚好笨。"

少年说完，美铃笑了。小小的地道开通时，天已经完全黑了。少年留下一句"我要走了",奔跑着离开了公园。

"那孩子是?"

"他总是一个人在公园里。应该就住在附近吧。"

"哦?我还以为是你弟弟。"

"要是有正经的家人,我就不会待在那种地方了。"

一阵尴尬的沉默降临。

"我说……你是不是喜欢孩子?"

这是我情急之下想出来的问题,然而美铃却向我投以冰冷的眼神。

"喜欢孩子是什么意思?你的喜欢和讨厌,是根据对方是大人还是孩子来决定的吗?我喜欢的只是那个孩子。"

美铃用手拂去沾在罩衫上的泥,一个人回了福利院。当时我未能理解美铃生气的原因。

次日放学后,我没去图书馆,大致在相同时间骑自行车赶赴公园。美铃与少年荡着秋千互相说笑。

"啊!是小哥哥!"

玩到天黑后,少年回去了。

第三天、第四天也是如此……

如美铃所言,少年每天都来公园。如果时间允许,我会招呼他一起玩。有时只有我和少年两人,有时能聚齐三人。

平时我和美铃甚至不会对视,在公园玩耍时却也自然而然地说上了话。关于少年的情况,美铃不愿细说。

即便如此,一起玩的时间长了,不想看的东西也能看到。

少年的名字叫透。如我最初估计的那样，是小学五年级学生。

他就读的小学在附近，一放学就会一个人来公园。

因为母亲强硬地要求他不到指定时间就别回家。

不照吩咐去做会遭殃。照吩咐去做也会遭殃。

吊在单杠上的纤细手臂，握着泥团时的手背，在公园内四处奔跑的双腿。

身上处处都有触目惊心的伤痕。

我在福利院见过几次与之相似的伤痕。

欺凌或虐待……听了透的话，我得出结论：后者的可能性更大。

当然，美铃也注意到了。她似乎一直在忍耐，硬是没提此事。

我第一次想帮助别人了，却又鼓不起勇气付诸实施。

我诅咒自己的无能，不料问题竟以意外的形式走上了解决之路。

透进了"榉树之家"。

至今我仍不清楚他是被母亲遗弃了，还是得到了学校老师或警方的保护。仅凭他幸免于迫近的危险这一事实，我便已经满足了。

看着我吃惊的表情，透咯咯直笑。

透的入院也给美铃带来了好的结果。透爱与人亲近，迅速适应了福利院的生活，但总是追着入院前就已有往来的我俩跑。由此，美铃得以与素来有隙的其他入院者消除了隔阂。

我、美铃和透在福利院里共同度过了大量时间。我与美铃并肩而行，透则迈着小碎步紧跟在后头。

用词可能有些陈腐，但那真是一段幸福的时光。

考上高智商者云集的大学，在著名企业就职，找到出色的结婚对象……我不曾憧憬这类缺乏现实性的幸福，三人的关系能保持到离开福利院的二十岁，我就满足了。

然而，如此微小的愿望也没能实现。

透进入福利院的两个月后，院内流行起了捉迷藏。低年级生躲藏，高年级生寻找。规定时间内没被找到的低年级生，可以多拿到一份晚餐的饭后甜点。就是这么一个平常的游戏。

那天的饭后甜点是透非常喜欢的泡芙。他被奖品吸引，无论如何都想赢，竟躲进了被大家视为禁区的地方。

过了规定时间、胜者已定时，透仍然没有出现。晚餐桌上摆好两个泡芙时，透还是没有出现。我心想这是怎么回事呢，却又认定到了晚上他应该会现身。事实上，在熄灯的前一刻，透来到了我的房间。

"清义……"他口齿不清地喊着我的名字。

"你到底去哪儿了！大家都在找你。"

"我该怎么办……"

透完全慌了手脚。我立刻领悟到，一定是发生了什么事。

"冷静！是和谁吵架了吗？"

"不是的！没那回事。"

"是比这更糟糕的事？"

此时，我产生了不好的预感。

"能保密吗？"

"嗯。我不会说给任何人听。你先坐下。"

我让透坐在床头上，等他开口。

"我啊，一直藏在老师的房间里。"

"不是说了那地方不能进去的吗？"

"榉树之家"里被称为老师的只有一人——院长喜多。

"可是，我想要泡芙……"

"我知道。等会儿再训你。你打破花瓶了？"

"没有。我躲在塞了很多衣服的地方。"

"衣橱吗？"

"我想，躲那里的话就不会被找到了。"

"那个房间我们搜都不会去搜。然后呢？"

虽说透违反了规定，但只要若无其事地回来，应该出不了什么事。

"老师进来了，我出不去了。"

"啊啊……是这么回事啊。"

只要喜多还待在屋里，透就走不出衣橱。

屏气凝息，祈祷不要被发现。这番体验确实有点可怕。

"我不想惹老师生气，所以就只能等他离开。"

"因为要等老师离开，才弄得这么晚？"

"是这样，又不太一样……"

"透，你不把话说清楚，我怎么听得明白。"

我在脑中设想喜多的房间里究竟发生了什么。

然而，透的回答出乎我的意料。

"美铃进来了。"

"什么？"

我的脑中一片混乱，试图整理得到的信息。美铃进屋总不会是为了找躲在里面的低年级生吧。

"是和老师面谈吗？"

"不是。我也不太清楚。可是，她把衣服脱了。"

"谁把衣服脱了？"

"当然是……美铃啊。"

"你……是在瞎说吧？"

"老师用摄像机拍光着身子的美铃。然后……"

"够了！"我觉得不该再让透说下去了。

"我懂的。因为妈妈跟很多男的做过这种事。"

"透……"

结果，我还是听透讲述了喜多房间里发生的一切。

"我很害怕，没办法救美铃。"

"不，这不是你的错。"

"美铃她……哭了。"

透说出的一字一句深深地扎进了我的心脏。

"现在我们先睡觉。"

"可是……不告诉大家没问题吗？"

"就把它当作我们两人之间的秘密。我会想办法的，行吗？"

透轻轻点头，离开了我的房间。

美铃一直在遭受性侵。我没能发现这件事。我几乎没有与院长喜多交流的机会，只留有此人不太好相处的印象。

我所珍视的人受到了侵害。仅凭这一项事实，就能让我的心化为魔鬼。

从第二天起，我开始观察美铃的言行。美铃经常出入喜多的房间，专挑单独行动也不会受人怀疑的时间段。看到她进屋出屋时僵硬的表情，我确信透说的是实话。

我了解美铃的性格，知道她不会乖乖承认，因此没想过向其本人确认事实，只是不停地思考该怎么救助她。

某日熄灯后，透没敲门就进了我的房间。

"你知道正当防卫吗？"

这单词与透的小学生的身份极不相称。

"正当防卫？嗯，听说过啊。"

"碰到做坏事的人，就算我们反击也能得到宽恕。"

虽然觉得透有一些误解，但我没有加以否定。

"好吧，然后呢？"

"那家伙对美铃做了很恶劣的事。所以我们去收拾他吧！"

正义之士痛击怪物的影视片段浮现在我的脑中。

"受到恶劣侵害的人不是我们啊。正当防卫应该只在本人还击的情况下才能成立。"

"不是的。电视里演过。"透毫不退让。

127

我在福利院的电脑上查了一下，原来刑事上的正当防卫也适用于保护他人法律权益的行为。是我认知错误了。

我读着那篇文章，在脑中构筑起了一个计划。

收集信息和工具——这些准备工作没有花太多时间。

我把旧货店里卖的旧折刀当作保护美铃的武器。虽然刀刃锈了，但我没钱买新刀。我费尽心思想得到用于保留证据的摄像机，但最终决定利用喜多屋里的那台。

转眼间，我们迎来了实施计划的那一天。

让小学生做同伙，我还是有些不安，但又没有其他可以信赖的人。看美铃的样子，她并没有发觉我们的计划，而我们已摸清她会在下午四点半去喜多的房间。

我们的计划很简单。

在与往常一样的时间段，与往常一样分配角色，开始玩捉迷藏游戏。

透进入喜多的房间，手持摄像机躲进衣橱。我装作找人的样子，藏到窗帘背后去。接下来就只等美铃和喜多到场了。我握着口袋里的刀，告诉自己这种行为是被容许的。

先是确信屋里没人的喜多打开了房门。我所藏身的窗帘跟前就有一把椅子，喜多坐上去时，我的心脏剧烈地跳动起来。

接着，美铃来了。锁门时发出的咔嚓声。匆匆走近的脚步声。

"你在干什么？"是喜多混浊的声音，毫无风雅可言。

"哦……没干什么。"是美铃澄澈的声音，一尘不染。

"没时间了。快脱。"

美铃顺从地开始解开衬衫的纽扣。

"至少在我拍的时候笑一下嘛。"

可以看到喜多拿起了放在桌上的摄像机。我在心里咦了一声。这东西应该在透的手上才对。

没时间思前想后了。我从窗帘后跳了出来。

"离美铃远点!"

看到我突然现身，喜多的表情僵硬了。

美铃用手捏住敞开的衬衫，背过脸去。

"你……你要干吗?"

"你干的这些事我都知道了。"

我从口袋里掏出刀，将刀尖对准喜多。

"不要冲动! 我只是在教育。"

"这算哪门子的教育……"

我一点一点地靠近两人所在的位置。

"你竟然准备了这种东西，还想不想待在福利院了?"

"这种地方没什么可留恋的!"

我没打算刺喜多，只是想拿刀胁迫他吐露实情，让透拍下来。然后以删除视频为交换条件，让喜多保证不再侵害美铃。

我认为这是救助美铃的唯一方法。

"索要一点补偿有什么问题?"

"你说什么……"

"是谁收留了无家可归的你们? 是谁抚养了身无分文的

你们？这些钱是从哪里来的，你们不知道吧？你们只是一群麻烦的累赘。好啦……游戏结束了。把刀放下，然后离开这里。"

喜多的话语和气势把我压倒了。

"开什么玩笑!"

"逞什么强，手都在抖呢。"

喜多毫无顾忌地向我走来。尽管手里拿着刀，然而对方上前几步我便退后几步，很快后背就撞上了墙。

"别过来……"

"我都说了，把这个放下。"

握着刀的右手被拿捏住，我的脸因疼痛而扭曲了。

"放手!"

"你这说话的口气可不太行啊。"

为挣脱喜多的手我扭动上半身，立马被他用膝盖狠狠顶中了胸口。我呻吟一声，只觉胃液涌了上来。

"住手!"美铃发出悲痛的叫声。

我使尽全力向上甩动手腕，失去控制的刀划过了喜多的左脸颊。

"你……"

喜多似乎失去了理性，像野兽一般两眼发红，向我扑来。

我本能地将刀收回至胸前，喜多的身体如飞蛾扑火一般撞了上去。

"唔……"

沉闷的呻吟声。扎实的感触留存在掌心里。

一拔出刀，喜多便倒在了地毯上。

"不是，我没想……"

脑中一片空白。我惊慌失措，一边求助似的看着美铃。

这时，我想起了躲在衣橱里的透。

"你快去叫人过来！"

然而，听不到透从衣橱里出来的动静。我就站在衣橱附近，于是伸出微微颤抖的手，拉动把手。

突然裂开的空洞。衣橱里没有人！

"为什么……"

匪夷所思。透去哪儿了？美铃已整理好衬衫，走到我身旁。她眼中含泪，在倒地的喜多身旁蹲下来。

"可能还有救。"

喜多面露痛苦的表情，但已失去意识。刀生锈了，所以没能刺得很深吗？

"是不是补上一刀比较好……"我吃惊于自己竟说出了这样的话。

"已经够了。你冷静点。"

"不是的，美铃。我明明没打算刺他……"

"我明白。什么都明白。"美铃用衬衫的袖子拭去泪水后说道。

"原本透也应该在这里的。"

"这些事过后再想吧。现在得先救他。"

"可是……"

我没能再说下去。

因为美铃的唇堵住了我的唇。

"这次换我来保护你。"

美铃挪离唇瓣，朝我微笑。

2

模拟法庭上演悲剧的四个月后。

七海警署拘押所。我正在这幢建筑里会见一个嫌疑人。

坐在亚克力板对面的人是盗墓者。

"你明白自己是犯了什么罪被抓的？"

"嗯嗯，当然明白。"

盗墓者的真名叫权田聪志。六十六岁，无业，居无定所。

这套档案放在罪犯身上简直无可挑剔。可以说此等人才只要去反社会组织面试，立马就能得到录用。孑然一身的无牵无挂者，是拿来当弃子的宝贵资源。

权田面带谄媚的笑容，露出发黄的牙齿。总觉得从这个为出声而张开的通声孔内，不断地流淌出带着馊味的口臭。

"你在七海的墓地屡次行窃，这个没错吧？"

"真是难为情。"

"你偷了什么？"

虽然阅览过资料，但让他自己说出来才有意义。

"这个嘛……各种各样的东西都有。"

"那就告诉我这些各种各样的东西是什么。"我有意用强硬的语气说道。

我与权田年岁相差很大，但我必须保持强势。因为律师和嫌疑人的力量对比很容易发生反转。

财力不足的嫌疑人可以要求法庭委派国家指定的律师。这是一套国家出资保护嫌疑人权益的制度。

"你这位律师很严苛啊。就是花瓶和香炉之类的。意外地能卖出高价。"

权田嘿嘿直笑。多半是他这一生被逮捕、拘留过无数次，因而有了这份毫无依据的从容。倘若是初次犯罪的嫌疑人，恐怕不可能摆出这种态度。

我是接到委派通知书后刚赶到这里来的，所以必须以试探的方式获取信息。

"偷盗是为了倒卖啊。不过，为什么要去墓地偷？"

"唉，其实我一直就住在墓地里。"

"住在墓地……你是住持？"

我手边有拘押证的复印件，记录了此人因何嫌疑而被拘押的事实。上面写得清清楚楚：此人无业，居无定所。

"没那么夸张。我只是在墓地过夜罢了。"

"简而言之就是流浪汉，对吧？"

"嗯。这个事也挺难为情的。"

"在墓地过夜……征得管理人员的许可了？"

我还是不太能理解什么叫"在墓地过夜"。

"我不知道还需要许可。受教了。"

故作姿态。换言之，是明知故犯。

"那里有你家人的墓吗?"

"谁知道呢。"

"为什么要住墓地? 我不认为那里适合居住。"

夜深人静，在只闻虫鸣的黑暗里，一个老人横卧在墓碑附近。

我的脑中浮现出这一幕恐怖场景，不过对方的回答倒是很具现实性。

"虽然防不住风雨，但也不用为吃的发愁。"

"你的意思是……"

"就是供品啦。"

一瞬间我无言以对。

"你偷吃扫墓的人留下的供品?"

"没错。有些墓会一直供奉看起来很好吃的东西。"

如此愚蠢的行为，即便是我这个缺乏信仰心的人都想骂一句: 你会遭报应的。

"这个在审讯的时候说了吗? 你被拘押时的犯罪嫌疑似乎仅限于偷窃花瓶和香炉。"

"说了呀。因为他们问我是靠什么生活的。"

权田说话时丝毫不觉有愧。这么看来，负责审讯的警察已将偷食墓地供品的事实写进了供述记录。在可供量刑参考的情节方面也渐渐集齐了极为不利的证据。

"基本事实你都承认了?"

"当然。我不想做争辩。"

既已如此，在对方尚是嫌疑人的阶段，作为律师能够提供的建议非常有限。

"关于你的行径，我认为应该受到相应的惩罚。"尽管心里明白可能会招致反感，但我还是继续说道，"倘若有前科，就会被判刑……你需要做好坐牢的准备。不过，如果在公审前不改改你这个价值观，很可能会判得比一般情况更重。"

"价值观？"

"你并不认为偷吃供品是恶行，不是吗？只能说在对罪行的理解上，你的价值观有所偏差。"

上下半身都穿着卫衣的权田，用指尖挠了挠右脸颊。

"反正不是拿回去扔了，就是留在那里便宜了猫和乌鸦。就算你说吃那些供品是恶行……"

"即便如此，供奉那些东西也不是为了给你吃的。"

"不，这可不对。"

"什么不对？"心里明白不能浮躁，但我的语气还是渐渐粗暴起来。

"我都看到了。来收拾供品的老婆婆和那个小姑娘，发现盘子空了很高兴。"

"哈？"

"小姑娘说了，是姥爷吃的吧。"

呼……原来是这么回事。

想来是那女孩把空盘子解释为死者吃掉了供品。人如果相信存在死后的世界，做出这种反应也不奇怪。

"她们不是在为权田先生吃了供品而高兴。这一点你总该明白吧？"

"可是，下次再来发现供品还剩着，她们不是会很伤心吗？我满足了食欲，老婆婆和小姑娘乐于见到姥爷吃掉了供品。大家都得到了幸福。这个到底有什么不好呢？"

不过是诡辩罢了。不偷供品就不会给人带来期待，也不会带来误解。从那一刻起，负面的连锁反应开始了。对此我无法给予正当化的解释。

可以用来指责权田的话要多少有多少，但我克制本心，点了点头。

"明白了。这是权田先生按自己的想法选择的行为。"

"哦哦，到底是律师先生！和那些个家伙不一样。我这种犯罪行为是给人带来幸福的。那些家伙只知道贬损我，完全不理解我。"

"但那是大多数人的意见。知道权田先生偷吃供品，大多数人都会觉得你是不知礼仪、没有常识的人。这次的案子是对你盗窃花瓶和香炉的行为问罪。至于其他事实，我认为审讯时你还是不说为好。"

"是这样啊……明白了，就这么办。"

对方好像开始信任我了。权田是那种说话越多露馅越多的类型。我断定，较为明智的做法是让他在连续审讯期间少开口。

"关于你被拘押一事，有想通知的人吗？"

突然被赶来的警察逮捕，往往会造成嫌疑人在拘留期间始终无法将此事实告知亲友的情况。进入拘押阶段后，通知会送到家人那里，但通知范围有限的确也是实情。

"没什么人想通知。父母已经死了，我也没老婆孩子。"

"有什么人可以成为你的指导监督吗？"

"怎么可能有。如果有那样的人，我还会住墓地吗？"

这句话的说服力强得叫人吃惊。倘若嫌疑人回归社会后有亲人能与他同住、看护好他，在量刑上也会比较有利。

"那我们说得再深入一点。"

我正在思考该从何处起头，权田举起右手说了声"不好意思"。

"怎么了？"

"偷来的花瓶什么的已经卖掉了，现在不在我手中。"

"呃……是这样啊。也就是说没办法物归原主了？"

就算能物归原主，恐怕也没几个人会继续使用一度失窃的装饰品。

"是不是给受害者赔点款比较好？"

"确实。不过，你有钱吗？"

看过权田的履历后，我已认定靠钱解决问题是不用指望了。

"我有点存款。感觉够赔这次的钱。"

"如果能赔偿损失，在法庭上就能提出有利于自己的主张。"

"不过……呃……我把钱保管在一个有点奇怪的地方。"

这话说得吞吞吐吐。我不解其中的原因，颇感困惑。

"没存在银行里？"

"过着这样的生活，是办不出银行账户的。"

"那放在哪儿了？"我产生了不好的预感。

"放在墓里了。"

"啊？"

"就放在骨灰盒旁边。律师先生，你知道吗，墓地里有一种叫'拜石'的大石板，把它推开就能看到骨灰盒。"

权田的回答大大出乎我的预想。当然，是不良意义上的……

"你是在开玩笑吧？"

"我把辛辛苦苦攒的私房钱藏在了某人的墓里。常言说得好，有备无患嘛。"

权田再次露出发黄的牙齿。一阵恶寒从我的后背掠过。

"律师先生……你能替我把私房钱拿回来吗？"

跟一个盗墓者会面，然后被请求去盗墓。

出门准备把人叫回，结果自己一去不返，指的就是这种情况吧。

3

离地方法院徒步五分钟的地方，有一幢名曰"国分楼"的建筑。一楼到三楼驻有法律事务所，四楼却是一家牙医诊所，着实奇异。

学生时代我经常感到疑惑，为何法院附近有很多法律事务所。但实际当上律师后，立刻就明白了其中的缘由。律师或事务员不得不经常往法院跑，其频率与常人往便利店跑的程度相当。记录的阅览和誊写、文件的领取、印花纸的购买……总之，许多事务是在法院发生的。

一进国分楼，便能看到刻有各个事务所名称的金属招牌。来访者看着招牌寻找要去的地方。一楼到三楼的招牌上刻着著名法律事务所的名字。其中没有我的事务所。

我走下通往地下的楼梯。楼梯里日光灯数量稀少，昏暗得恍如进入了洞窟，一向遭人非议。地下的楼层原本被当作仓库使用。我死缠着房东，终于获得许可，得以廉价租下此处用作事务所。

钢制门板上固定着一块刻有"GIRASOLE法律事务所"的金属牌。这家入口可疑的事务所，便是我修筑的小小城池。

刚进室内，暖意洋洋的花香便沁入了我的鼻腔。

GIRASOLE是意大利语，意为向日葵。也不知是不是出于这个缘故，事务所里到处都装饰着向日葵。听到开门的声音，负责室内装潢、自由奔放的事务员立刻做出反应，带着恰似向日葵一般的笑容，转过头来。

"您好！"

然而，一知道进门的人是我，笑脸的涂层便剥落了。

"什么呀……是先森啊。"

"我回来了，SAKU①。你又弄向日葵过来了吧？"

唯一的事务员——佐仓咲吐了吐舌头。

"因为闲得发慌嘛。这是自家栽培的，不花钱。"

"向日葵不是要到八月份左右才开花吗？"

现在才四月。这已经脱离"花期提前"的范畴了。

"这个品种就是这样。既然号称是GIRASOLE，就得让这里整年都开着向日葵。"

"冬天毕竟是不行的吧？"

如果在冬季装饰着盛开的向日葵，怕是会把访客吓一跳。

"我正在努力调查。先不说这个，你能不能别在客户面前叫我SAKU？要我说几遍我叫SAKI②，你才能记住啊！"

"你不也是？我都说了至少要把音发准了，叫我'先生'，可你还是说成'先森'。"

起初委托人称我为先生让我颇为抵触，后来也就习惯了。

"不好意思，我口齿不清。"

"少骗人了！"

穿着淡蓝色连衣裙的咲站起身，走向冰箱。

我与咲是在电车内相识的，当时车厢的拥挤程度离"满载"只有两步之遥。她试图实施色狼讹诈，被我抓住右手。后来我向她提供了各种建议。

---

①佐仓咲的"咲"应读作"さき"，但久我清义始终读作"さく"，因此对话中的"咲"一律写为"さく"的罗马音"SAKU"。

②"SAKI"是"さき"的罗马音。

困惑的表情，颤抖的语声……不过，她认真地听了我的话。

如今咲也是二十岁的女人了。她从高中主动退学后没再恢复学业，也未参加高中毕业考试，一直在我的事务所工作。

决定雇用事务员时，最先浮出脑海的人选就是咲。

我每天乘坐早班车寻人，终于找到了她。咲没穿高中制服，不过抓着她的右手往外拉时，她的反应与第一次见面时一样。

"先森，会面的情况怎么样？"咲把我的那份冰咖啡放到桌上后，问道。

"啊，那个人可有趣了。"

"看文件的时候，你还笑着说原来是个盗墓的。"

"说是住在墓地里。在墓碑前睡觉，吃供品果腹。脸皮厚到那个程度，反倒让人神清气爽。"

"那个人看起来会不得好死啊。绝对会被诅咒。"

"怎么说呢，可能就是遭了报应才会被抓的。"

"光是被抓根本不够。死人的诅咒是很可怕的。"

咲向前伸出双手，然后耷拉下来。大概是想摆出幽灵的模样。

"好像还有大量性质相同的盗窃前科，我想他肯定会被判刑。"

我不在的时候，咲总是翻阅事务所里的专业书籍，渐渐学会了基本用语，和我交谈时困惑不解的次数也不断减少。

"还请你多去会面，挣大把大把的钱回来。"

"哦……关于这一点嘛。"

"怎么了？"

"对方还委托我去盗墓来着。"

"啊？"

关于权田托我从墓里取出私房钱的事，我向咲做了说明。转念再想，仍觉得这委托过于荒唐。此人怕是以为律师什么事都能干吧。

"我明确地拒绝了，但对方不理解。要是他搞威胁那一套，我就得考虑推掉这个工作。"

"推掉……好不容易有了这份差事……"

"可是，我怎么可能去干那种事啊。"

咲端起放在我面前的冰咖啡，一口气喝完。

"喂，这是我的……"

"我们事务所没有给懒汉喝的冰咖啡！"

空空如也的玻璃杯咚的一声被放回到桌上。

"不，你有没有听我说话？挖墓可是犯了礼拜场所不敬罪或坟墓发掘罪啊。这才是真的要被死人诅咒了。"

"既然是律师，就请神不知鬼不觉地去犯罪。"

什么乱七八糟的。我没想到竟会因为这种事被责备。

"你要是放过这个事，我就继续说下去了……"

"你知不知道事务所的经营状况？"

被戳中痛脚了。事务所的会计业务也交由咲处理，所以她应该对大致的收支情况也有所把握。

"SAKU的工资我可是好好地付着的。"

"赤字经营下就算拿到工资，我也没法由衷地高兴起来。"

"刚开业自然是这样的。很快就会走上正轨。"

向比自己年少的事务员百般辩解的律师，同一届的修习生要是看见了，多半会笑话我。但这就是现在的我。再装门面也没有意义。

我拒绝所有录用单位，做出了开设GIRASOLE的决断。也即所谓的"即刻独立律师"。旁人三番五次劝我重新考虑。我想如果我站在他们的位置上，也会同样加以阻拦。

即便如此，也唯有独立。因为我必须展示自己的决心。

"原因很清楚吧？不就是因为先森你拒绝了各种委托吗？"

"什么呀，原来你都发现了。"

事务所位于地下，所以照不进阳光。如果没有咲装饰的向日葵，这里会像福利院一样笼罩在令人窒息的空气里。

"明明你连掩饰都不掩饰。"

"我暂时得集中精力处理某个刑事案件。"

放弃录用独立出来，原因也在于此。刑事案件难以指望有大额报酬，而我又只接受刑事案件。事务所经营状况吃紧也是理所当然的结果。

接手其他刑事案件不过是为了积累辩护经验。我也想开了，就把它们当作事先准备，以让我能在本命案件里充分完成辩护任务。

咲吐出一口气，站起身，又调了一杯冰咖啡，放到我面前。

"这案子你必须得接吗？还不惜做出种种牺牲。"

"难不成你嫉妒了？"

"这次我要把咖啡泼你脸上了！"

看她真要把手伸过来，我忙把玻璃杯移到桌子的另一头。

"SAKU为什么要从高中主动退学？"

"以前不是说过吗？你竟然忘了，好薄情。"

"当然记得。你是为了稔君退学的，对吧？"

"那你还问什么……"

看了看挂钟，刚过下午三点半。还有一点时间。

"SAKU和稔君是一对优秀的姐弟，但得不到经济上的援助。不管怎样努力都很难两个人一起上大学。想到这个，SAKU放弃了自己的学业，开始给弟弟挣学费。靠一般打工挣的钱不够，你从高中退学，准备走上违法犯罪的道路，就在这时与我在电车里相遇。这个没错吧？"

咲没肯定也没否定，只是低着头。

"总结得太粗略了。"

"概括要点也是律师的工作之一。"

"其他人听了这个故事都安慰我说'你不容易啊'，你倒好。"

"因为我也是在类似的境遇中生活过来的。你不觉得同情和理解是互相对立的关系吗？我没有对SAKU的人生表示同情，但我自认为理解你的境遇。"

"希望你说这种事的时候别那么一脸严肃。"咲一边用手指涂抹桌面上的水滴，一边笑。

"SAKU觉得自己是在为稔君牺牲吗？"

"怎么可能。"

"可是，如果你只追求自己的幸福，应该不会退学吧？"

"他是我唯一的家人，当然要互相帮助了。"

在咲的心目中，双亲大概和死了没什么两样。

"我接下这次的案子，也是出于同样的理由啊。虽然经营状况不佳，但我不认为自己是在为谁牺牲。因为我是按自己的意志做出决定的。"

"那个人不是先森的家人吧？你说过也不是恋人。"

"不是家人也不是恋人，但对我来说很特殊。"

"为什么？"咲似乎难以理解。

"为什么呢……就是回过神时，发现她对我来说已是一个很特殊的人。这个解释不行吗？"

我根本做不出其他解释。总觉得就算堆砌理由，也只会掺杂进谎言。

"也就是说没道理可讲？"

"嗯，算是吧。"

"都搞出了那样的案子，你的心意还是没变啊？"

"嗯。因为我相信她。"

我喝光咖啡，慢慢地站起身。接下来我要作为织本美铃的辩护律师，前往法院办理手续。

以美铃为被告人的起诉书上记载的判罚条款是《日本刑法典》第一百九十九条。

"杀人者处以死刑或无期徒刑或五年以上有期徒刑。"

换言之，是杀人罪。

对于此项重罪，美铃主张自己无罪。

$$4$$

下午四点二十分。在法院工作人员的指引下，我来到一间貌似会议室的小屋子。

首先回头的是古野检察官。他的满头白发十分显眼，但他还是面带精悍之色。他目光如电，初次见面我便抱有了绝对不想接受此人审讯的印象。

坐在古野身边的留木检察官像是追随同伴似的，也转过脸来。他年纪轻轻，但总是面带自信的表情。含浅色方格花纹的藏青色西服，配上磨得锃光瓦亮的平头皮鞋，处处透出名牌的气息，是我比较憷的那一类人。

两位检察官是本案中我不得不与之战斗的对手。和无辜游戏的原告不同，他们是真正的专业人士，也可以称作"为了惩罚美铃而雇用的专家"。

屋里只有检察官和樱井书记员，法官还未到场。

禁止旁听的非公开手续即将开始。

"你好。你看起来很疲倦，要不要紧？"

在检察官的对面坐下后，留木朝我搭话。他手上不断地转着钢笔，看着十分碍眼，不过法官来了他应该会停下动作。

"谢谢关心。"

"辩护律师的担子应该很重吧。"

留木绝不以先生来称呼我。我也没有希望被这么称呼的意愿，但如此顽固地被称为辩护律师，终究能感觉出其中含着某种意味。

"怎么说？"

"我的意思是，这案子不是一个新手能处理好的。不如请事务所里经验丰富的律师来帮个忙？"

几个律师共同负责一桩难案的情况并不少见。但很明显，留木提此建议并非出于好心。

"很不巧，事务所里只有我一个律师。"

"对啊。事务所的名字倒是气派，但律师只有一个。"

"喂，无聊的话就不要说了。"

上司古野出言制止，留木耸耸肩，闭上了嘴。

这时门开了，进来了两位法官——右陪审员萩原和左陪审员佐京。

"让你们久等了。"佐京以柔和的声线打着招呼。鲜明的双眼皮，及肩的长发，剪得火候适中的波波头。这外貌，如果走在街上，恐怕会被误认为女大学生。我听说她担任副法官一职，只做了一年多的左陪审员，但手续的基本进程似乎都交由她来掌控。

萩原以佐京守护者的身份参与本案。他五官端正，带着一点中东人的特征，年纪似乎在三十五岁左右。佐京只被允许参与由多名法官组成的合议团进行的审理工作，萩原与她不同，可以单独处理案件，是为"特例副法官"。

颇有长老模样的赤井审判长也参与了本案，但今天似乎仅由左陪审员和右陪审员来办理手续。

"织本被告人可以不出面是吗？"

被告人……每次美铃被如此称呼，我都有一种强烈的不谐调感，心中升起想出言否认的冲动。然而，作为辩护律师我必须接受这个称呼。

"是的，可以。"

此后开始的手续名曰"公审前整理手续"，其目的是在公审日之前，对具体的争议点或要调查的证据进行整理。

如果案子简单，就会立刻进行公审；若是重大案件，或是能预见到复杂化争议的，则会经历这一道"公审前整理手续"。

今天的手续被告人也可以在场。但目前还没到能让美铃参与的阶段。其主要原因出在辩护方的准备工作上。

"明白了。那就开始吧。"佐京把目光落在手头的资料上，"上一次手续过后，检察官提交了一些资料。呃……"

"我们提交了与证明预定事实相关的追加材料和与人证相关的证据调查申请书。"

留木停止转笔，开始就上一次手续后的准备工作进行说明。其内容我早已清楚，所以只需听一下要点就够了。

"我们申请当时赶到现场的警官为新的证人。原本我们打算向第一发现人求取证词，但不知为何此人接下了辩护律师的工作，所以……"留木挖苦似的一笑，结束了说明。

由第一发现人担任辩护律师，在律师伦理方面确实存在问题。因为我本该就发现命案时的状况在法庭上做证才是。

虽然称不上是利益交换，但各方预估我会同意接受审讯、供述发现馨死亡的经过，因此对我担任辩护律师也是无可奈何。话虽如此，关于此事各相关人员明显很不痛快。

"看来检察官的准备工作进展顺利，辩护方情况如何？我曾提出几点事项请先生探讨……"

"佐京法官，请你现在就明确地要求对方做出解释。"古野以冰冷的语气说道，"辩护律师的准备工作明显延误了。"

佐京一正坐姿，点了点头。右陪审员萩原默不作声，静观众人对话。

"明白了。先生，预定主张记载书的制作情况如何？"

"非常抱歉。希望能再给我一点时间。"

所谓预定主张记载书，是指辩护律师把预定要在公审时披露的、事实上及法律上的主张记载下来的书面文件。检察官需要提交证明预定事实记载书，辩护律师则需要提交预定主张记载书。各自接收对方的文件后，双方再次提交文件……如此往复循环以整理争议点，是手续上原本该有的流程。

"上一次手续你也是这么说的吧？准备工作延误的理由

是什么?"

刚才那样的回答自然躲不过佐京的追问。

"我尚未完成与被告人的商议……"

"开玩笑也希望你能有个限度。"古野沉下脸来。

"我知道给大家添麻烦了。"

此事责任全在于我,以致我都无心辩解。留木面露嗤笑看着我,显得颇为愉快。

古野则是一脸无法认同的表情,再次开口道:"如果是与被告人的信任关系破裂了,你直说就是。我们想知道的是,公审能否按预定日期进行。"

"作为辩护律师,我一定会让公审按时进行。"

"本案是陪审员制度的适用对象,这一点辩护律师也是知道的吧?"先前在一旁静观的萩原问道。他的声音能让听者平静下来。

"当然。"

"假如只有我们参与公审,即使法庭上发生异变,我们也能做一定程度的处理。比如,被告人突然主张自己是正当防卫,我们也只需基于事实,泰然地判断其主张是否能得到法律上的认可。但是,陪审员们是不具备法律素养的普通人。诉讼过程不可以令他们感到困惑,唯有这一点是我们绝对要避免的。"

"是……我明白现在必须火速明确预定主张。"

"那就好。"

"你允许他推迟提交书面文件了?"古野问萩原。

"在这里逼问辩护律师，并不能制造出书面文件。"

"太好说话了吧。"古野大摇其头，"我想向辩护律师确认一点。唯有这件事我无法让步。"

"哪一点?"

"被告人主张无罪是吗? 她说自己没有杀害被害人。"

"大体上来说，是这样。"

"作为法律专家，希望你能明确'没有杀害'这句话的意思。"

我已做好心理准备，知道在这一点上无法避开对方的追究。

"此话怎讲?"

古野目光灼灼地瞪了我一眼，我只当他生来就眼神凶狠。

"没有实施'将刀插进被害者的胸口'这一行为本身；拿刀刺了，但因其他事由的介入导致被害者死亡；被告人承认上述两种情况之一，但并无杀意。简而言之，我只是在问辩护律师是如何把握本案之争议点的。我不认为自己提了一个让人难以回答的问题。"

对方的提问是要我明确告知该把出发点设在何处。

"凶器上有被告人的指纹，被告人所穿衣物和身体上沾有死者身上溅回的血。这些事实并无争议。"

"我们不是在问对事实的承认或否认。"留木插话道。

"换言之，刀刺入时被告人就站在被害者的正面，而且还握住了那把刀。到这里为止我都承认。"

"罪犯另有其人，被告人只是拔出了刀——你的意思是，连这样的主张都有可能？"

"从可能性上来说，是这样。"

"我们的意思就是要你锁定这种可能……"

"目前还做不到。"

"法官，我想提请您在记录中留下刚才的对话。我方准备并无不足之处，甚至还要求对方申明主张。诉讼延迟的责任在于辩护律师。"古野厉声说道，瞪视着两位法官。

"明白了，我们会留下记录。"

萩原做出承诺，将目光投向书记员。书记员微微点头，开始敲打电脑键盘。以书面形式保存手续过程中当事人之间的对话记录，是审理手续的公证人——法院书记员的职责。

经检察官公示后得到的证据——特别是关于司法解剖结果的调查报告书和模拟法庭的现场鉴识记录——我已一字不漏地熟读过。

死因是刀刺入心脏导致的失血过多。不见防卫伤，极可能是当即死亡。从凶器的刀上只检出了馨和美铃的指纹。更有鉴定结果表明，美铃所穿衣物上沾有的大量血迹确实是馨的。

死亡推定时间是下午一点前后。我打开模拟法庭的门是在一点零五分，因此馨的心脏就是前一刻被刀刺中的。也因为当时正是午餐时间，关于何人进入过模拟法庭，警方从使用自习室的学生处得到了大量目击信息。根据目击者的说法，馨、美铃和我的进入时间分别是十二点二十分、十二点三十分、一点零五分……目前尚无人声称见到有其他人出入过模拟法庭。

这些案情证据显示美铃正处于极为不利的境地。

"今天似乎只能到此为止了。"有一段时间没开口的佐京准备总结陈词。

"我们这边可是做好了推动进程的准备。"

受到留木的讥讽，我也不生气。如今我没有这个权利。

"先生，我重复一遍，在下一次手续之前你必须明确主张的内容。拜托了。"

5

我迈着忧郁的步子离开法庭，前往法都大学法学院。

自案发以来，我便尽可能不踏入那幢建筑。尽管我心里知道必须进去，但总是以忙为理由一再拖延。

我很害怕。总觉得那天的光景会闪回……

据说模拟法庭已停止使用。今后不会再有无辜游戏了。这里既无审判者，教职员工也肯定不会允许。

身着法官制服的大学教员被刀刺死，以凄惨的模样被发现。

命案的第一篇通报刚出，即刻引发了舆论风暴。从现场的情况来看，似乎不是单纯的杀人案。当时还有媒体组织了专题报道，但也许是未能从搜查机关获取更多有价值的信息，看到相关新闻的机会渐渐地少了。

不料，有人却添了一把柴火。某周刊杂志嗅到无辜游戏的存在，写下了一篇介绍其内容的报道。泄露信息的多半是过去的同窗。

在理应正确学习法律的地方，曾经有过以私刑为乐的游戏。被害者在其中扮演着中心角色，莫非是因游戏而起的纠纷引发了悲剧……

这把柴火足以招来熊熊烈焰。大量记者蜂拥而至，谴责管理体制的报道、关于审判者对无辜游戏的败者课以惩罚的报道，纷纷出炉。

接着，因同窗美铃被逮捕，舆论风暴达至顶点。更有许多记者来找我这个第一发现人。当然，我没有开口说一个字。

我已抵达目的地，于是强行终止了回想。

木制门没有上锁。想来是事先为我开了锁。

"嗨，久我，好久没见了。"

在模拟法庭等我的是奈仓副教授。他从庭长席上直直地俯视着我，那是过去馨一直坐着的地方。

我进入栅栏，在辩护方的桌前站住。

"难为你了，对不起。"

"既然是辩护律师，就必须调查现场。倒不如说你来得太晚了。"

我想这话没错，不由得苦笑起来。

"证据的量太大……现在总算告一段落了，所以我开始行动了。"

"类型证据公示也申请过了?"

"是的。申请范围相当大。"

辩护律师极度缺少搜查信息,证据公示制度对他们来说就是生命线。

普通案件仅向辩护律师公示检察官申请调查的证据和任意公开的证据,但附有"公审前整理手续"的案件允许律师要求公示检察官保有范围内的证据。这就是类型证据公示申请。

"那个花是老师带来的?"

证言台前供奉着白花。

"嗯。平时这里关着,连花都没法摆。我觉得你们对这儿的利用方式可要合理得多。毕竟这里是裁决人的地方。"

"我想只有老师会给出这样的评价。"

望着供奉给死者的花,与馨生前的交谈在我脑中复苏了。

我俩在审判台前相邻而坐,一边说着话。

"万一我有不测……我想托正义办一件事。

"有块墓地埋着我的父亲和祖父。希望你能过来为我献上龙胆花。"

当时我不解其意,听过便罢。然而,馨的话成了现实。连凶器折刀也一致……

"你没事吧,久我?"

审判台前奈仓老师的声音将我拉回现实。看来我沉默了好一会儿。

"刚才我在想事情。"

关于此事，我决定过后再考虑。没准其中隐藏着重大意义。况且我一直在想该去祭拜一下馨了。

"把我放进模拟法庭不要紧吗？"

"少操不必要的心。学生少了，排的课也少了，正好可以消磨时间。"

听说今年法都大学法学院的入校生急剧减少。至于原因，根本无须多问。出了那么大的事，想进这个学校的考生自然是极少数的。

"别管这些了，织本身体还好吧？"

"还是老样子吧。"

自从美铃成了被告人，我还是第一次听到有人关心她的健康。

"久我你要帮助她。这也是辩护律师的工作之一。"

"我知道。那个……我可以在这里四处调查吗？"

"当然可以。查到你满意为止。"

"不过，预计花不了太多时间。"

馨倒下的地方是在证言台前。没有发现被拖曳的痕迹，所以并不是凶手在别处杀人后移动了尸体。

无辜游戏中，馨所处的固定位置总是审判台前。

立场变了，所处的固定位置也会变。正如已成为律师的我今天选择的是当事人席一样。

这么说，那天馨担当的角色不是审判者？

被指定为原告人、证人、犯罪嫌疑人的人。与审判台不同，许多人会站在证言台前。

馨是以什么身份站在这个地方的呢？

同样的疑问也可以放到美铃身上。或者也可以放到我自己身上。

每个人是以何种立场参与了当天的那场游戏呢？

不知道的事太多了。先于我来到现场的美铃，应该能对某几项疑问做出回答。然而，美铃缄口不言。

我把视线投向审判台，抱着胳膊等我的奈仓老师问道："案发那天，久我为什么会来这里？"

"因为我收到了邮件，说是要进行一场无辜游戏。"

我浏览过邮件无数次，以至于都能背出内容。邮件里说，某个令大家意外的人发起了诉讼，导致馨决定进行游戏。

"发信人确实是结城？"

"邮箱地址是馨的。收到邮件是在案发的好几天之前，所以我认为他人冒充馨发邮件的可能性很低。"

"邮件并没有发给全班级的人吧？"

来模拟法庭的只有我和美铃，想来奈仓老师是根据这项事实做出推断的。

"是的。仅以我核实到的情况来看，除我之外没有人收到邮件。"

"织本也没收到？"

"美铃什么也不回答。"

"看来你吃了不少苦头。不过怎么说呢，这会成为你宝贵的经验。"

奈仓老师微笑道。与老师交谈，心情便会放松下来。但我不能沉溺其中。来这里并不是为了散心。

"就这么迎来公审的话，美铃肯定会被判为有罪。"

"听你刚才的说法，织本是在彻底行使缄默权吧？这样的话就可以期待在质询被告人时反败为胜，不是吗？"

"证据实在太齐全了。"

室内没有设置监控摄像头，也无人在模拟法庭的门前看守，所以或许还有一定的余地可以主张刺死馨的另有其人，凶手在我进入室内前逃跑了。但问题是刀上的指纹以及回溅的血。若不能对这两点加以合理的解释，再怎么争辩美铃可能不是凶手，也无法颠覆法官的印象。

"你很消极啊。"

"杀人罪的法定刑罚是五年以上徒刑。但凡酌情减刑不予批准，就不可能有缓刑。宣判有罪的那一刻，美铃的人生就完了。"

"你觉得织本认清这一事实了吗？"

"嗯？"

"她也通过了司法考试，是未来的法律专家，很清楚自己所处的情况。在此基础上她选择了缄默，不就是因为有不得不这么做的理由吗？"

从我就读法学院开始就是这样，严厉与温柔总是保持着绝妙的平衡，共存于奈仓先生的发言中。

"谢谢你……我心里稍微畅快些了。"

"能帮上忙是再好不过的。唯有辩护人得相信被告人，直到最后。"

我深深地吸了口气，切换了思考的开关。

"案发前后，你有无觉得馨的样子比较奇怪？"

法学院内负责指导馨的人是奈仓老师。

"结城嘛，一直是很奇怪的。不然怎么会留校并在我的指导下写论文呢。"

"老师也不知道馨选择做研究者的理由啊。"

奈仓老师闻言，动了动脑袋，也不知是点头还是摇头："我认为，世上几乎不存在基于积极理由而决定的选择。"

"但也不是完全没有吧？"

"偶尔会有，但其理由通常无法对外人解释。越是那种由复杂的纠葛引导出的选择，就越是不适合进行语言化。比如说……久我为什么要当织本的辩护律师？"

"这个嘛……"

咲也问过同样的问题。那时我也没能做出清晰的回答。

"不用勉强回答。这下你该明白了吧？能即刻做出回答的问题是没有意义的。"

"我觉得馨立志做研究者并非出于消极的理由。"

"这一点我也赞同。做出不合理的选择时，刚才我说的相互关系便会发生逆转。结城关于前途的决断，简直愚蠢到了极点。"

我不懂奈仓老师为何如此贬低自己的指导能力。

"馨在写什么样的论文？"

"各种各样的。执笔速度惊人，抓到什么就写什么。如果因此论文质量就很低的话，我还能提醒几句，可他写得比水平低下的副教授还好，太恶劣了。"奈仓老师说话时眯着眼睛，似乎颇为怀念。

"应该有共通点吧，都是刑事方面的论文。"

"没错。其中尤以刑事政策相关的论文居多。你们毕业前我上过一堂关于冤狱与无罪的课，还记得吗？"

"嗯，记得。"

"那个也是刑事政策。以犯罪论为对象的是刑法，以刑罚论为对象的是刑事政策，一般都是这么归类的。当然，其实没法区分得那么明确。"

"原来如此。"基本要旨能够理解，所以我点了点头。

"他说决定接受我的指导也是因为读了刑事政策方面的论文。"

"是吗……"

"那家伙有成为优秀研究者的素质。搞成现在这样真是遗憾。"

这话听起来是发自肺腑的。倘若只是浅层的指导和被指导关系，应该不会特地过来献花。

"你恨美铃吗？"我忍不住问道。

"这个嘛，等织本的有罪判决下来了，我再去恨。"

老师说出了无罪推定的原则——宣判有罪前，任何人都被推定为无罪。

作为辩护律师，我能坚信这一原则直到最后吗？

6

几天后，我再次前往七海警署拘押所。

这次的会见对象不是盗墓者，而是织本美铃。

七海警署拘押所分男性专用楼和女性专用楼。美铃身为杀人案的被告人，被拘押在女性专用楼内。保释希望渺茫，因此在审判以某种形式完结之前，警方不会解除对美铃的人身限制。

美铃坐在亚克力板的对面，挺直腰杆注视着我。衣服上满是皱褶，应该也没化妆，但无损她的美貌。

"不太希望让你看呢。"

美铃嘀咕着，但并未背过脸去。明明是伸手可及的距离，隔在当中的亚克力板阻碍了我们。

"以前在福利院的时候，不化妆是理所当然的。"

"这都多少年前的事了？我早就忘了。"

对美铃来说，那是很久以前的事吗？

它们不是鲜明的过往，而是失去了光彩的记忆……

"公审前的第二次手续已经办理完了。后来我又去了模拟法庭。"

"能仔细说说吗？"

明知没有旁人，我还是回头看了看入口的门。辩护律师不受监场人的监控与被告人会面，是制度许可的权利。

"那我先从手续过程中的对话说起……"

161

那天古野检察官指出我与美铃的信赖关系莫非已经破裂。而两位法官虽然没有明言，但恐怕也在担心同样的事。

其实不是。他们误认了事实。因为没有哪个被告人能比美铃更清楚案情和自己所处的立场。

美铃在理解了一切的基础上，未与任何人商量做出了不置可否的决断。

"美铃，下一次手续之前我们不得不明确预定主张。"

"没想到检方的准备那么迅速……"美铃心不在焉似的回应道。

"你看过'类型证据公示一览'了吗?"

"那个是全部了吧?"

"申请范围已经很广了。再多就难了。"

应美铃的要求，我从检方得到的公示信息包括了原本感觉并无必要的部分。我已事先把标题一览表交给了美铃。

"明白了。这样就行了。"

"你在找什么证据?"

"没什么。我只是觉得，如果有什么奇怪的证据就难办了。"

我并不相信这套说辞，但即便追问，美铃的回答也不会改变吧。

"姑且问一声，不用做量刑情节举证的准备是吧?"

"你是要我认罪?"美铃的表情阴沉下来。

"不不，我的意思是，根据无罪主张的构建方式，预备性地进行量刑情节举证也可能成为一种辩护方针。"

所谓量刑情节是指涉入犯罪的过程、犯罪行为样态、防止再犯的对策等在量刑时主要参考的情节。被告人方对此举证后，即使被判定有罪，也可能得到减刑。

"一旦进行举证，争议点会变得模糊不清。"

"可是……"

"清义是不信我无罪啊。"

厉声喝道"我没这么说"是容易的。但我不认为感情用事是辩护人与被辩护人之间正确的相处模式。美铃是在测试我吗？

"想让我相信的话，就别遮遮掩掩了，行吗？"

"虽然没有和盘托出，但我也没隐瞒什么。"

"这不是一回事吗？"

"在我这里两者有明确的区别。"

"那……这张SD卡里储存的是什么？"

我从口袋里掏出SD卡，拿到美铃的近处。SD卡几乎快贴上亚克力板了。

我自以为给了对方一个措手不及，然而美铃的表情没有变化。

"还不能说。"

"为什么？"

"我想这样对双方都好，所以一直没说。"

"这个就叫遮遮掩掩。"

在模拟法庭发现馨的尸体时，美铃默默地递给我一只塑料袋。里面装的就是这张SD卡。

"你试图去看里面的数据了？"

"嗯。但是被加密了，打不开。"

连文件扩展名都未显示，所以也无从想象是什么数据。

"放心吧。里面并没有病毒。"

"为了不让警方拿到，才给我的吧？"

"没错。因为我想他们不会连清义的行李也一起搜查。"美铃满不在乎地说。当时美铃已做好心理准备，知道警方会要求她以重要参考人的身份去警署配合调查。我只是第一发现人，想来她断定交给我更安全。

"美铃……你明不明白？如果卡里有重要证据，那我就是在协助毁灭证据。我有权询问卡里的内容。"

"重要证据？比如说什么？"

"正因为不知道我才要问你。"

"如果里面的东西暗示我是凶手，毁掉它不就行了？"

我摇了摇头，心道这算什么回答。

"反过来，如果里面是证明你无辜的东西，还有必要隐瞒吗？"

"所以说，我没有隐瞒的意思啊。时机到了，数据自然就能打开了。"

"要等到什么时候？"

"这个就要看清义你了。可能是马上，也可能更迟一些。"

我渐渐厌烦了这种毫无结果的对话。我叹了口气，故意让美铃听到。因为不信任我，所以隐瞒信息？还是说有其他理由？

"为什么要让我当辩护人？"

"因为我觉得除清义外，别的人做不成这个事。"

"我对美铃的信任也是有限度的。"

就这么迎来公审日的话，肯定无法赢得令人满意的判决结果。

"你的意思是，要从辩护人的位置上退下来？"

"构建不起信赖关系的话，就只能这样了。"

我不会丢弃美铃。但即便如此，我也不能不暗示这一可能性的存在。明明我只想与美铃齐心协力，共同面对困境，可情况为什么会变成这样呢？

"拜托了，请你再容忍一下我的任性。"

"负责为你辩护期间，我会容忍的。"

这已是我竭尽全力的让步。

"谢谢。"美铃垂下眼帘，轻声说道。

"接下来该做什么？"

去法都大学法学院检视现场也出于美铃的指示。

"还记得一个叫佐沼的人吗？"

"呃……那个多面手？"

从美铃嘴里蹦出的人名着实出人意料。

"我希望你去找他。"

曾在美铃楼上的房间居住、一边窃听一边不断地给美铃添堵的罪犯。

姓名和"头衔"只是他自己说的，关于此人的信息几近于无。

找佐沼……充斥于我脑中的疑问不是如何去找他，而是找他的动机。

"事到如今再找他，又能怎样?"

"那个事还没解决，不是吗?"

"算是吧，可是……"

必须处理的问题都堆积如山了。如今正事已被耽搁得越来越久，哪里还能抽出时间去管什么佐沼。

"现在必须去找他。"

"为什么?"

"那个人也许能证明我的清白。"

佐沼能证明美铃的清白?我无法立刻做出回应。

"你是说真的?"

"现在这个情况下，我不会讲无聊的笑话。"

"可是……"

"我明白没时间了。"

"他能知道些什么?"

"对不起，我还不能说。"

我叹了口气，也不知这是进入会见室后的第几次了。

"明白啦，我找找看。"

"有希望吗?"

"我会找到他的。不管用什么手段。"

7

结束与美铃的会面后，我在七海警署的大厅思考。

该怎么找佐沼呢？

在303室与佐沼对峙时，我没能让他认罪。被闪烁其词一通推诿后，我连谢罪的话都没让他说出口，就离开了房间。

那是我第一次也是最后一次与佐沼交谈，当然也没能掌握他的住处和联系方式。不过，关于和他取得联系的方法，我倒也不是毫无头绪。

正是因此，如今我仍留在警署的大厅里。

当时佐沼对我说："你要是想找我办事了，就拿'多面手佐沼'这个名字打听一下。我没在任何地方打广告，不过只要找附近的流浪汉问一声，应该就能找到我。"

现在这是唯一的突破口。我从椅中站起身，走向接待处。还是请他帮忙吧。

制度上基本允许辩护律师无限制地会见嫌疑人或被告人。不过，有时他们会因接受审讯或调查不在警署，所以通常需要事先确认能否会面。这次的会面事出紧急，但最终我顺利地获得了许可。

盗墓者权田一脸惊讶，注视着突然到访的我。

"你好，权田先生。"

"今天来有何贵干？"

"我有事想询问权田先生。"

"律师先生有事要问我?"

"有一个叫佐沼的流浪者,你是否有印象?"

虽说是住在墓地里,但权田俨然也是一个流浪者。我想也许他与佐沼有一定的联系。

"是说那个多面手吧。"

"是的。"我暗道一声'妥了',"我在找他。"

"那家伙犯什么事了?"

"不,那倒没有……"

我犹豫起来,不知该透露多少实情。倘若不说明理由,怕是无法推进话题。

"毕竟那家伙尽干些危险的事,只有抽身而退的时候特明白。不会像我这样轻易被抓到吧。"

"我只是想问佐沼先生几件事,跟我办的另一个案子有关。不过由于他居无定所,我不知道该去哪儿找他,很发愁。"

"你觉得同为流浪汉的我应该知道他在哪儿?"

"是的。"

见我点头,权田抿嘴一笑。

"我确实知道佐沼在哪儿。"

"下定决心来问你算是做对了。"

我假装没有注意到对方那意味深长的表情和视线。

"不过……你总不会要我无偿地告诉你吧?"

"怎么说?"

"我是在问你有什么回报。"权田把嘴凑近亚克力板的通声孔，低语似的说道。

"你是要跟辩护律师做交易？"

"难不成律师先生觉得，只要是律师就能无条件地获取情报？"

"我自认不是那么傲慢的人。明白了。要怎样你才能告诉我佐沼先生的所在？"

对权田要求的回报，我也有所预判。正因为如此，我采用了貌似会无条件听从的问法，好让权田以为是自己的选择。

"请你拿回我的私房钱。"

"就是你上次提过的那件事啊？"

"没错。"

太好了。这样就不会陷入不确定的事态。

"嗯，好啊。"

"啊？"

"把那个充作赔偿金就行了对吧？这个活我接了。"

权田表情呆然，多半是没想到我会答应得如此爽快。我还是很不擅长这种讨价还价。

"你不会装作把钱取来，其实是拿自己的储蓄交差吧？"

"我可没打算自掏腰包。说起来我连墓里有多少钱都不知道。"

"藏钱的地方可是在拜石下面。你干那种事真的没问题吗？"

明明是自己提出的要求。权田为什么又动摇了呢？我忍不住苦笑起来。

"你自己也知道那是触犯法律的行为了？"

"目前为止我委托过的人都拿这个理由拒绝了。"

"你还委托过别人？"

"这个嘛……"权田没有说下去。

看来是有复杂的内情。

咲对我说过："既然是律师，就请神不知鬼不觉地去犯罪。"确实，身为法律专家，说一句"这是违法行为"就弃而不顾，也许是浅薄的。

"我会找墓地的所有者说明情况，取得相关人员的许可。这样就不会被问以礼拜场所不敬罪或坟墓发掘罪。"

"还有这种法子……不过，能顺利办成吗？"

"不知道，因为我从没跟人交涉过挖墓的事。不过，骨灰盒边上放着毫不相干的东西，想来遗属也会觉得窝心。所以最终还是会答应的吧。当然我想也会招来怒火。"

权田注视着我，显得神色不安。我有意地向他微微一笑。

"你就这么想知道佐沼在哪儿吗，甚至不惜做这种事？"

"是的。详细内情我不能说。不过，也不光是这一个原因。"

"其他还有什么？"

"居无定所的人多的是，不差你一个。我想只要去公园或地下道路找找，就能马上找到。会不会爽快地告诉我，这个很难说，但拿现金或香烟做交换，应该会有人回应吧。
这个做法恐怕更省力。"

没必要遮遮掩掩，所以我坦率地说出了自己的想法。

"那你为什么找我？"

"反正要找人问，能一石二鸟不是更好吗？这次的案
子，我们只能在酌情减刑方面做文章。一旦取出墓里的私
房钱，我就能见到佐沼先生，而权田先生也有钱赔偿了。"

你看，这不就是一石二鸟吗？

我解释了一通，权田则颇觉有趣似的盯着我的嘴。

"你这律师有点怪……"

"当然一半是为了我自己方便。"

"这样才让人信赖啊。因为被出卖的可能性降低了。"

"那好，现在能不能告诉我墓碑上的名字？"

对方将告知死者生前的名字，此人正长眠于我要去挖
的坟墓里。

我怀着奇异的心情，等待权田开口。

"权田聪志。"

"不……我不是问你的名字。"

"我知道。正因为信赖先生，所以我要说实话。"

此后权田坦陈了隐藏许久的秘密。

8

星期五下午三点。我和咲在权田指定的时间来到了七

海墓地。

大小不一的墓碑排列有序。

一部分墓碑面对着人流不息的道路，全都装饰豪华，看起来价格不菲。另一边，被撵到暗无天日之处的墓碑则憋屈而孤单地伫立着。

倘若知道其中还混杂着生者的墓碑，怕是死人都会大吃一惊。

其实权田似乎从一开始就没打算让我在深夜掘墓。他提出要求，根据回应判断对方是否值得信赖，然后再托付真正想做的事。

我误打误撞竟通过了权田的考验。

事先我已在墓地内走过一遍，确实有权田聪志的墓。嫌疑人出自由我负责辩护的案子，其名字却被刻在墓碑上，见此情景我陷入了一种奇妙的感觉。

"先森会见的是幽灵吗？"咲问。今天她穿着单色调的盛装。

"这怎么可能。权田聪志还活着呢。"

"毕竟我没见过其实还活着的权田先生嘛。就算是疲惫不堪的先森产生了幻觉，我也不会惊讶。"

"出错的是那个墓。没人躺在那个墓里。"

从我俩所站的地方可将权田的墓纳入视野。我想如果是两个人便不会显得可疑，就把咲也带来了。再等片刻，要见的人就该来了。

"为什么会出这样的错呢？"

"因为有人用大谎言去加固了一个小误会。"

咲歪下脑袋。这也难怪，我还没有详细解释过。

"请你解释一下，好让我明白。"

"我也并没有完全搞懂。"

"没想到先森也挺缺心眼的。说给优秀的事务员听听，没准还能解决你的问题呢。"

对方来之前我也无事可做，便决定配合咲的劝诱。

"天知，地知，你知，我知啊。"

"知道啦，知道啦！"

"权田二十五岁时开了一家建筑公司。最初做点零散的承包业务，因为工作认真、员工优秀，很受业内的信赖，公司也慢慢地成长起来，不到十年规模就大得可以直接签下公共事业的合同了。"

"那怎么又落魄到了去盗墓的地步呢？"

"公司大了，社长能监察到的范围也就受限了。全权处理会计业务的员工开始做假账。啊，这个也只是权田自己说的，没准其实是他指使的。"

咲凝视着正面的墓，轻轻点了点头。

"请继续。虽然我隐隐地能猜到后续。"

"不正当行为滋生了不正当行为，最终覆水难收，权田自己也干起了与融资相关的诈骗勾当。失去业内的信赖，债务节节攀升，社长被判有期徒刑……到了这一步，想东山再起已经不可能了。公司倒闭，权田选择了自愿破产。"

"人从高处陨落只是一瞬间的事啊。"

　　咲的眸子蒙上了一层阴影。我听说她家走上毁灭之路的开端也是父亲的事业失败。也许她是把权田的人生与自己的人生叠合在了一起。

　　"第一次被判刑后，权田便开始往返于监狱和外面的社会。与妻子离婚，和女儿也离散了。他辗转各地，为了活下去而犯罪，然后被逮捕。这就是权田落魄的下半生。"

　　第一次会面时，权田说自己无妻无子，这一半是谎话。多半是他觉得我会去联系她们，所以没说出离过婚的事实。

　　"这就结束了？造那墓的理由呢？"

　　这是理所当然的疑问。我也向权田提出了同样的疑问，但他的回答让人无法轻易接受。

　　"你不觉得在周围的人看来，被逮捕和失踪是一回事吗？"

　　"你的意思是，有人误以为他失踪了，就把墓也造了？"

　　"不是的。误会的人是他女儿，撒谎的人是他夫人。"

　　"怎么回事？"咲将视线挪离权田的墓，瞧着我的眼睛。

　　"还没达成离婚协议时，权田因盗窃案被逮捕——也不知是第几次了。夫人很快就了解了情况。毕竟这已不是第一次，而且我想辩护律师也联系过她。但是，年幼的女儿不知道父亲没了踪影的原因。"

　　"啊啊……原来是夫人没做解释。"

　　"没错。于是女儿误以为父亲失踪了。无论怎么找，无论等多久，父亲也不回来了。夫人见女儿这样，便说父亲已经死了。"

"为什么……"

权田家的齿轮因这谎言而变得四分五裂。

"大概夫人是觉得这比让女儿知道父亲是罪犯打击要小一些，抑或是破罐子破摔了吧，我也说不清楚。不过，夫人把谎言贯彻到了极致。她让权田在离婚申请书上签字，把它提交给区政府，向周围的人坚称丈夫已经死了。"

"那个墓也是这么来的?"

"很厉害吧。可能只是没有退路了，总之夫人明知墓里没人，还一直来扫墓。几十年都过去了，直到自己成了老婆婆，也有了外孙女。"

据说权田聪志的墓里也没埋着先祖，是真正的无人墓。

"权田先生知道自己成了已死之人吗?"

"说是妻子来探监时向他解释过。也不知当时他是什么心情。"

"可怜……"

"刑满释放后，权田也无家可归。我想政府没收到死亡通知，所以在户籍上他还是一个活人，但已等同于社会性死亡了。"

一旦离婚成功，女儿及外孙女就不太可能看到权田的户籍信息了。对于一个认定已经死亡的人，想来谁也不会特地调查他的户籍信息。

"权田只要去见女儿，告诉她自己还活着不就好了?"

"权田认为不该这么做。他接受了自己的死亡，开始在墓地居住。"

此后权田也屡屡作案，但从未告知警方和辩护律师自己有家人。作为一个孤独的居无定所者，他不断地接受刑罚，一路走到了现在。

"夫人的谎言也好，权田先生的选择也罢，我都无法理解。"咲面露泫然欲泣的表情，说道。

"是啊。但夫人并没有抛弃权田，权田也不恨家人。看看他们的生活方式，自然就会这么想。"

"为什么？这怎么可能？"

"上次我说过的吧，权田偷吃供品的事。"

"难不成……是他自己墓前的供品？"

"没错。起初我也觉得这是遭天谴的行为，但如果吃的是供奉给自己的东西，我想就能得出另一种解释。换言之，有人预测权田真的会吃，因此供上了他喜欢的食物。难道没有这样的可能吗？"

"夫人知道权田住在墓地里……"

看来咲也明白我想要说什么了。

"对女儿说是给父亲扫墓，对外孙女说是给姥爷扫墓，不停地摆上供品。看到空了的容器，说一句'是亡人吃的'，小孩子听了信以为真也不奇怪。"

"都做到这个程度了，再度成为一家人不就好了吗？"

"或许是他们耗费时间达成了以墓碑为中介的距离感。"

关于偷食供品一事，权田没有撒谎。

他说不知道那里有无家人的墓。那里有的是权田本人的墓。

他说有人看到容器空了很高兴。妻子知道权田在外面的社会平安地活着，很高兴；外孙女相信是死去的姥爷吃的，也很高兴。

他说不吃供品的话会有人伤心。妻子以为权田被捕或已经死亡，会很伤心；外孙女以为姥爷抛下了自己，也会伤心。

然后，他说自己的犯罪是给人带来幸福的……

或许真是这样。毕竟没有人因此而受到伤害。

"先森，你看那边……"

咲的话使我模糊的视野重归清明。

有两条人影径直走向我俩一直注视着的墓碑。

"好像来了。"

"我们也过去吧。"

年老的女人和少女手牵着手站在权田聪志的墓碑前。我有点拉不下脸，但还是上前搭话去了。为了不吓到她们，我放低了声音。

"那个……不好意思。"

先朝我们转身的是少女。

"姥姥，有客人来啦。"

这表述是否正确，颇有些微妙。女人也注意到了我俩的存在。

"原谅我突然上来搭话。"

"您有什么事吗？"

刻于脸上的皱纹伴随着话语声上下波动。深深的皱纹似乎昭示了女人一路走来的人生伴随着一连串的苦难。

"我是律师，名叫久我清义。因权田聪志先生的关系，我想问您一些事。"

说出权田的名字时，女人的表情略微扭曲了一下。

"香奈……能拿桶去打点水吗？"

少女声音明快地答道："嗯，知道了！"

"和姐姐一起去吧。能不能带我去放桶的地方？"咲弯下腰与少女视线平齐，说道。

"好啊！这里走，这里走。"

"小心别滑倒了，我们牵着手走吧。"

两人从墓碑前离开了。我默默地在心里感谢咲的随机应变。

"她不知道权田先生还活着吧。"

我抬眼看向女人，只见她目光炯炯地瞪视着我的脸。

"权田已经死了。在我们心里，在很久很久以前……"

"我来这里只是为了转达权田先生的话。"

不是死了，而是你杀死的——这么说的话，女人会不会勃然大怒呢？

"又进局子了吧。"

"是的。从不再有人吃供品的时候开始。"

摆在墓碑前的容器里盛着原封未动的面包和水果。

"您知道多少？"

"大致情况我已听本人讲过。权田先生恐怕会被判刑。我想这几年他是没法吃供品了。"

"摆上供品并不是要给那个人吃。这是我以自己的方式做出的了断。"

"原来如此。失礼了。"

了断啊……权田接受自己的死亡，或许也是他以自己的方式做出的了断。他觉得，即使自身的存在被抹除，倘若这是受其牵连的家人所希望的，那也无法可想。

"权田要转达的话是?"

"权田先生因盗窃嫌疑被拘押。其本人表达了赔偿损失的意愿，但手头没有现金。不过，据他透露，他在某处藏了一笔私房钱。"

"某处?"

"在这墓里。"

我指了指正前方权田聪志的墓碑。

"您是在开玩笑吗?"

"不是，权田先生好像真的在墓里藏了一笔钱。具体而言，是放在了骨灰盒的旁边。但是，要搬开拜石，必须得到相关人员的许可。"

"你想找我帮忙?"

"是的。能否请您协助我取得许可，并陪同我一齐开墓呢?"

沉默持续了十秒左右。女人似乎在犹豫。

"我不清楚里面有多少现金，不过权田先生说足够用来赔偿。然后，剩余的钱他希望能交给您。"

"您要我收下权田的储蓄?"

"直言不讳地说，确实是这样。"

这是权田真正想托我办的事。

藏在墓里的私房钱是权田为女人攒下的。只要放在骨灰盒边上，万一他有所不测，女人取出骨灰盒时便能看到。

这笔私房钱还带有遗赠的使命。

"金额是多少？"

"刚才我也说过了，不清楚具体的金额……"

"我问的不是这个，而是权田所偷物品的价值。损失由我来赔偿。拿赃钱交给被害者，天理难容。"

"我认为没有必要向对方解释详情。"

"问题不在这里吧？"女人断然说道，似乎在表明其意志的坚定。

"那么多出来的钱呢？"

"我不打算收。因为这是权田的钱。"

对方口气强硬，以至于让人觉得怎么劝说也没用。

"墓里可能还有信件之类的东西。"

"我的回答不会变。只有在权田死的时候我才会开墓。"

我说不出更多的话来。看来只能断念了。

"明白了。我会向权田先生如实转达。"

"能不能也为我传句话？"

"嗯，可以。"

知道被拒绝后，权田应该会大为悲伤。能捎去一句缓解悲伤的话也是好的……

"能不能为我转达这句话——你死了，我会把私房钱烧给你，所以你就安心地去吧。"

我目瞪口呆。是去生活？还是……去死？

女人理解权田的意图，并拒绝实现他的愿望。我总觉得其中混合着复杂的情绪，与憎恶或愤怒等单纯的负面情感有所不同。

我看到咲和少女从墓地深处走来。

"权田先生将接受刑事审判。嫌疑内容我不做争辩，所以打算在酌情减刑上做些文章。到那时能否请您出庭做证呢？"

虽然觉得大概率会被拒绝，但又抱着些许期待：并非全无可能。

"我拒绝。杀死权田的我没有这个资格。"

女人背过身，向正在招手的少女走去。

她最后说出了"杀死权田"这句话。不是"权田死了"，而是"杀死权田"……

空无一物的骨灰盒，期待被人食用的供品，不会被使用的私房钱。

眼前的墓中隐藏着各种矛盾。

一切矛盾都将在权田的生命走到尽头时得到消解。

9

听了前妻的传话，权田在会见室放声大笑。

唯有这嘶哑的笑声在狭小的空间内虚无地振响着。随后，权田也不卖关子，说出了多面手佐沼的所在。

我的目的达成了，但看到权田假装若无其事的反应，总觉得心里发酸。被怒骂一顿也许还能好些。

从广濑站西出口徒步五分钟左右，可抵达一处公共设施，名曰姬川公园。

与高度商业化的东出口那边不同，西出口这边是宁静的住宅区，大型建筑唯有预备学校和超市，公园内也数拖家带口的最多。

坐在长凳上吃便当的老夫老妻，天真烂漫地追着足球跑的少年。我一边侧视着他们的身影，一边走向公园的中心地带。

"他应该会在银杏树旁铺一块方格花纹的休闲毯，往上一坐。"

在权田告诉我的地方，就有那么一块鲜艳的休闲毯。

毯上有一张小桌，上面摆着砚台、毛笔等书法用品，四周则被大量彩纸所包围。彩纸上有用独特字体写就的短文，但无一雷同。想来全是在此处销售的商品。

桌前坐着原以为不会再次相见的男人——佐沼。

打了结的长发，脏兮兮未加修剪的邋遢胡子，灰色的工作服……

外表看着就像真正的书法家。

"你好。"

我也不做远距离观察，直接上前搭话。

"欢迎光临……不好意思，还没开始营业呢。"

"你还记得我吗?"

佐沼把手上的毛笔搁到桌上，眯起眼看了看我的脸。

"我记性不太好。要么自报家门，要么就回去，你自个儿选。"

这独特的说话方式唤醒了我在美铃公寓时的苦涩回忆。

"就算听了名字，我觉得你也是想不起来的。"

"是吗? 如果你是来取笑人的话，就请回吧。"

看来我被想成了来搅和生意的毛孩子。倒也未必不是这样。

"如果我说我认识一个你窃听过的女大学生呢?"

数秒的沉默过后，佐沼嘴里"啊"了几声。

"原来是那个奇怪的小鬼啊。"

看来姑且能继续交谈了。

"我有一点事想问你。"

"想写什么话?"

"嗯?"

"是说这个啦。"佐沼指着彩纸说，"现在我还是一个书法家。"

"不干'多面手'这个行当了?"

"不挑三拣四，什么都干，所以才叫多面手啊。这个工作自然不存在什么副业的概念。五个字以内的话，不多不少一万日元整。"

虽然心里觉得是狡辩，但我嘴上没去反驳。口头上驳倒这个男人很难，这一点我有切身体会。

"反正就是要我付钱对吧。"我都没心思客客气气地说话了。

"在写字的时候，我听你说。"佐沼说着，抿嘴一笑。

我扫了一眼彩纸上的作品。虽说并不拙劣，但也尽是一些不会起意花钱去买的东西。只是判断下来，我觉得一万日元就能打听到信息算是便宜的。

"句子就写你喜欢的。从那边的彩纸里挑一张合适的给我也行。"

"那就说不成话了。思考一下写什么句子，是你该干的活。"

哪有这么麻烦的条条框框。我即刻想到了五个字，正准备告诉对方……

"对了，一口气都告诉我也是不行的。我的作品得排除先入之见，一字一字地遵照它们的形象运笔。好了，第一个字是?"

"搞不清到底谁是顾客了……好吧，是有无的'无'。"

佐沼点点头，往砚台里滴水，然后动作熟练地开始研墨。

"关于当初你接到的委托，我想问几个问题。"

"要不要回答，听了你的问题后我再决定。"

该从何处说起呢……

"你记得你窃听的对象叫什么名字吗?"

"呃……应该是没听委托人提起过。"

佐沼答话时仍然紧盯砚台。砚台里的墨以一定的节奏前后翻滚着。

"那你听过织本美铃这个名字吗?"

"可能听过,也可能没听过。"

"她就是我刚才提到的你窃听的对象,也是社会上大肆报道的那个杀人犯。而我是本案的辩护律师。"

顺畅地得到研磨的墨猛然停止了翻滚。

"杀人……杀了谁?"

佐沼似乎是对"杀人"这个单词起了反应,而不是对美铃的名字。

"一个叫结城馨的男人,是法都大学法学院的教员。"

"这个也是我不认识的名字啊。"

"当然,现在还只是在怀疑的阶段。"

"一旦被怀疑上就完啦。染黑的东西可没法再恢复成白的。"

佐沼用指尖蘸墨,往和纸上一摁。白色和纸的一部分染上了墨色。

"无论使什么样的手段也必须恢复成白色。"

"哈……那你好好努力,虽然我觉得不行。"

充满藐视意味的笑法。没事,随你轻侮。

"我希望你来帮忙证明美铃的清白。"

"虽然你可能不想听我这么说,但我还是要问一句,你脑子没问题吧?"

"我自觉正常得很。你不用研墨了?"

砚台里几乎没有墨水。脸朝下方的佐沼再次开始研墨,但与刚才不同，他没能保持一定的节奏。

"你的话我听不太懂啊。证明清白是咋回事？"

"想请你作为证人在法庭上做证。"

从权田处得知佐沼的所在后，我去见了美铃。美铃吐露了令人顷刻间难以相信的事实。

究竟是真是假，靠接下来的对话应该能搞清楚。

"为什么是我？我跟这事没有半点关系吧？"

"不，并非没有半点关系。刚才你说不认识结城馨这个名字，对吧？"

"没有印象。"

"那你对这张脸有没有印象？"

我从口袋里掏出一张照片给佐沼看。

"这就是那个叫结城的人？"

"嗯，没错。"

佐沼把照片放在桌上，拿起毛笔。不知何时他已研磨出足够的墨水。佐沼以乱七八糟的笔画顺序，在和纸的右上部写下了"无①"字。

这奇妙的物体就像一个削去了角的圆筐下生出了四条短腿。

莫非这是"无"字在佐沼心目中的形象？

"下一个字是？"

用语言难以表述，所以我在手机里打出汉字给佐沼看。虽然我只想推进正题，但在这种事上得罪对方也划不来。

---

①日语的"无"写作"無"，笔画数很多。

"这汉字可是第一次见到。啥意思？"

"罪、过错的意思。"

"呼……所以才有个辛酸的'辛'字啊。"

佐沼吃吃地笑，显得颇为快活。也不知道是哪里好笑。

"那我刚才的问题，你的回答是？"

"是什么问题来着？"

"这张照片里的人，你在哪儿见过吗？"

"可能见过，也可能没见过。"

他只是想拿我寻开心。我做了个深呼吸，让自己冷静下来，随后问道："委托你去恶心美铃的人就是他吧？"

佐沼提起的毛笔定格在半空中。从毛笔渗出的墨水滴落在砚台上。

"为什么这么想？"

"辩护律师可以看到检察官保有的证据。在这次的案子里，被害者的电脑也被检查过。其中就有结城馨发送给你的邮件。所以不光是我，很多人都已经知道了，你再装傻也没用。"

全是虚张声势。证据公示申请——包括类型证据公示申请在内——并非一项可以像魔法一样获取所需信息的权利。倒不如说基本都会竹篮打水一场空，这次的申请我也未能得到对美铃有利的证据。

即便如此，应该还是唬得住外行人的。

"真有那种邮件的话，那家伙可能真是我的客户。可是，上次我就说过吧？我从来都是不知客户具体信息就接单的。"

"少撒这种一揭就穿的谎。你知道委托人是谁。"

"喂，你怎么这么武断啊。"

"下一个字是平假名的'の①'。"

佐沼咂了咂舌，在和纸上粗暴地下笔。

"你把在美铃房间窃听到的声音发给委托人了吧？"

"电脑里连这种信息都有？"

"没错，全都保存着。"

想来佐沼仅凭自己的知识无法判断我的话是真是假。

"我们是在云空间里交换数据的。可你也不能凭借这个理由就说我知道顾客长啥样吧？毕竟我们是匿名交流。"

"传送的只是声音数据的话，倒也可以这么说。我还知道你在数据里嵌入了病毒。"

"你是怎么知道……"

我只是把美铃告诉我的事说出来而已，所以一早就做好了被付之一笑的准备。然而，仅观佐沼的反应，可知至少不是漫无边际的胡言乱语。

"上学时老师没教过吗？人在做，天在看。"

"很不巧，我可是无神论者。"

"一打开带病毒的文件，电脑的摄像头就会被控制，把拍下的视频传送出去。你能亲口告诉我你想靠这个看什么吗？"

"叫别人冲锋陷阵，自己却待在安全的地方，这让我很

①平假名"の"是中文"的"的意思。

不爽。所以我想看看这家伙的尊容。这么说你满意了吧?"

佐沼见过委托人的脸。只要能问出此人的名字……

"映在摄像头里的人是他吗?"

我指了指桌上的照片。心脏跳动剧烈,甚至觉得喘不上气了。

"没错,就是这家伙。就连记性不好的我也记得清清楚楚。"

点与点连通了……

结论越是难以接受,是真相的可能性就越高。明明我应该已做好心理准备,但现实的答案摆在面前时,我竟希望它是错的。然而,我只能接受。命人捉弄美铃的是馨。是馨折磨了美铃。

"喂,第四个字呢?"

"制度的'制'。"

只剩下写两个字的时间可用来打探情报了。

"尽是些无聊的字。"

"偷拍的画面存在电脑里了?"

"如果我说存了,你想干吗?"

"希望你能提供给我。然后……能否把刚才的话在法庭上也说一遍呢?"

始终盯着和纸的佐沼再次发出令人不悦的声音。

"我窃听了女大学生的房间,反复恶心了她好几次;我在顾客的电脑里植入了病毒。现在你要我在法庭上自曝这些事?"

"没必要说全。我只要其中一部分证词。"

写完字的左半边后，佐沼抬头瞪视我的脸。

"你傻啊……我怎么可能答应这种事。"

"你不是得意扬扬地说过你的捉弄行为没有违法吗？"

佐沼握着毛笔的右手微微颤抖着。似乎是被我的话惹得心烦意乱。

"问题不在这里吧？我的意思是，这对我没好处。"

"委托人可是死了，被害者可是被逮捕了。"

"哈？"

"如果你没接单，馨就不会死。"

假如我设想的故事情节没错，那么针对美铃的捉弄和馨的死可由一条线串联起来。不……岂止如此。我甚至看出那一连串无辜游戏都可能与本案有关。

"这种事我哪……"

"不许你说'我哪知道'。汇集到你这里来的尽是些奇奇怪怪的委托，不是吗？你应该也能想到这些委托可能会涉及犯罪。既然如此，负责善后工作也算合情合理吧？你的证词是可以救人的。"

如今我只能做到这个程度了。我明白最理想的情况是能取得佐沼的证词，但没有办法强制执行。

"你订的是五个字的对吧？最后一个字是？"

"裁判的'裁'。"

"真的存在这种词吗？"

我让佐沼写的词只通行于法都大学法学院内部。

"你的回答是?"

"我想我最终还是会拒绝,不过你让我再稍微考虑一下。"

没叫我别再来已经很不错了——我是不是该这么想呢?佐沼抬头看着我,我拿出名片递给他。

"对了……有样东西要交给你。"

"给我?"佐沼惊讶地歪了歪脑袋。

"对。告诉我你在这儿的那个人,要我转交一封信给你。"

我没询问详情,只知权田和佐沼似乎是老相识。

"谁的信啊?"

"看看就知道了。不好意思啊,突然跑你这里来。"

佐沼接过信封,把它对着阳光左照右照。打开不就好了——我心里这么想,嘴上没说。信上写着什么我也不清楚。

"时间分配得刚刚好嘛。到底是律师。"说着,佐沼递来一张彩纸。

削去了棱角的圆润字、过度有棱有角的字、仿佛整个时空都已扭曲的字、强化了提按顿挫的字、加工得有如印章字体的字。

每个字给人的印象确实各不相同。

无辜的制裁。

彩纸上杂乱地排列着这五个字。

"这是啥意思啊?"

面对提问,我自言自语似的答道:"这也许就是本案的真相。"

10

刑事辩护可是一场孤独的战斗……

有一位指导律师刚结束一场居于劣势的证人质询，在盛夏的辩护修习课上吐露了这句话。当时我如风过耳，现在则终于明白了其中的真意。刑事辩护中，出于玩家与观众之间的相互关系，孤独的战斗在所难免。

承办本案的检察官古野和留木，不过是负责在公审日进行追诉的玩家罢了，其背后存在一个名曰检察厅的强大组织。

此等规模的案子，通常另有从搜查阶段便涉入其中并完成起诉前准备的检察官，以及指挥全局的责任人。必要时还可以分派人手做补充调查，为判断嫌疑人是否有责任能力而实施起诉前的鉴定。

正因为自负已集齐天衣无缝的证据，他们才下定了起诉的决心。能否做出如此判断将大大左右嫌疑人的命运。

受命用一把螺丝刀拆解送到自己手上的、即将爆炸的炸弹。我认为，主张无罪的辩护律师被要求做的便是这样的工作。必须自己寻找人员来应付这艰难的任务，一旦拆解工作有所耽搁，就会被炸得四分五裂。毫发无损、成功拆解的概率无限接近于零。

正是因此，有罪率约99.9%的数字才能被制造出来。

　　另一方面，观众的冰冷视线也是压低拆弹精度的原因之一。

　　有罪判决确定前，我们不知道嫌疑人是否犯了罪——这种冠冕堂皇的话不可能行得通。从作为嫌疑人被逮捕的那一刻起，世间便视你为黑，而谴责的矛头也会指向试图将黑恢复为白的辩护律师。

　　我算是一个对周围的批评或称赞都不怎么介意的人。表述为"获取他人认可的欲望较为稀薄"可能更准确一些。因此，我也不会为自己寻求被告人利益的行为感到心虚。然而作为辩护律师，即便是我也有伤心的一刻。

　　我摁响了眼前的门铃。比如，就在这一瞬间。

　　我乘坐电车来到了馨的老家。在见过佐沼的三天后。

　　"谁啊？"老年女性的回应声从扬声器里传来。

　　我想了想，说道："我是馨先生的朋友，名叫久我清义。"

　　"馨的……我现在就来开门。"

　　罪恶感向我袭来。我竟然自称是馨生前的友人，而不是美铃的辩护律师。

　　"让您久等了。"

　　馨的母亲身材矮小，面相和气，朝我微笑时的嘴角给人一种虚无缥缈的感觉。

　　"我和馨先生在同一所法学院上过学。"

　　"是吗？那孩子不太爱讲自己的事……"

　　"那个……我能给他上一炷香吗？"

　　"嗯嗯，当然。"

在玄关鞠过一躬后，我进了房间。佛龛被设在和室的壁龛里。

拿蜡烛点着线香，用手扇灭明火。把线香插上香炉时，我的眼睛对上了装饰在佛龛中的馨的遗像。馨不痛快似的盯视着相机的镜头。

我在心里对遗像说道："我想再和你说一次话。如今我总算有点理解你的心情了。当然我知道已经迟了……"

望了一眼渐渐消散的香烟，我站起身来。

"我能和您说会儿话吗？"回到客厅后，馨的母亲主动搭话。

"如果不嫌弃的话。"

真是求之不得。因为我也有事想问对方。

"恕我不能招待周全。"

"哪里，是我突然不请自来。"

馨的母亲将盛有咖啡的杯子摆上桌，催我坐下。

"那孩子不善与人交往，是不是在法学院里也不太合群啊？"

事到如今，我无法再告知自己是织本美铃的辩护人。我只能对自己说："我和馨确实是朋友。"

"馨真的是一个优秀的朋友。也许有人觉得他难以接近，但我好几次都得到了他的帮助。"

"优秀啊……"

"连教授都说他才华出众，能成为优秀的研究者。"

桩桩件件俱是往事。明知无可奈何，但我仍在思索有没有办法讲述现在的馨。

"他可不是那种学习特别好的孩子。"

"我并非恭维……"

"嗯嗯，我明白。不过也仅限于法律知识方面。上大学后一头扑进法律之前，没人夸过他学习好。"

"真的吗?"我实在难以置信。

在校期间能通过预备考试和司法考试的英才可谓凤毛麟角。我毫无根据地以为，馨可能在幼年期就接受了特别教育。

"这可能也是我们做父母的责任。"

"啊?"

"不不，没什么。"

说是教育的产物还能理解，为什么会觉得是父母的责任可就搞不懂了。莫非她是在想，如果不让馨学法律这次的案子就不会发生了?

见对方似乎不想多提此事，我决定改换话题。

"如果不麻烦的话，我还想去扫墓……"

"给他上过香就够了。"

合乎情理的回答。对方恐怕不会允许我打听墓的所在。

"其实我和馨有个约定。"

"约定?"

对方可能难以置信，或许还会觉得我言语唐突。

但即便如此，我也只能如实相告。

"约定内容是万一馨有不测，我要带着龙胆花去给他扫墓。"

"这个是……你和谁的约定?"

"和生前的馨。在案发的一年前。"

至于此前发现折刀的事,我认为应该隐瞒。想来馨的母亲不会乐意听到与杀害儿子的凶器有关的事。

"馨为什么要和您约定这个?"

"不知道。我当时听了也是没当一回事。"

"这……"

"您相信我的话?"

"结城家确实会带着龙胆花去扫墓。"

"原来如此。"还好我说出了花的种类。

"虽说已经迟了,但我还是想履行和馨的约定。您能告诉我墓在哪儿吗?"

"他应该很信任您吧,连这种话都跟您说了。"

馨的母亲画了一张地图,把墓碑的位置告诉了我。如果只是墓地的位置,口头说明一下所在就够了,但寻找特定的墓碑则需要知道标记。

"我打算带着龙胆花去。"

我还有问题要问,但对方先开了口。

"我能不能也向您打听一些事?"

"这个没问题……"

"馨参与奇怪游戏的事,是不是真的?"

从某种意义上来说,这是我最不希望对方提及的话题。

"是说无辜游戏吧。确实,馨担当了审判者的角色。但这个跟周刊上写的不一样，不是什么趣味低下的游戏。"

"总之，他是裁决别人的人，对吗？"

"这个嘛……"我无法否认。可能是不请自来的记者曾就无辜游戏对馨的母亲口出轻率之言。

"馨憎恨罪行。所以才会参与那种游戏吧……"

"憎恨……罪行？"

"刚才我不是说了吗，馨一头扎进法律可能是我们做父母的错。"

"是的。那这句话是什么意思呢？"

馨的母亲并未马上回答，她面露犹豫不决的表情，喝了一口咖啡。

"关于那孩子的父亲，您是否有所了解？"

"我只听说已经去世了。"

馨说过，墓地里埋着他的父亲和祖父。

"连这个也说啦。那就没必要隐瞒了。"

"对不起，我被您说得有些糊涂了……"

"他是一个有前科的人。"对方如此低语道。

"啊……是说馨的父亲吗？"

"在馨读高中的时候，他因为犯下卑劣的罪行坐了牢。后来他精神出了问题，跟个废人一样，最终自杀了。馨的父亲自杀是在他死去的一个多月前。"

极度的震惊让我说不出话来。馨的父亲有犯罪前科？

"由于罪行相当严重，所以很快就传开了。啊，听我讲这种私事让您很为难吧。总之，馨恰好就是在那个时候开始学习法律的。他就像失了魂似的，没日没夜地读法律方面的书。"

"您的意思是，馨憎恨犯下罪行的父亲，开始学起了法律？"

我自认以我的方式概括了馨的母亲想要表达的意思。

"是的。我无法去询问馨的真实想法。害怕去询问……"

"如果是憎恨罪行，不应该以检察官为目标吗？说起来，馨在游戏中担当的审判者，职责更接近法官。"

开创无辜游戏是为了积累经验，学习如何认定罪行和决定惩罚内容——我曾在模拟法庭听馨这么讲过。难道是父亲的前科把馨引向了审判者的道路？

"是这样啊。那可能是我想多了。"

"同样的问题您还问过其他人吗？"

"没有。毕竟这话不好堂堂正正地往外说。"

造访馨的老家目的有二。

其一是为了履行与生前的馨结下的约定，问出墓的所在。

其二是……

"无辜游戏里会对各种罪行施以惩罚。不知馨的父亲犯的是什么罪？知道内容的话，也许我能想到些什么。"

"这个连周刊上都没有写。"

此处我不能打退堂鼓。

"我绝对不会外传。"

"……明白了。请您稍等。"

馨的母亲站起身，向和室走去。

馨为何要命佐沼捉弄美铃呢？我一直无法理解。

福利院的照片，关于女高中生犯罪的报道，屋内被窃听到的声音……

我有一种预感：只要再加上一个解释，就能摸到答案。

馨的父亲有犯罪前科。听闻此事的一刹那，我感觉胸中涌起了奇妙的不安。

父亲犯下罪行是在馨读高中的时候。

罪行之卑劣，以至于风言风语传遍了左邻右舍。

犯罪的时期和犯罪的内容。不会吧，这怎么可能……

馨的母亲从和室回来了。

"这是当时报纸上的报道。"

我颤抖着指尖接过剪报。

读完后，所有的一切都在我脑中串联起来了。

馨的目的是复仇。

11

高中一年级的夏天。我因涉嫌伤人被逮捕。

我把刀刺进了福利院院长的胸口。这项事实无从抵赖。惊慌失措的我只能做到让美铃逃出房间。

关上门前，美铃对我说："我会救你的……一定。"

喜多的受伤程度比想象的轻。但即便如此也改变不了持刀行凶的事实。有关部门认定此行为性质恶劣，经观护措施①后，最终决定启动少年审判流程。

观护期间，我被收押在少年鉴别所。很多人以探究犯罪原因和改造方法为名，与我会面。面谈、性格检测、适应性检测、智商检测——日复一日地以我为对象进行资质鉴别。

其中女调查官峰岸的提问尤为深入。

"你为什么要做那样的事呢？"

"喜多老师叫福利院的女孩脱下衣服给他拍视频。"

峰岸大大张开的嘴显得非常刻意。

"那女孩的名字是？"

"我不能说。"

"你是不信任我啊。"

"相信某个人，然后带来好的结果——这种事一次都没发生过。"

数日后再次来访的峰岸调查官夸张地摇头道："福利院里没有一个人了解你告诉我的那件事。"

"你觉得我在撒谎，是吧？"

"我愿意相信你，但也不能盲目听信你的说辞。"

据峰岸调查官打听到的情况，没有一个福利院的孩子或员工说喜多的坏话。孩子们也就罢了，理应有一定数量

①观护措施：日本法院为做调查对青少年犯罪嫌疑人限制人身自由的措施。通常是将犯罪嫌疑人收容在少年鉴别所。原则上为期两周，可延长一次。情况特殊下可再延长两次，也即最长期限为八周。

的员工清楚喜多的恶行。

想必是他们权衡再三后，做出了抛弃我的决定。

"福利院里有没有一个叫透的人？"

"有。是那个上小学的男生吧。"

"他还好吗？"

"总是低着头，看上去闷闷不乐的。他怎么了？"

"没什么。能听到这些就够了。"

那天，事到临头时透害怕了。他没在衣橱里，而是躲进了公园。

与喜多对抗的话，很可能会被赶出福利院。想来透不愿失去栖身之所，选择了逃避现实。透的背叛固然令人深受打击，但我也切身地体会过在外面的世界生存有多艰难。

"清义君，我希望你能坦率地说出你的想法。"

"刺伤喜多老师确是事实。除此之外我没什么想说的。"

只要我不说，美铃受辱的事实就不会曝光。与峰岸调查官的面谈结束之际，我决心隐瞒真相。

这桩案子相当重大，即使被认定为杀人未遂也不足为奇。由于动机及样态不明，有关部门指派年老的钉宫律师做我的看护人。

"嗨，你就是那个不言语的少年啊。"钉宫兴致盎然地看着我的脸。

"不是你要的回答，你就一声也不吭，是吗？"

"这孩子有意思。要是烦别人问这问那，我就说一些你想知道的事吧。"

"我……没有什么想要知道的事。"

"那就让我一个人说。"

"随你。"

我从未告诉钉宫本人，其实与他面谈是难得的、能让我感到有意义的事。

和其他成年人不同，钉宫不会把自己的价值观或想法强加于人。他不断地用浅显的话语解释少年法的理念、案件的法理分析等法律理论，让我也能理解。起初我只是一味地听，后来则慢慢地开始提问了。

"听说你一开始主张是出于正当防卫才刺伤了被害者。不过呢，这个主张很不合理。有一个原则叫'武器对等原则'，受到徒手攻击，反击也必须是徒手进行的。除非力量或体格悬殊，否则拿刀反击的行为不能构成正当防卫。你和被害者体格差不多吧？"

"为什么会有这样的原则啊？"

"因为要维护秩序。正当防卫并非一种容许报复的思维方式。想成为正义的一方，就必须掌握正确的知识。"

如果当初我理解了法律的机制，也许就不会选择持刀威胁这种简单粗暴的方式。聆听着钉宫的话语，我觉得无知就是犯罪。

"能不能再教我一点法律知识？"

"如果这能让你重新做人的话。"

我必须在这个不平等的世界里生存下去。法律是达成此项目标的武器。与钉宫的相遇使我觉得自己看到了前进的道路。

法律知识日积月累，不知不觉中观护措施的期限到了。与此同时这也意味着审判日的临近。我做好了一半心理准备：自己会被送入"少年管教所"。因为这个单词频频出现在调查官和看护人的口中。即使进了少年管教所，我也能继续学习。不能和美铃相见是我唯一的遗憾。

然而，我没有去成少年管教所。

"这件案子的起因是我对他施加了暴力。"被害者喜多向调查官这样供述道。

此事当然无凭无据。但我改变了供述，说是害怕报复不敢说出真相——因为我很快就认识到发生了什么。

最终，此案的处理方式交由儿童福利机关决定。我进了另一家儿童抚养中心，一切就此尘埃落定。

进入新福利院后过了数日，美铃来到了我的房间。

"谢谢你，美铃。"

"我说过我会救你的吧。"

"你使了什么法子?"

"和清义的一样啊。"

喜多向调查官做出袒护我的供述，并非出自本意，而是受了美铃的胁迫。据美铃所言，用于胁迫的是一段偷拍的视频。她利用安装在喜多房间里的摄像机，拍下了自己被推倒的场景。

这段视频早在透第一次闯入时就已拍下。换言之，我在美铃伺机将计划付诸实施的时候，毫无必要地横插了一杠。

"原来我做的事毫无意义啊。"

"明明已经录好了视频，可我就是没法行动。因为害怕……要不是你创造了这个契机，我可能还在受辱。"

即使已经逃离喜多的掌控，美铃的心灵创伤也未得到痊愈。

"透呢？"

"他很后悔辜负了你。你别恨他。"

"我明白的。这种事不是一个小学生能够承受的。"

这一年年底，有一对家境富裕的夫妇看中了透，提出想做他的养父母。我和美铃都不知道如今透在哪里、正在做什么。

"啊，对了，你来看看这个。"

美铃从包里取出存折递给我。上面的一串数字让我不敢相信自己的眼睛。

"这……是怎么回事？"

"是我拿删除视频为条件换来的。本想要得更多一点，谁知那人花钱一贯大手大脚，手边就只剩下这些。"

"收这个钱没问题吗？"

"喜多已经不在福利院了。不是我毁约啊，是他自己好像还在别的地方搞出了不少问题。"

"是这样啊……"

美铃在屋角的椅子上坐下，仰头看我。

"清义，出了福利院你想干些什么？"

问题来得突然，但我明白她是在问我将来的打算。

"我想学习法律。法律存在于社会机制的根底里。我总觉得，通过学习法律，就算处于不利的立场，人也能获得对等作战的武器。"

我提到了在鉴别所遇见的钉宫，美铃轻轻点了点头。

"法律啊，嗯，我明白了。我们一起考法学部吧。"

"上大学吗？可是，我们没那个钱……"

存折上的金额固然可称巨款。但是，上大学的话，我想光是美铃一个人的学费都凑不齐吧。

"这倒是。照现在这样下去是完全不够的。我们得多多攒钱。"

"打工的话，只够贴补生活费。"

"这个国家有很多比喜多更富裕的成年人。"

"你在说什么呀……"

美铃凝视我的眼眸中，蕴含着破釜沉舟的决心。

"我不想放弃自己的未来。为此就算脏了自己的手也在所不惜。"

那时，我们已经各自犯下了一桩罪行。

我是伤害罪。美铃是恐吓罪。

我们的手已经被染成黑色。

"我也一样，不打算说什么冠冕堂皇的话。"

我俩的身边没有怀着理性前来规劝的成年人。

当然，这只是借口罢了。

一切都是我们自己决定的。世间不允许我们将责任推卸给旁人。

即便如此，偶尔我还会想起当时与美铃的对话："回归正常道路的最后一次机会，也许就在这一瞬间。"

习惯会麻痹感觉。焦躁会削弱判断能力。

高中三年级的夏天。做出错误选择的我们，犯下了不可饶恕的罪行。

12

我打开 GIRASOLE 的门，见咲正在换花瓶里的水。

"喂！怎么都湿透了呀。"

咲把花瓶往桌上一放，立刻跑了过来。

"回来的途中下雨了。"

"真是的……因为你不是猫，我可不会表扬一句'亏你还能找回家门'。干吗不买伞？啊，地板都……"

我连吸了雨水后变重的外套都脱不下来，只是站在门口。脑子迷迷糊糊，什么也无法思考。思维已完全停止。

"先森？你怎么了？"

"我有点累。"

"总之快把衣服换了。真的会感冒的。"

然而我还是没动，于是咲叹了口气，转到背后，强行扒下我的外套。看着她到处寻找衣架，我慢慢恢复了常态。

"衣架在桌子旁边啦。"

"既然知道，就自己来拿。"咲回过头，用尖细的语声说道。

"谢谢。我去换一下衣服。"

"刚才我就叫你去换衣服了！"

我进入卫生间，换上了新的外套和衬衣。虽然没准备换穿的内衣，但多少还是从衣服粘着皮肤的不适感中解脱出来了。

看了看镜子，脸色极差，怪不得咲会担心。至于是怎么回事务所的，我也只能模模糊糊地记个大概。

在站台等车时开始下的雨，碰到行人的伞被溅到的雨滴，自行车甩起的飞沫……

我让咲泡了一杯咖啡，把热得已不知其味的液体灌入喉中。脑中清明了少许。

"今天你去了被害者的老家，是吧？"

咲在我对面的位子上坐下，双手捧着盛有奶茶的杯子。

任性地想一个人待着，娇气地想找人说说话。这两种暧昧模糊的思绪在我心里纠缠不清。

"嗯，是啊。"

"在那里被人家埋汰了？"

"没有，倒不如说受到了欢迎。馨的母亲可是个好人。"

"可你却顶着一张快要哭出来的脸回来了。"

"这难道不是因为雨水的关系吗？"

事务所内只有休闲服可换。穿这身衣服没法跟委托人谈话。虽然觉得不会有人来访，但我还是姑且关掉了门口的灯。

回到桌前后，咲直视着我。

"怎么了？"

"我就那么靠不住吗？"

"啊？"

"不要打哈哈。就算是我，也看得出你遇到了一些事。为什么要一个人扛呢？"

没想到我让咲担心到了这个地步。我拿食指挠了挠脸。

"我是不想让人感到幻灭啦。"

"请放心，我从没觉得先森是什么了不起的人物。"咲说着，吐了吐舌头。

"你看，是你在埋汰我吧。"

"我就是这么一说。而且，律师是一种救人于水火之中的职业，对吧？稍微粗枝大叶一点，被救的一方也能轻松一点啦。"

我们的世界将合乎逻辑的解释视为正义。正因为活在这样的世界里，所以才会存在不合逻辑的温柔铭刻于心的瞬间。这种事总是无道理可讲的。

我决定接受这种温柔，啜了一口咖啡。

"能稍微陪我说会儿话吗？"

"陪到不下雨为止的话，可以啊。"

其实雨已经停了。是在抵达大楼的前一刻停的。GIRA-SOLE在地下，所以不出楼就无法确认天气。我决定将此事再隐瞒片刻。

"需要从很久以前的事说起。"

"你还没到这样的年纪吧？"

说很久以前确实夸张了。再怎么往前追溯，也不到十年。顶多是九年前的事……

"还记得我们在电车里相遇的事吗？"

"这些事我都听腻了。"

"当时我给出了不恰当的建议。"

咲思考了片刻，问道："是指没阻止我搞色狼讹诈？"

"不……是在这后面。如果碰到坚称没对你性骚扰的人，你该怎么办。当时我是怎么说的？"

"是这个啊。你说只有'交给警察后逃跑'这件事你不能容许。"

"原来你都记着。别看我一副大言不惭的样子，其实那也是过去的我没能完成的誓言。正因为如此，我才想告诉SAKU。"

咲闻言歪了歪脑袋，手里仍握着杯子的把手。

"唔……先森，严禁拐弯抹角的表述方式。"

我并没有拐弯抹角的打算……

不过，没能让对方明白自己的意思，就称不上是沟通。

"上高中的时候，我也靠色狼讹诈挣过钱。"

若要单刀直入，就该从这里说起。

"嗯，这么表述就没问题了。你应该不是单枪匹马吧？我从没听过有男人搞色狼讹诈的。"

"有同伙。就是美铃。"

"是……先森接的那个杀人案的被告人？"

"是的。我和美铃以前在福利院生活。我俩都没有正经的家人，也没钱，但又不愿放弃未来。我们不能接受自己的命运在茫然无知的地方被决定。"

"跟我和稔一样。"

咲回应得很快。这种共情和理解恐怕正是来自相似的生活境遇。

"计算上大学所需要的费用时，我真的惊呆了。我们这些福利院出身的孩子找不到连带保证人，很难拿到普通奖学金。虽然知道有些慈善团体提供发放型奖学金，但也是杯水车薪。"

至今我都能清晰地回忆起当时涌上心头的绝望感。

最终还是得有钱……我打心眼里诅咒这无情的现实。

"所以就干起了色狼讹诈？"

"各种各样的都干过。打擦边球的行为，明显是违法的行为。不过，我和美铃各有一条绝不能退让的底线。我不允许美铃出卖肉体，美铃则坚称她讨厌嫁祸于人。"

我明白这想法有多任性。然而，在逆境中生存的我们，以为只能靠利用大人来改变命运。

"色狼讹诈做得比较多，原因有两个。一个是成功率高。另一个是可以事先挑选目标。选中看起来有钱的人，美铃上前挑事，我去交涉。我们就是这么分工合作的。"

"能那么顺利吗？"咲用右手晃了晃空空如也的杯子。

"因为当时色狼冤狱还没有众所周知。模样清纯的女高中生说被摸了，那这个男人就是摸了。乘客也好，站务员也好，似乎都是这么深信不疑的。即便如此，也会有目标坚称自己没做过，这种时候我们的原则是马上撤退。"

"可你刚才……"

"嗯。我没能遵守和美铃的约定。"

"到底发生了什么？"

我站起身，又准备了两人份的饮料。

之后的话无法在中途停止。我想了想该怎么说，然而这种事怎么可能有正确答案呢？我换上新的杯子，但咲没有伸手去拿。在我看来，她是在无声地催促我往下说。

"外表和之前的人没什么两样。穿着做工考究的西装，看上去活得很滋润。"

"是在说那个目标吧。"

我点了点头。明明刚拿咖啡润过喉，嘴里却开始干渴起来。

"美铃抓住他的手腕叫嚷，两人在站台上开始对话。我在离他们稍远的地方，等美铃打暗号。因为不想让对方看出我们是同伙。结果，那人从口袋里掏出了证件。"

"证件？"

"警察证。"

我们碰瓷碰上了一个最糟糕的对象。

"那个人是……警察？"

"嗯。不是色狼管理专员哦。"

即便是咲，如今也笑不出来了。那是自然。气氛完全不对。

"然后……怎么样了？"

决心动摇了。感到恶心并不是因为摄入了过量的咖啡因。

多么软弱的人啊。多么卑怯的人啊。

"两个人一起跌下了楼梯。"

"欸？"

"他们是在二楼的站台上说话。美铃要走，但警察抓着她的手不放。两人就在楼梯边上……美铃想甩开对方的手，但力气不够。然后就这么跌下了楼梯。"

我多次在梦里见到同样的光景——在我眼前因重力而下坠的两具身体。

我只是伸出了右手。那只手什么也没抓到。

"不会吧……"咲的反应仅此而已。似乎是无言以对。

"很快就有人靠过来。看热闹的人围了一圈，站务员赶了过去，有人叫了救护车，最后警察来了。美铃和那警察都没有生命危险，但事情没法就这么完了。因为动静闹得实在太大。"

没有可依靠的大人，又觉得问题只能靠自己来解决。即使明白这样会招致不可原谅的结果。

"很多人听到了电车里女高生中的惊叫，也有很多人看到了两人在站台上的争执。耍流氓的罪犯企图逃跑，和被害者一起跌下了楼梯……在美铃供述之前，这个故事就已经成形了。"

关于当时的情况，我只有模糊的记忆。美铃和我都慌了神，等恢复平静时，案件已经结束了。

"那位警官被起诉了？"

"只是耍流氓的话，通常只到违反《迷惑防止条例》①的程度。但美铃跌下楼梯导致右手骨折。有关部门认定这一结果不可饶恕，在诉状里加了一条为逃跑而推落被害者的伤害罪。"

"对方肯定做了争辩吧？"

一旦对方否认罪行，美铃自会以被害者的身份接受证人质询。在法官面前，美铃可能也无法把谎话圆到底。

"就在要公审的时候，被告人转而承认了指控。"

"为什么……"

"我想原因有很多吧。警察和检察官的审讯，与家人或律师的会面。也许是各色人等出于各自的立场劝他坦白。"

咲的眼眶中噙着泪水。我无法直视这一幕。

"既然没做过，就没必要认罪啊。"

"有证据。"

"怎么回事？"

"警察所穿外套的胸前口袋里，有一个笔型摄像头。里面保存着在电车内偷拍的视频。"

沉默降临了。要理解我话中的意思，想来需要一点时间。

"这个也是先森你……"

---

①《迷惑防止条例》：类似于国内的治安管理处罚法。由日本的47个都道府县各自颁布，具体内容各有差异。日语中的"迷惑"是打搅、骚扰之意。

"为保险起见准备的。我知道美铃会反对，所以没告诉她。警察倒在地上时，我把那笔放进他胸前的口袋，然后离开了现场。"

笔型摄像头证明其人偷拍成性。偷拍与色狼行为密切相关。即使坚称自己清白也只会被视为强辩之辞。我蓄意捏造了这样的证据。

"没人相信他吗？"

"警察因卑劣的违法行为被逮捕——发生这种内部丑闻时，可以预想到的处理方式只有两种。要么遮掩真相，要么彻底声讨。他们选择的是后者。我觉得，是决定性证据的发现起了推动作用。"

我离开现场是因为有过伤人的前科。即使我以目击者的身份做证多半也没人相信，反倒只会让美铃受到怀疑。

"法庭宣判有罪了？"

"是啊，在没有前科的情况下被判了刑。然而那个人没有上诉。他被开除警察公职，与妻子离婚，服刑期间精神出了问题，最后自杀了。"

判决内容在报纸上登过。而男人经历的命运则是从他过去的妻子那里听到的。

"为什么连这些事你都……"

我盯着手边的杯子，唾弃似的低语道："那位警官是馨的父亲。"

所以馨才会命佐沼捉弄美铃。所以馨才会死。

"先森……"

我意识到泪水滚过了我的脸颊。

现在的我无法阻止它，也无法用什么拭去它。

13

身为律师的锁链和因果的锁链，把我牢牢地束缚住了。

起初我不觉得那是锁链。然而，在拼命挣扎的过程中，我陷入了身体被某物纠缠的感觉，回过神时已经迟了。

想来美铃选我做辩护律师，就是为了给我套上锁链。因为被拘押的嫌疑人能正常会见的人只有律师。她对是否承认指控不予表态，以此巧妙地隐藏锁链的存在，指引我去往错综复杂的方向。

其目的只有一个。她必须让我这个危险因子来主张无罪。

我和美铃过去犯下了不可饶恕的罪行。在这一点上，我俩是命运共同体。既然馨的死存在于因果的延长线上，那我就不能背叛美铃。

无法割断，无法背叛……如此一来，我该做的只有一件事。

让美铃赢得无罪判决。就这么简单，简单得教人吃惊。

上一次公审前整理手续之后，我数次接到法院的电话。书记员按法官的指示，来电询问辩护方的准备情况。

下一次手续中会明确预定主张——我的回答始终就是这么一句。

　　与佐沼在公园见面后，我一次都没去过七海警署。不用见面我也对美铃的想法了如指掌。事已至此，关于案件的调查接受她的指示又有何意义呢？

　　在预定主张记载书里，我直接写下了美铃多半已有所设想的主张内容。该亮明的事实，该隐藏的事实，理应都写得很妥帖了。因此，在相关人员到齐之前我就知道，这次的手续会闹出纠纷。

　　无辜游戏的存在，审判者犯下的罪，馨的死……

　　这份文件记载着一个将此三者缝合起来的故事。

　　"你真的……打算在法庭上提出这样的主张？"最先读完文件的留木检察官小声嘀咕道。听起来不像是对我的提问，而是自然而然从口中漏出的感想。不过我决定姑且给出回答。

　　"这里记载的是被告人方将在公审时提出的主张的内容概要。"

　　古野检察官继留木之后，扬起先前落于纸面上的视线。古野好像在阅读细密文字时会戴上眼镜，由此我得以避免直视他锐利的目光。

　　"你要在法庭上提这个什么无辜游戏？"

　　"因为与动机相关，不得不提。"

　　"媒体会大肆炒作的。"

　　"即便如此，这项举证也是必需的。"

　　"你准备怎么举证？"右陪审员萩原问道。

　　"什么意思？"

"关于这是一种什么样的游戏，你打算怎么说明？"

法官应该也清楚无辜游戏曾一度令舆论哗变。但是，法官的立场要求他们保持公平性、中立性。他们必须排除一切预断，所以不能在法庭以外的地方形成心证。换言之，说一句"周刊上都写着呢，你应该知道吧"是毫无意义的。无辜游戏亦是如此，关于其内容必须以某种形式进行举证。

"我准备提请被害者的同窗八代公平出庭做证。这位证人在旁听席见证了与本案相关的所有无辜游戏。至于证据调查申请书，过后我会和其他证人的申请书一并提交。"

"明白了。这一点也会写入记录。"

萩原点点头，催促左陪审员佐京推动进程。今天她穿着米色衬衫。法官穿戴制服仅限于公审时。

"呃……看这文件，被告人织本也是游戏的被害者之一啊。"

"是的。那次游戏的加害者是结城馨先生。"

两位检察官交头接耳了一番。听不见他们在说什么。此前二人是否认识到了馨犯下的罪行呢？公示的一览表里并未列出显示馨与佐沼有关联的证据。但不能完全否定故意删去的可能。

"这一点怎么举证？"

"我考虑从共犯那里求得证词。"

"具体而言呢？如果是共犯的话，感觉不太会愿意出庭……"

佐京即刻察知我的忧虑，并指了出来。果然是一位优秀的法官。

"是一个叫佐沼的居无定所者。没有固定住所我想是很难办理传唤手续的，所以我会设法把他带来。"

我曾试图找其他举证办法代替，但随着新的事实不断露出水面，我得出了结论：佐沼的证词必不可少。我一直在思考如何把佐沼拽上法庭，但想不出好主意。直截了当地去求他，这人也多半不会点头。

"还有其他准备申请的证人吗？"

"现阶段没有了。"

佐京与萩原短暂商量过后，向两位检察官问话："正式的意见征求会在申请提交后进行，不过关于这两位证人，现阶段检察官可能会提出什么样的意见呢？"

"问题根本不在这里。"古野当即答道，"我们完全无法理解，挖出被害者过去犯下的罪行有何意义。"

留木听着古野的发言连连点头。

"也就是说……缺乏必要性？"我向古野问道。

"文件里写道，被害者与共犯跟踪、监视了被告人。"

"我认为被害者的目的不是跟踪纠缠。"

"不管是什么目的，总之被害者对被告人施加了危害。"

"对，是这样。"

古野试图早早地切入正题。而我也不希望弯弯绕绕，磨磨叽叽。

"从中可以导出被告人憎恨被害者这一事实。被告人为完成复仇杀害了被害者。如果你要主张这就是杀人动机，我们还能理解。"

古野的发言建立在美铃是杀害馨的凶手这一前提下。这是检察官应该持有的主张，而作为辩护律师我无法点头赞同。

"你的话从根本上就是错的。杀害被害者的人不是被告人。"

古野粗暴地摘下眼镜。

"我的意思是，这两者连不起来。即使你能证明被害者对被告人施加了危害，也得不出被告人不是凶手的结论。"

"无辜游戏的规则可以串联起这两项事实。"

"规则？"

"是的。我会通过八代公平的证词证明这一点。"

"你是说，人是因游戏而死的？"

"从结果上看，确实是这样。"

留木听着我和古野的对话，此刻显露出无法再忍耐的样子："不过是游戏罢了。说得那么夸张……"

"你们可能误解了，我并不是主张被害者在游戏中落败是其死因。毕竟世上不存在能置人于死地的游戏吧。"

"那你说，被害者为什么死了？"

"违反审判者的规则导致了他的死亡。"

"这是什么意思？"

"我不打算说得那么明白。"

话音未落，留木开始用钢笔尖点戳文件。在法官面前举止端庄应该是他们的行规，如今这态度则有失检察官的身份。

"你这个不叫法律论。"

"我想你们听了两人的证词就能接受了。"

留木唾沫横飞，提高音量问道："说起来，你的主张一点也不完备啊。被害者捉弄被告人的动机是什么？被告人的指纹附着在刀上、身上沾满了被害者溅回的血，又是怎么回事？"

"对这些进行举证，难道不是检察官的任务吗？"

"你说什么？"

萩原制止了检察官与辩护律师的激烈争执："现在尚处于预定主张的阶段，争论姑且到此为止。哪边的说辞能被认可，在法庭上见分晓即可。至于证人采用与否，我们也会在接到正式申请后再行商议并做出判断。"

"但是……"萩原放低声音说道，"只有一点我要向辩护律师确认。关于预定主张记载书末尾的这部分……"

我当即明白了萩原想问什么。两名检察官也在等待我的回答。没法再拖延了。

为了不让对方察觉我内心的不安，我缓缓开口道："那里所记载的案件真相，可在法律上证明被告人的无罪。"

14

"哦，来了来了。"

刚进入法都大学法学院旁的食堂，就听到了熟悉的声音。我往那个方向看去，只见他们正坐在靠窗的桌子前。

"好久没见了，正义。"

"不好意思来晚了。"

八代公平在自己的脸前摆了摆手。

"日理万机的律师先生迟到一下又有什么关系。"

公平对面的位置空着，于是我就在那里坐下了。

"你们二位也很忙，不是吗？啊……不过考试已经结束了？"

"结果出来前就像坐牢一样。你说是吧，贤二？"

被寻求认同的藤方贤二轻轻点头："公布成绩为什么要拖得这么久啊。"

"可不是嘛。结果不出来，也就没心思接着学了。"

记忆里，在法学院我从没见过公平和贤二聊天。据说两人都会使用自习室，没准是这两年开始说话的。

"今年一定会通过。公平明年也要继续努力哦。"

"为啥前提是我考试没通过？"

"因为你说了'接着学'啊。这种想法往往会导致你在紧要关头妥协。"

"我觉得比充满自信地落榜要好啊。"公平笑道。

今年应该是两人第三次参加司法考试。我第一年就合格了，不过连续考了近一个星期，此中辛苦至今还历历在目。虽然心里想着辛劳能得到回报就行，但这话由我说出口，难免就成了单纯的挖苦。

"今年出了什么样的考题？"

"问得好！是宪法……"

接下来的二十来分钟，我们一边吃咖喱饭，一边探讨考题。实务里用到的法律知识相当狭窄，我再次切身地体会到，许多方面的知识都荒废了。

回顾考试告一段落后，两人问起了律师的工作。然而，我这个赤字经营、从一开始就独立开业的律师，拿不出能给人带来梦想的回答。

趁三人的盘子都空了，公平开口问我："你来大学有什么事？"

"我想看看馨写的论文。"

搁在旁边椅子上的包里，装着从资料室拷贝来的论文。正如奈仓老师所言，馨执笔的速度相当快。

"论文？为啥还要来读这种东西？"

"有点感兴趣。跟案子有没有关系我就不知道了。"

公平没再追究，喝了口水后问起了别的事："你真打算申请让我出庭做证？"

"嗯。在上次的公审前手续中，我已表示会提出申请。"

"我真能在陪审法庭上做证吗……"

"我想还会有很多旁听者。"

我有意识地向公平微笑。公平不仅具备法律知识，还经历过数次无辜游戏，正是因此他应该理解证人质询的重要性。

"应该还有检察官的盘诘吧？"

"没有这个就不叫证人质询了。"

"这个我知道，可是……"

见公平不太情愿，贤二揶揄似的问道："害怕了？"

"我只是在慎重地权衡利弊。"

"权衡出风头的机会和丢人现眼的危险性？"

"谁说的！是法官朝我瞪眼的恐怖和织本凝视我的光荣。"

"哪个都不怎么样吧。被杀人案的被告人凝视是什么开心的事吗？"

贤二笑了起来，公平则将目光落向桌面。他犹豫该不该任由贤二这么说。不过，现在不是吵架的时候。

"公平一直站在中立的立场上观看无辜游戏，是合适的人选。拜托了！"

据我所知，公平在无辜游戏中不曾扮演过旁观者以外的角色。虽然知道给他添了麻烦，但我没有其他可依赖的人了。

"我可不会做伪证。"

"照实说就行。"

"明白了……明白了还不行吗？这个活我接下了。"

公平把手里的调羹指向天花板。大概是想表示举手投降。

无论如何总算是确保了第一个证人。

"好了，关于要你做证的内容……"

"先让我问一个问题。"说话的不是公平，而是贤二。

"行啊。什么问题？"

"正义真的相信织本是清白的？"

这个问题让我产生了一种既视感。不，不是既视感，是既听感。

是什么时候的事呢？一时之间想不起来。

"贤二还是没变啊。"

"啊？"

"你也问过馨同样的问题，不是吗？说什么'你真心觉得那家伙是无辜的？'。"

贤二曾在自习室丢失了一个信封，里面装有收来的酒会餐费。他坚称从尊的课桌里发现了信封，发起了无辜游戏。然而，审判者馨宣布的败者不是尊，而是贤二。

"这种事你倒记得很清楚嘛。"

"我还记得馨的回答呢。他承认偷信封的可能是尊，又说要裁决一个人就必须构筑近乎确信的心证。"

"了不起的记忆力。"

担当审判者角色的馨必须以中立的立场做出回答。那么，接下辩护工作的我该如何回答呢？

"我的回答可就更加单纯了。既然美铃主张自己无罪，那我也主张她无罪。"

"这是你以美铃辩护律师的身份做出的回答，还是……"

"以辩护律师的身份做出的回答。别想歪了。"

"是吗？"

难得贤二提起这个话题，我决定顺势而为。

"倒是贤二你至今还坚信是尊偷了信封？"

"打击报复是吧！"贤二浅浅一笑，"以前的事就不多说了吧。"

"不……这可是很重要的事。"

"你真想听？"

见我默默点头，贤二神情淡然地答道："信封出现在尊的课桌里，这是事实。当时抽屉稍稍打开着。"

"太不小心了。简直就像在说'快来发现我'。"

"我就知道你会这么找碴，所以才不想说的。尊只是急着要藏起来，忘了关好抽屉吧。其他还能想到什么情况吗？"

那时的我恐怕回答不了贤二的质问。

"是有人想嫁祸给尊。只为制造发起无辜游戏的借口。"

"借口？为什么你能这么断言？"

"因为这么想才合情合理。你还记得游戏结束后发生了什么吗？"

回答我这个问题的人不是贤二，而是公平。

"贤二被判为败者后，朝馨冲了过去。像只野猪似的。"

"这种事你都记得很清楚啊。"贤二瞪着公平说。

"后来呢？"

"馨从拿出了一把刀……"

"停！我想你们应该知道，就是这把折刀害了馨的命。"

公平和贤二面面相觑。贤二率先移开视线，问道："也就是说，在这个地方关联上了？"

"一种可能罢了。"我可能说得有点多了，"我想向贤二确认的是，实际上你有没有看到尊偷走信封的过程？"

"没……没有直接看到。"贤二的回答非常简短。

"问清楚这个就足够了。"

我打算转换话题，但公平不肯罢休。

"等一下。馨确实把刀戳在了审判台上。但是……这又怎么了？难道你认为这个行为与他的死有关？"

"我还没跟美铃商量。现阶段不能给你们做详细说明。证人质询时可能会提到这一点，所以我觉得事先知会一声比较好。"

"你到底想做什么样的主张？"

为了不看漏二人的反应，我把椅子往后挪了少许，答道："如果我说是'无辜的制裁'，你们是不是多少就能明白了？"

"不会吧……"

公平张大着嘴，久久没有合上。贤二的反应也差不多。

"你们觉得怎么样？"

"不……这毕竟太乱来了吧。"

"果然会这么想啊。然而，这是让无罪主张得以通过的唯一途径。无论这条道有多窄，我们都必须通过。"

不仅窄，这条道还铺满了地雷。

不留神一脚踩穿地面的话，我和美铃犯下的罪行就会暴露——就是这样的地雷。

"正义，你有胜算吗？"

"怎么说呢……不过，美铃没有放弃。馨的事和美铃的事我都知道，能完成辩护工作的人只有我。"

在这所法学院里，馨立志要成为一名研究者。

馨迷上法律，是因为憎恨犯下卑劣罪行的父亲吧——馨的母亲是这么对我说的。诚然，那样的人被视为憎恨的对象并不奇怪。

但是……倘若馨确信父亲是清白的呢？如果是这样，怀恨在心的对象就变了。一个是不救助无辜的人，反倒毫无理由地对无辜者课以惩罚的司法部门。另一个……则是将自己敬慕的父亲推入不幸深渊的、真正的加害者。

对前者的恨成为馨学习刑法和刑事政策的动机。他想的也许是：要向拥有强权的司法机关复仇，就只能改变制度本身。正是因此，馨为了加深对罪与罚的理解，选择了法学家之路。

那么，对于后者的恨呢？对犯罪者进行制裁，是独立的执法部门理应承担的职责。然而，由于这个机制未能正常运作，使得无辜的父亲受到了制裁。

既然周围不存在可以依赖的正义，就只能自己动手去惩罚加害者。

莫非这就是馨最终得出的结论？

以这样的视点回顾过去，一系列无辜游戏的意义不言自明。

剩下的谜团则是馨必须死的理由……

仅此而已。

15

终于迎来了盗墓案的首次公审。

202号法庭是单独法庭①，面积狭小，仅设约二十个旁听席。由于和法都大学法学院的模拟法庭差不多大，我得以心态平和地面对这一天。

法官为男性，貌似已超过三十五岁。副检察官年纪较大，头发稀疏。两人分别在审判台和检察官席落座，一副习以为常的样子。他们注视着前方的证言台，那里坐着本案的被告人权田聪志。

身份核实完毕后，权田在陈述中承认了自己的罪行。

承认罪状与否、开庭陈述、证据检查……法定诉讼程序如平淡的流水一般层层推进。检察官结束举证后，法官向辩护律师确认下一步做什么。我没能找到有助于酌情减刑的证人，所以只申请检查与被害者签订的和解书。

将已介绍过内容的和解书递交法官后，便只剩下被告人质询这一个环节了。

我做了个小小的深呼吸。如今在法庭里，只有我一个人是站着的。发言者起立是公审时的默认规则。

我决定依照常规，首先询问对方是否承认事实。

"起诉书中记载的事实不存在争议，可以这么说吗？"

"对，没有错。"权田直视着法官答道。倘若还没习惯，

①单独法庭：仅由一名法官审理案件的法庭。

被告人往往会转向身侧的提问者回答。不愧是被告人席上的常客。

"为什么要偷盗花瓶和香炉？"

"因为需要钱。"

罪行自然不会因为这样的动机而得到正当化。我瞧了瞧法官的脸色。他一脸严肃地俯视着权田，似乎是在思考若以判刑为前提，该让罪犯坐几年牢。

"你知道是谁向被害者支付了和解金吗？"

"听律师先生说，是我前妻出的钱。"

副检察官露出诧异的表情，翻阅着手边的资料，大概是想确认权田的经历。为了表示没这个必要，我追加了一个提问。

"在本案的审讯过程中，以及在过去的法庭上，你不愿提及与那位女性的关系。这是为什么？"

权田的户籍副本上记载了他离婚的事实，但那是很久以前的文书，只要其本人说无关，旁人应该不会特地再去调查。

"因为不想给她添更多的麻烦了。我已经把她的人生搅得一团糟了……在她心里，我是一个已死之人。"

副检察官和法官都没有显出特别的反应，可能他们明白这是一种比喻。

"那位女性为你筹措和解金。你知道她这么做的原因吗？"

"不知道。"

会面时我告诉权田，我会在被告人质询的环节提及他过去的妻子。起先权田反对，说只有这件事不行，但最终还是妥协了。当时他低语道"我会做个了断"。

停顿片刻后，我继续提问。

"最初你说自己住在墓地里。你指的是哪里的墓地？"

"是七海墓地。"

"选择那里的理由是？"

"那里……有我的墓。"

法官的表情首先起了变化。他握着笔，微微歪下头。

"能不能说得再详细一些？"

也许是对质询的走向感到了不安，副检察官立刻开口道："这件事与本案有关吗？"

"是的。可以明确被告人的犯罪缘由。"

"一开始不是说为了钱吗？事到如今……"

"好了，检察官，"法官从旁制止，"看起来不像无关的样子，可以继续询问。不过，希望你能简短一些。"

权田讲述了造墓的原委，以及通过供品与家人建立起的联系。我指示他事先做好了准备，因此内容详略得当，恰到好处。

连法官也眨了眨眼，好像有些不知所措。

"那位女性当你已经死了，连墓也造好了，你怨恨她吗？"

"怎么可能。我没有这个资格。"

"我再问一次，你不断盗窃是为了赚取生活费吗？"

副检察官站起来，把手撑在桌上，探出身子。

"反对。提问重复了，而且辩护方是在诱导被告人的回答。"

在我反驳之前，法官就已介入进来："如果是靠供品果腹，又住在墓地里，那就与被告人的为了生活费的供述发生了矛盾。法庭认可辩护律师质询的必要性。"

"明白了……我撤回异议。"

"请回答辩护律师的提问。"

法官予以理解，助了我一臂之力。权田沉默片刻后，说出了他的答案。

"我给妻子添了巨大的麻烦，想给她留下一笔钱后再死。"

能引出这个回答就够了。

"如果是干活赚的钱还好说，但你盗窃变卖他人物品，这是确凿无疑的犯罪。你是否知道这种行为是不被容许的？"

虽说是辩护律师，但也不能不加批判地肯定被告人。一些事项显然会在检察官的质询中被指出，需要先行击破。

"知道……我一直在深刻反省。"

"你曾经委托我将这些储蓄充作赔偿金，余下的钱全部交给那位女性，是吗？"

或许是领会了法官的意向，副检察官没有以"诱导回答"为由提出反对。

"是的。"

"那位女性说不想接受你的钱，然后提出代替你向被害者做出赔偿。即便如此，你仍然希望把钱留给她吗？回归社会后，你准备继续犯罪吗？"

"我已认识到这样毫无意义。今后不会再这么任性妄为。"

权田深深垂首。我愿意相信这不是演戏，但是否出于真心只有他自己知道。

"总有一天你会回归社会。那时你打算回到自己的墓碑前，拿走供品吗？"

"我……过去我不希望她忘掉我的存在，所以想一直停留在黄泉之下。但是听了她的传话，我觉醒了。我准备竭尽全力地过好余下的人生，去一个遥远的、谁也不认识我的地方。"

对于那位女性要我传达的话"去吧"，权田似乎以自己的方式进行了解读。

我不知道哪个才是正确的理解，无意对此进行肯定或否定。

"辩护人的提问到此为止。"

副检察官气势十足地站起身，仿佛早已等得不耐烦。

"在过去的法庭上，你不也发誓说不再犯罪了吗？想赚钱，就不能好好去工作吗？没有家，也没有钱，你准备怎么活下去？你的态度怎么看都不像是真的在反省……"

指责的话语如连珠炮一般不断涌出。

几乎都是正理，所以我无法为支支吾吾的权田解围。

法官的补充询问也尽是走过场式的，感觉不到有什么效果。我不由得想，提及墓的话题莫非给众人留下了坏印象？

检察官的总结陈词和辩护人的申辩结束后，权田再次被带到证言台前。

"本案审理就此终了。最后你还有什么想说的吗？"

"给大家添麻烦了。我想好好赎罪。"

指定完宣判日期后，这一天的审理结束了。接下来就只需要等判决结果了。我已没有什么可做的。从记事本上抬起头，我发现已被押送人员戴上手铐的权田正看着我。

"怎么了？"

我以为他希望与我再面谈一次。虽然已无事可议，但也许应该再去一次，告知他可能的判决结果。

"是先生叫他来的？"

"谁？"

由于戴着手铐，权田转动了整个身子。他所面向的前方是旁听席，那里站着一个男人。此人多半是在被告人质询开始时进来的。当时我全神贯注，可能没有注意到法庭的门打开的声音。

"佐沼……"

佐沼朝权田点头致意。他穿着深绿色的工作服，相当显眼。

"大概是从哪里打听到消息后过来的。他好像找先生有事。"

"好了，走吧。"

押送人员拉了拉腰绳。在证言台近旁，权田未经许可便开口道："你要协助先生啊。"

短短的一句话，佐沼好像听到了。他目送权田走出法庭。法官和副检察官则诧异地注视着佐沼。

我没向佐沼搭话，也离开了法庭。法庭的出入口只有一个。我在过道的长椅上坐下，很快佐沼就出来了。

"我好不容易过来一趟，你可不要装看不见。"

"你是来取笑我的?"

"不是。我欠他一个人情。"

"权田先生的?"

"除了他还有谁? 还记得上次你给了我一封信吗?"

是权田交给我的信。里面都写了些什么呢?

"嗯。没听他说里面写了什么。"

"写了一大串要我协助你什么的。你还真是找了个麻烦的家伙当战友啊。"

"权田先生……"

我不记得向权田吐露过详情。他为什么会为了我……

"那你会出庭做证吗?"

我小心地保持语气平和。不能让对方看出我满怀期待。

"说是人情，也已经是很久以前的事了。再说了，那家伙不是要坐牢了嘛。只要在他出来前远走高飞，对我就构不成什么危害。反正他看起来也活不长。"

"你真是烂透了。"

佐沼闻言，嘴角一歪，笑了。

"来这儿之前我是这么想的。我来见你是为了正式拒绝你。不过，看了刚才的审理过程，我的想法又变了。"

"什么意思？"

"我曾经武断地认为法庭审理死板又无聊。明明一开始就定好了答案，还要磨磨叽叽、弯弯绕绕地走程序。"

"你这看法倒也未必是错的。"

"但是呢，你们几个的对话相当有意思。你看没看到他们知道权田住墓地的理由时的反应？里里外外都是一副痴呆样。你要找我帮忙的那个案子，审理时是不是也能看到那样的脸啊？"

竟然对这种东西感兴趣，这人得扭曲成什么样啊。

"你应该能看到更让人愉悦的脸。毕竟，在下次的法庭上我会主张无罪。你的证词将成为核心。"

"哈哈，你这家伙很擅长花言巧语啊。行啊，我会在法庭上做证。不过呢，既然要做，就做得彻底一点。"

这次佐沼的笑声没让人听着不舒服。只要他能出庭做证，动机再怎么扭曲也无所谓。

如此这般，第二个证人也得到了保障。接下来只需再确认美铃的意向。

16

临近公审日的时候，预计将被判刑的被告人会被转移到拘押所或拘押分所。这是为了顺利办理之后发生的收监手续。

以杀人罪被起诉的美铃，自然也被移送至拘押分所。

申请得到受理后，我立刻被带进狭小的会见室。凿有通声孔的亚克力板、廉价的钢管椅，与警署的会见室没有大的差异。造型简易到了极致，仅以防止加害行为为目的。

"好久没见。我以为你已经不愿意来了。"

开头的第一句话，像是责备。

"因为有点忙。"

最后一次会面是在刚从权田那里问出佐沼居所的时候。从那以后直到今天，发生了各种各样的事。在姬川公园遇见佐沼，去馨的老家吊唁，在公审前整理手续时明确预定主张，得到公平和佐沼出庭做证的保证。

明明有很多事需要汇报，我却怎么也开不了口。

打破僵局的是美铃。

"关于那个预定主张，你想干什么？"

意外的问话让我措手不及。预定主张记载书也传送给了美铃，与提交法院的文件内容相同。我回想预定主张的内容，以便美铃问什么我都能回答。

"我写了公审时我们要主张的内容啊。"

"也不跟我这个被告人商量一下？"

"里面有不对的地方吗？我自认已经仔细地做了探讨。"

"不是这个意思。内容没有问题。那些不都是从佐沼那里打听来的信息嘛。"

"那你还不满什么？"

"虽然内容没问题，但也不够充分。结城君捉弄我。这些捉弄和其他无辜游戏合在一起，导致了他的死亡。你给我的文书上只写到这里。"

我渐渐明白了美铃想说的话。

"我对要记载的事实进行了取舍。但是，这个……"

"别遮遮掩掩——这话是清义你说的吧？"

我的话还没说完，就被美铃的话语遮盖了。

"遮遮掩掩……你是指馨父亲的事吗？"

"是啊。你都调查到了这个地步，应该也摸到这项事实了。"

"美铃你应该知道吧，如果公开他父亲的前科会招致怎样的后果。"

我的语气激烈起来。关于这一点我没有理由受到指责。

"可那是事实啊，是不容许歪曲的。"

"法庭并不是一个只叙述事实的地方。"

"这回答很有律师的风范啊。"美铃说着，只有右脸颊露出了冷笑。

"我是美铃的辩护律师。我无意做虚假陈述，但会隐去对被告人不利的事实。我这话有错吗？"

"很正确的理论，如果这项事实会对我造成不利影响的话……"

焦躁感节节攀升。既然话说到了这个份上，我只能告诉美铃她现在的处境。

"如果在法庭上揭露他父亲的前科，检察官将确信自己的胜利。"

"为什么?"

"因为所有的动机都被一根线串联起来了。馨捉弄人的动机，美铃在模拟法庭杀害馨的动机……一旦这些事在他们心里串联起来，我们就没有胜算了。"

"我希望你能具体谈谈你所设想的剧本。"

我深深地叹了口气。叹气声多半也传到了亚克力板另一侧的美铃耳中。

"真的可以说吗?"

"会面内容不会被监听，放心吧。"

非要从我嘴里说出来，这究竟有何意义?

"馨已发现他的父亲是含冤受罚的，也看破是我和美铃陷害了他。我不知道馨是怎么查出真相的，但接下来我要说的则是以这些事实为前提构架的故事。"

美铃缄默不言，直视着我的眸子。

"因父亲被判决有罪，结城家崩溃了。不光是本人，连家人的生活也被打乱，这一点不言自明。馨知道造成不幸的元凶是谁，便下定了复仇的决心。"

"复仇啊……"美铃似乎想说什么，但再无后文。

"不过，馨极为谨慎。正因为知道冤狱的可怕，他才想弄清楚我和美铃是否真的走上了邪道。这项确认工作就是一连串的无辜游戏。"

如美铃所言，无人妨碍会面。这片空间里只有我和美铃。我决定就三场无辜游戏所起的作用进行说明。

"第一个案子里，有人在自习室的多张课桌上放了损害我名誉的纸。纸上还印着福利院门口拍的照片。这次的犯罪属于见面问候性质的。有人知道我们的过去，企图制造不安——只要能传达出这个意思就够了。"

"原来你认为把照片交给藤方君的也是结城君啊。"美铃厌倦似的说。语气听起来颇为随意，似乎只以确认为目的。

"我可没证据。但是，除此之外没有其他解释了。"

"是吗……你继续说。"

第二场无辜游戏没在模拟法庭宣判。但是，在达成馨的目的这一点上起了重要作用的，正是这场游戏。

"接着，馨雇用佐沼来捉弄美铃，用冰锥捣碎猫眼，往锁孔里灌胶水，把网上的报道放进信箱。这些捉弄没有统一性可言，而我也不清楚馨两周后就让佐沼撤退的理由。"

"如果是以报复我为目的，这种受害程度未免有些不上不下。"

冷静的分析。多半是因为美铃也走上了相同的逻辑之路。

如此看来，某处应该会存在一个岔道，使我们走向不同的结论。

"馨从一开始就没打算用这些捉弄来完成复仇。这也不过是预先准备之一罢了。因为达成目标了，所以才让佐沼撤退。这么一想的话，佐沼撤退前夕发生的事就成了关键。

撤退的前一天，我和美铃在公园监控，从信箱里取出报道，在美铃的房间里说话……"

"从我房间里窃听到的声音。你想说这就是馨的成果吧？"

明明一直在监视出入口，可信箱里还是被投进了那份报道。其结果，我们大为震动，在美铃的房间里说了不少敏感话题。

"看到福利院的照片和网上报道，我们想起了过去犯下的罪行，还说出了口，丝毫不知馨的目的就在于引出这些话。馨是这么想的，只要窃听美铃的房间，并加以精准的诱导，总有一天我们会自取灭亡。"

"于是，录音文件到了结城君手上。到这里为止我都明白了。可是，他拿这个想干什么呢？既然能准备如此复杂的圈套，他应该从一开始就发现是我们陷害了他父亲吧？"

"人要裁决另一个人，就必须构筑近乎确信的心证。"

"啊？"美铃的脸上第一次显出不安之色。大而黑的眸子左右晃动着。

"同时馨也憎恨对无辜的父亲加以裁决的司法机关。但馨再怎么觉得我们可疑，倘若仅凭这一点就给予我们惩罚，那就是与我们犯了同样的错误。"

"也就是说，他想以审判者的身份断我们的罪？"

"为构筑心证，他窃听美铃的房间以收集证据。在值得信赖的状况下造成了罪犯的自白……取得这些证据后，馨确信我们有罪。"

"原来如此……我没想到这一层。"

我与美铃之间的认识差异开始慢慢显现。我想听美铃的想法，但又断定应该先把自己的话说完。

"心证构筑完成后，自然不必再继续窃听和捉弄。于是，馨命令佐沼撤退，还帮我参谋，让我推导出罪犯。他的一切行动都是有理由的。"

"结城君设计安排的无辜游戏只有这两场？"

看美铃的目光，像是想说"不是还有一场吗"。

"放餐费的信封在自习室失窃，这件事也是馨干的。"

"目的是什么？"

"我想他只是为了制造一个举行无辜游戏的借口。设置什么罪名都行，嫁祸的对象是谁都可以。馨从一开始就打算宣布对无辜者的救助，即使举证尽善尽美。"

美铃什么也没说。她一言不发，似乎在等待后续。

"被宣布败诉的贤二向审判台冲去。见状，馨把折刀刺入桌面，让聚集于法庭的旁观者看到。这就是馨的用意。如果贤二没有暴怒起来，他也会自己把刀拿出来的吧。"

"你应该知道现在我想问什么了吧？"

"想问那刀有何意义，是吗？"

我甚至没去确认美铃有无点头，便讲述了自己的想法："馨决定在构筑心证之前不予惩罚。但是，为执行惩罚而做的准备则需要另行安排。"

"怎么说？"

"馨的父亲在服刑期间罹患精神疾病，最后自杀了。既然如此，委罪于人的加害者也应遵循同态报复的理念，以死谢罪——馨做出了这样的判断。而作为被选定的夺命凶器，正是那把折刀。"

"事先把凶器亮给我们看的理由是什么？"美铃间不容发地问道。恐怕我已无法靠含糊其词的回答搪塞过去。

"馨已设想到目的达成后自己会被逮捕吧。相比预谋杀人，法院对冲动杀人倾向于轻判。法庭里放有一把刀的事实一旦为人所知，冲动杀人的主张便容易得到认定。馨可能就是这么想的。"

"这就是清义对一系列无辜游戏的解释？"

"我想里面会有解释得不够充分的地方。但大体上应该符合事实吧？"

此时，不知为何美铃微微一笑。表情自然得令人惊讶。

这柔和的表情究竟意味着什么呢？

"说实话，我没想到咱们能讨论得这么深入。不过呢，最根本的地方错了。"

"你要不把话说说清楚，我可理解不了。"

我有一种不好的预感，这预感如涟漪一般细微。我只觉背后突然一凉。

"结城君并没有打算杀我。"

"既然如此，那把刀是……"

"不是为刺死我而准备的。而是出于别的理由。"

"……告诉我！"

我无法抑制心脏的剧烈跳动。

"在这之前，也让我问你一句话。其实我想问很多事……好吧，你说结城君为什么会死？"

"这个……"

"作为辩护律师，怎么能在这个问题上卡壳呢？"

正如美铃所言。我必须充满自信地给出回答。

"第一次做无辜游戏时，馨立下了誓言。审判者一旦被证明有不正当行为，其自身也会受到惩罚。我们把这个叫作'无辜的制裁'。"

仅对审判者适用的特殊规则，是我方主张的核心。

"无辜的制裁。真是令人怀念的词。"

"馨身为审判者，却暗中在无辜游戏里犯下罪行，将惩罚强加于他人。那天美铃在模拟法庭谴责了审判者的非法行为。于是馨站在了证言台前，而不是坐在审判台上。因为他不是裁决者，而是被裁决者。然后，违法犯罪的审判者接受了'无辜的制裁'给予的惩罚。"

美铃的表情毫无变化。

我无比惧怕去注视她的嘴角。

"给结城君以制裁的人是谁？"

"是馨自己啊。馨是自我了断的。"

在提交给法院的预定主张的末尾，我就是这么写的。

"结城君被一个曾陷害过自己父亲的加害者谴责后，自杀了。你觉得法官和陪审员会相信这样的主张吗？"

既非惊愕，亦非不屑一顾。

但是，我不清楚美铃真正的想法。

"他父亲的前科可以在法庭上避而不谈。馨在无辜游戏里所做的非法行为，可由公平和佐沼的证词来举证。所以，总会有办法的。我不会让他们说什么'你的主张不合理'。"

"很遗憾，确实很不合理。"

"那你说该怎么办！"

狭小的会见室里回荡起我的声音。

"清义，你也认为其实是我杀了结城君吧？"

"不是的。我……"

必须否定。我必须告诉美铃我相信她。

"为完成复仇而现身的结城君被我反杀，因担心过去的罪行被曝光我缄口不言。检察官有可能主张的是不是这套逻辑？可是，这个有错吗？作为拥有公诉权的人，就算过去的那次有罪判决错了，他们也不能说这是冤案。既然如此……"

"求你了，别说了……"

"抱歉让你感到痛苦了。"

美铃再次微微一笑。为什么她是这样一个状态？

"绝对不能放弃！我不会让你进监狱的。"

"这个你就搞错了。我可没放弃。毕竟我没有杀结城君。"

"啊？"

无法理解话中的意思。但我并没有听错。

美铃说她没有杀馨。是的，她这么说了。

"我不能吐露实情。对清义也不行。因为这是我和结城

244

君之间的约定。"

"和馨之间的……约定?"

"结城君呢,并没打算夺走我的命,要我赎罪。"

"从刚才开始你到底在说什么呀?"

"真的就像神一样呢。"

面对这突然的转折,我的理解能力完全跟不上了。

"我可以相信你吗?"

美铃强有力地点头道:"我们能在法庭上证明我们的清白。"

17

由此,杀人罪名不成立,被告人无罪……

我按下回车键,把数据传送至角落里的打印机。拿起伴随着轻快的响声被吐出的纸,确认上面的内容。一切准备就此完成。

如此主张真的可以吗?即便这么问自己,也不会有回答。这不是找人商量就能解决的问题。我很清楚这一点。

美铃做出了决断……既然如此,我也该做出决断了。

在拘押分所与美铃会面后,又进行了一次公审前整理手续。保持缄默的美铃从这回开始也参与其中,与此同时赤井审判长也现身了。

在相关人员齐聚的第一次会议上,我公开了预定主张的全貌。

所谓张口结舌，指的就是他们当时的反应吧。不光是两名检察官，三位法官也一时之间瞠目结舌。我想这光景佐沼看了会很开心。

不过，很快留木检察官便面朝下方，放松了脸部的肌肉。仿佛在嘲笑说"这种主张不可能得到举证"，并确信被告人有罪。我无法窥破古野检察官和三位法官的内心，而审判长则凝视着美铃，向她确认辩护律师的主张是否符合被告人的意愿。

面对审判长的询问，美铃默默地点了点头。

此后，众人以双方对主张和证据的整理已完成为由，进行了最后一次公审前整理手续。会议中，对检察官申请的证人以及公平和佐沼进行证人质询的必要性得到了认可，并决定予以实施；至于书面证据，也决定对所有维持申请的证物进行调查。

我方的主张极为简单。

被告人没有杀害被害者——只此一言。

能做的都已经做了。接下来只等公审的到来。

我把带来的文件收入包中，再从包里拿出用长尾夹扣在一起的几张纸。我一有时间就读馨的论文，如今也只剩下寥寥数页了。

嚼着用来提神醒脑的口香糖，浏览着纸上的内容。最后一篇论文也是关于刑事政策的，并无新的见解。文章重视与他国刑事政策的比较，就刑罚所起的作用、确保适当性的手段展开了论述，写得通俗易懂。

其内容并没有露骨地批判日本的刑事政策。但是，知道作者过去的人读下来，多半会自然而然地意识到字里行间隐藏的想法。

馨在探寻让无辜的父亲得到拯救的方法。

事务所的入口传来了开门声。进门的是咲。

"早上好。"咲的左手拿着小小的花束。

"难不成是熬夜了？"

"我才不会像临考前的学生那样呢。只是比预定的时间醒得早了。"

我决定不告诉她自己是几点睡、几点起的。否则咲肯定会说"这跟熬夜有啥区别"。

"终于要来了。"咲轻声说了这么一句。

"什么要来了？"

"你明明知道的……就是美铃小姐的审判啦。你紧不紧张？"

准确地说，是以美铃为被告人的首次公审即将开庭。

"兴奋是没有的，但总觉得也不紧张。硬要说的话，就是觉得'终于要动真格啦'。毕竟被起诉后过了很长一段时间。"

"你这人就是靠谱。要不要喝咖啡？"咲放下手里的花束，问道。

"不了，我得马上出发了。你还给我买了这个花啊。"

"龙胆花好便宜啊，可把我惊到了。"

发紫的蓝色花瓣和深绿色的细长叶子。这就是龙胆花……

馨说希望我能带着龙胆花去给他扫墓。

"开庭是十点，之前我打算去扫个墓。"

"是去宣战吗？"

"是有事想确认一下。"

无论确认结果如何，我在法庭上的主张都不会变。

即便如此，我还是想知道答案，以备到了关键时刻不会犹豫。

"今天的审判要持续到傍晚吧？"

"嗯。事务所可以关了。要是突然来了个委托人，也是很麻烦的。"

只要关掉门口的灯，就算有人来访，也会放弃并打道回府。

"既然如此，我能不能也跟着你一起去？"

"啊？"

"去看看今天的审判。我挺想去旁听的。"

"为什么？"

"我想见证先森战斗的场面。"

我苦于回答。我并没有拒绝的权利，命令咲别来。

"我的主张土里土气的，你听了只会失望。"

"我从没觉得先森是什么了不起的人物。不过，感激之情还是有的。"

"不用感激我这种赤字经营的律师。"

我露出自嘲式的笑容，咲则摇了摇头。

"我的周围不是实施暴力的人，就是对我漠不关心的人，要么就是嘴上说得好听的人。只有先森认真地与我正面相对。"

"这个……是指电车上的那件事？"

如果那天我按时起床，就会坐上更早的电车。这样的话，我俩应该不会相遇。也许咲会因为色狼讹诈被捕，也许会有另一个人在我的事务所工作。

想必命运就是这样一种东西。

"是的。我想，从社会的角度来看，先森的建议会被视为一种错误，但它打动了我的心。这种事端看接收方如何理解了。我，被拯救了。自然会觉得这就是一切。所以，你邀请我，希望我来事务所工作时，我很开心。因为我想也许自己能助先森一臂之力。"

"SAKU干得很不错哦。"

"这个我知道。"

咲笑了。椅子的里处摆着花瓶，花瓶里插着向日葵。

"我呢，只想在一旁观看先森战斗的身姿。土里土气的也行啊。要幻灭早幻灭了，哪还会等到现在。就这样你还要嫌我碍事的话，我可要做假账侵吞公款啦。"

我忍不住笑出声来。亏她还能在这种时候说俏皮话。

"行了行了，我投降。那你就在旁听席上好好看着。"

"是！"

总有一种奇妙的害臊感。我拿起桌上的龙胆花出了事务所。咲多半是一边在笑，一边望着可怜律师的背影……

　　我在国分楼前拦住一辆出租车，告知司机要去的地方。

　　七海墓地……这一带应该还有别的墓地，而馨则长眠于权田的空墓所在的七海墓地。馨的骨灰也已经安置好了吧。

　　"是去扫墓吗？"司机在后视镜里瞥了花束一眼，问道。

　　"对，是我朋友。"

　　"是您的朋友啊……想必还很年轻吧，可惜。"

　　大概是察觉到了什么，司机不再探问。看起来人还不错。

　　我突然想起一事，便也问道："你熟悉那片墓地吗？"

　　"怎么说呢，到了我这个年纪……总归是知道一点的。"

　　"那你是否也了解墓志这种东西？"

　　"当然。就是刻着先祖名字的石头吧？"

　　出租车等了一个漫长的红灯。虽然去网上一搜就能明白，但我还是打算借助司机的知识。

　　"这个东西一般会放在哪块区域？"

　　"呃……您等一下啊。"司机用食指轻轻捅着太阳穴一带。

　　"知道的话就告诉我，不知道也没关系。不好意思，问这么奇怪的事。"

　　"想起来了！我想一般是放在石塔旁边的。"

　　出租车司机果然是无所不知。

　　"谢谢。真是帮了大忙了。"

　　与司机的交谈就此终结。他多半是觉得我正在想念死去的友人，出于体谅没再跟我说话。然而，我的心思其实在别的地方。

沉默延续了十分钟后，七海墓地到了。考虑到去法院所需的时间，我不能在这里逗留太久。我请求司机，说我马上就会回来，能否再把我载回去，对方欣然同意，表示会在附近的停车场等着。

馨的母亲所画的地图十分简易，但我很快就找到了馨的墓碑。我来过一次这里，脑子里对大致的位置关系还有点印象。

墓碑上刻着"结城家"三字。结城是馨母亲的旧姓。想来是其母离婚后向家庭裁判所申请了姓氏变更，所以馨的姓才变成了结城。

不锈钢的花瓶里空无一物。

我把带来的龙胆花插入其中，浇上水，然后把花瓶放回原位。

当然不会有什么机关因此而启动。不过是在被石头与不锈钢的灰色一统天下的墓碑周围，添加了龙胆花的鲜艳色彩。

我站起身，注视眼前的墓碑。这样就算是完成约定了吗？很遗憾，答案是"否"。来这里之前我就明白这一点。

我把视线挪离石塔，看了看安置在左侧的拜石。

正如出租车司机所言，那里有墓志。上面刻着墓中人生前的名字。我从右端开始依次浏览细小的文字。

我只认识刻在最左端的那个名字——结城馨。

果然……被我料中了。

墓志上没有馨父亲的名字。

理所当然。结城家的墓志不可能写上非亲属者的名字。

然而馨对我说过，墓地里长眠着他的父亲和祖父。他特地做此限定，没说是"结城家的墓地"。最初我以为只是口误，抑或是他以为自己会被埋进父亲那一方的墓地。

但是，我意识到了一件难以理解的事。

我与馨约定扫墓之事，是在模拟法庭命案发生的一年前。而馨的母亲则说，馨的父亲是在他死亡的一个月前自杀的。

此处明显透着诡异。倘若馨的母亲说得没错，那么在我们立下约定时，其实馨的父亲还活着。

除了权田那样的特例或生前取过法名的人，通常活着的人不会被刻上墓志。

然而，馨却说出了在父亲长眠的墓前再相见这种话？

连将来是否存在都尚未明了的墓前？

我只能想出一个能够消解这对矛盾的答案。

馨认为罹患精神疾病的父亲早晚会死。

恐怕当时他已决定让父亲的死成为最后的导火索。

馨不只是隐隐预料到了自己的死。

他甚至预料到了自己的死会在父亲的死之后。

死亡的先后关系。我能够陈述由其导出的、在法律上的意义。

18

第一次公审。

101号法庭面积巨大，可开设陪审法庭。

旁听席能坐百人以上，职业法官和陪审员所在的审判台也是构造独特。就连辩护人席也宽敞得不好意思一个人坐着。

旁听席的七成已被旁听者和记者占据。

我用手指摸了摸固定在外套插花眼上的律师徽章。

现在不是畏缩的时候。为了平心静气，我把周围打量了一番。

古野和留木并排坐在正面的检察官席上。注意到我的目光后，二人回以杀气腾腾的视线。他们应该是在想：这是有罪率为99.9%的刑事法庭，而且还是陪审法庭，绝不允许失败。

检察官席背后的门开了，三名押送人员现出身形。两名男性刑务官并排而立，其后另有一位把制帽戴得很低的女刑务官。

押送员带入法庭的只可能是被告人。

美铃纤细的手腕上套着金属制的手铐。腰绳的前端被握在刑务官手中。经押送员对行进路线的细致引导，美铃站到了我的身边。

我俩目光相接，但很快美铃便面朝下方。我也为了集中精神，注视着审判台。

书记员拿起听筒，数分钟后对方指示给被告人解除手铐。书记员再次通过电话与对方交流，审判台后的木制门吱呀一声开了。赤井审判长、萩原、佐京，以及陪审员和补充陪审员鱼贯而入。

全体人员起立，确认一行人已并立于审判台前，然后默契地行礼。

"现在开庭。请被告人站到证言台前。"

感觉赤井审判长并非发力喊叫，但他的指示却响彻了整个法庭。多半是用麦克风收音，再靠扬声器传出去。

站在证言台前的美铃直视着审判台。

"姓名？"

"织本美铃。"

此后又询问了被告人的出生年月日、职业、住所、原籍，以核查身份。

"从现在开始，将对被告人的杀人刑事案件进行审理。请检察官朗读起诉书。"

古野站起身，以低沉的语声宣读手中的起诉书。这篇诉状我已读过数十遍，内容早就烂熟于胸。

"被告人对结城馨怀有杀意，在法都大学法学院内的模拟法庭中，用折刀刺其左前胸部一下，使其因左前胸部的刺伤导致失血而亡。"

这是起诉书中记载的公诉事实的要点。无论时间地点写得有多详细，无论折刀的形状和材质是否已确定，都不会影响我方的主张。

"被告人享有缄默权……"

起诉书的朗读已经结束，于是赤井审判长开始对缄默权进行说明。这个时候必须告知相关权利，此乃要求被告人就本案进行陈述的前提。

"关于检察官朗读之起诉书中记载的事实，是否有错误之处或打算辩解的地方？"

在靠近法庭中心的地方，美铃深吸一口气后，说道："我与被害者确实是在起诉书中所写的时间和地点见面的。但我并没有杀害被害者。"

简短的回答。不过，作为被告人对是否承认罪状所做的表述，这样已经足够。

或许是因为与公审前整理手续时提交的主张一致，审判长的表情并无变化。而旁听席上则明显有了骚动。大概是因为被告人提出了明确的无罪主张吧。

"辩护人的意见呢？"

"与被告人一致。关于本案，我方不承认杀人的实行行为，故被告人的杀人罪名不成立。因此，我方主张无罪。"

坐在我正面的留木皱起脸，仿佛听到了什么可恨的话。

在承认罪状与否的阶段主张无罪，无异于被告人方的对外宣战。进而，通过此后进行的开庭陈诉，双方各自准备的具体战术也将明朗化。

"首先由检察官进行开庭陈诉，请被告人坐下听。好了……检察官，请。"

从某种意义上来说，古野的开庭陈诉不出我所料。

被害者结城馨相信，犯罪并服刑的父亲是被冤枉的。与此同时，他以为陷害其父的是被告人。决意复仇的被害者捉弄了被告人。被告人查明罪犯后，约出被害者，加以谴责。但二人言语间有不合，致使被告人杀害了被害者。

大致内容如上。听起来倒也是一个没有破绽的故事。

结城馨的父亲有犯罪前科，织本美铃则被视为其所犯罪行的被害者——此事在一开始就被摆在了明面上。听开庭陈诉之前我就知道，即便如此检察官所公开的主张也不会以那桩冤狱为前提进行构架。

毕竟，就算负责过去那桩案子的人不是古野和留木，检察部门参与其中亦是无可争议的事实。身为组织中的一员，可选择的结论只一个——绝不允许承认那是一场错误的诉讼。

能够容许的底线是：被害者"相信"其父是蒙冤入狱，"以为"陷害其父的是被告人。此主张仅依托于单方面的主观想法。

公诉权拥有者的束手束脚推开了真相，给了我们可乘之机。

"接下来请辩护人做开庭陈诉。"

关于被害者之父的那次审判，被告人方并无理由做积极争辩。既然检察官说可以以馨的父亲有罪为前提，辩护方顺水推舟即可。

然而……陈诉到一半时，我却这样说道："关于被害者之父的前科，我方主张这是一起冤狱。此人没有犯下任何罪行，由于被告人对搜查部门做了虚假供述，导致法庭无端做出了有罪判决……"

从旁听席传来巨大的嘈杂声，与先前是否承认罪状的阶段相比简直不可同日而语。坐在最前列的旁听者中，甚至有人起身离开了法庭。在这种时候离席，很可能是某家媒体的记者。

"肃静。"

我还是第一次在现实中听到审判长说出这句话。

法庭如此喧嚣，多半是因为辩护人的主张貌似背刺了被告人。为把被告人引向有罪判决而尽力证明己方的主张，是检察官而非辩护人的任务。这个理所当然的前提在双方的开庭陈诉中被颠覆了。

被告人过去疑似犯下了虚假诉讼罪，虽然它与本次的刑事案件不直接相关。对这一事实，检察官极力主张无罪，辩护人却高调主张有罪。

"以上内容就是被告人方的主张。"

或许是感受到了法庭内高涨不已的气氛，审判长提前宣布休庭。虽然只是短短十五分钟的休庭，但足以让人平静下来。

美铃被送回地下的独居房待着，直到休庭结束。

在刚才的开庭陈诉中，我说"被告人"陷害了馨的父亲。不是"我们"，而是"被告人"。我把罪名推给了美铃一个人。

美铃接受罪名，我则假装与此事无关。所有的事先商议都已完成。

但是，美铃真的觉得可以这样吗？

不行！不能动摇！我在相关人员离去的法庭内，紧紧握住了拳头。

重新开庭后，按预定流程进行了检察官所申请的证据调查。

为确定犯罪场所和犯罪时间的实况鉴定记录，为确定被害者死因和死亡时间的搜查报告书，为确定凶器材质及形状的折刀……

对犯罪事实的认定所需要的证据，全都一一受到了检查。

其中还有我这个第一发现人的供述记录。当时我心慌意乱，但供述内容并无大的差错。进入模拟法庭，发现馨的尸体和被溅回的血染红的美铃——这些事的经过被详细地记录下来了。

在陪审法庭的场合下，为了让缺乏法学素养的陪审员也能构筑心证，对证据内容的记叙往往比普通案件更详细。因此，检察官所申请的书面证据检查耗费了近两个小时。

对接到报案后赶赴现场的警察进行证人质询，是这一天的最后一项证据检查。

然而，能给双方的举证带来影响的证词并未出现。因为一切都只是在重复我的一部分供述记录。反过来看，也许可以评价一句"第一发现人的供述得到了核实"。

在是否承认罪状和开庭陈诉的阶段，法庭内一度热闹非凡，但是对被告人方来说，我们算是风平浪静地渡过了首次公审的大关。

我把摊在桌上的资料收入包中，从辩护人席站起身。

真正的考验是明天继续进行的证人质询。陪审法庭通常是连日开庭。明天的第二次公审将对三位证人进行盘诘。

提出什么问题，引导出什么样的回答……

我一边确认质询事项，一边和咲同行，回到了事务所。

19

第二次公审。

公平一脸紧张地坐在证言台前。先由证人的申请者——我来质询。

"证人与被害者及被告人是什么关系？"

"是同班……同学。"

话语声颇为飘忽。这是在陪审法庭上做证，有些亢奋也在所难免。对于说明不够充分的地方，如有必要我就做个补充。

"你们在法都大学法学院同属一个年级，是这样吗？"

"啊……是的。"

"证人是否听说过'无辜游戏'这个词？"

从公平的表情也能看出，他更紧张了。

"是的，听说过。"

"这是法学院内玩的一种游戏。我可以这么理解吗？"

"可以。这个名字比纸牌或手机游戏杀气腾腾，但也想不出其他合适的表述方式。"

公平的回答比我想象的灵活。照这势头，似乎可以交给他来解释。

"请你简单地说一下游戏的内容。"

"遭受特定伤害的原告人，按事先定下的规则，把犯有违反刑法之罪的人指为罪犯。就是这么一种游戏。审判者、原告人、证人等玩家通过出演各自的角色，推动无辜游戏的进程。具体而言……"

公平的说明非常好懂。估计陪审员也能想象出这是一个什么样的游戏。而进一步往下深挖则是我这个辩护人的工作。

"刚才你列举了各种角色，其中有没有你曾经担当过的？"

"没有。我只是坐在旁听席上观看游戏。"

始终处于中立立场的旁观者。正是因此，我才决定向公平求取证词。

"那么，被害者呢？"

"馨在每一次游戏中都担当审判者的角色。"

公平的紧张似乎已完全解除。此前下垂的视线也抬到了审判台的高度。

"请告诉我第一次进行无辜游戏时的情况。当时审判者的角色也是由被害者担当吗？"

"是的。"

"无辜游戏是以什么为契机开始的呢？"

公平略显出思考的样子。事先已被告知法庭上会提这个问题，所以他多半只是在脑中整理说明顺序。

"有个同学在自习室遗失了钱包。后来出现了一个目击者，说看到有人拿着那钱包。但是，受到怀疑的人坚称自己不知情，于是起了争执。过了一会儿，看到这一幕的馨提出了解决方法……而这个方法就是无辜游戏。"

"第一次靠这个方法解决问题的，就是那件事吗？"

"当时大家都吃了一惊，所以我觉得是。"

"换言之，设计这个无辜游戏的人是被害者，对吗？"

"我记得是这样。"

检察官席上的留木手撑着桌面站了起来。

"有必要对这么琐细的事实进行确认吗？"

"那好，我换个问题。"

留木的话与其说是异议，倒不如说更接近找碴，但我已问出必要的信息。

"下面的问题我仅是做个确认。在你的说明里，被害者扮演的审判者会确定犯罪者，并对败者施以惩罚，是这样吗？"

"是这样没错。"

"作为证人，你觉得审判者在游戏中行使的权力是强还是弱?"

我明白现在已快到被指责为诱导的阶段,所以采用了迂回的问法。

"我认为是相当强的权力。特别是给予惩罚的权力。"

"开头你说过,被害者是你的同班同学。不过是同学之一的被害者为何能行使如此强大的权力呢?换言之,关于败者接受惩罚的理由,我想请证人告诉我你的想法。"

"首先,对我来说,馨并不仅仅是我的同学。"

"这是什么意思?"

"我认为,法学院是一个让我们获得司法考试资格的地方。但馨当时已通过司法考试。事实上,他优秀得教人吃惊。几乎所有的同学都对馨另眼相看。"

"馨也好,正义也好,优秀的人总会给旁人带来自卑感。"忘记是什么时候了,公平曾向我丢出这么一句话。我应该是回了一句"别把我和馨相提并论",当时公平是怎么说的呢⋯⋯

"因为是优秀的学生,所以允许他行使强大的权力。是这样吗?"

这个问题是为了让对方否定。公平明确地摇了摇头。

"我们相信馨不会做出错误的判断,这是事实。但考虑到自己也有可能受到惩罚,便无法光凭信赖就赋予他审判者的权力。馨也理解这一点。在有人指出对其权限的不信任之前,他就自行立下了誓言。"

有几位陪审员从审判台微微探出身子。由此我得以确认两点。一、他们理解对话的内容；二、他们对这场质询感兴趣。

"所谓的誓言是指？"

"一旦证明审判者做出了有违职责的不正当行为，就要对审判者本人课以惩罚。我们把这个叫作'无辜的制裁'。馨还就故意确定虚假罪犯、审判者犯罪等行为，举出了具体的例子。"

"你的意思是，审判者受惩罚的风险抑止了不正当行为的发生？"

"是的。"

"事实上有没有真正实施过无辜的制裁呢？"

"据我所知，没有。"

馨完美地履行了审判者的职责。正因为如此，败者才会接受审判者课以的惩罚，无辜游戏才会不断地进行下去。所有人都信赖馨。

"假如要实施无辜的制裁，你觉得会课以什么样的惩罚呢？"

"这个嘛……"

"被害者对很多败者进行了惩罚吧？如果在此过程中有不正当行为，就可将其评定为相当重的罪行，不是吗？"

留木站起身，用比刚才更为响亮的声音说道："反对。辩护人的提问是在诱导回答。"

"明白了。我撤回这个问题。"

刚才的提问是我的失误。我平复心情，告诫自己不要贸然行事。

"没问题吗?"审判长向我确认。

"没问题。接下来我要针对某几次无辜游戏,确认一些事实。"

贤二被确定为罪犯的损害名誉案。与偷信封相关的盗窃案。馨把刀戳在审判台桌上的一系列风波。我轻描淡写地一一确认了事实状况。

最后,我得到审判长的允许,把检察官作为证物提交的折刀展示给公平看,并问道:"你对这把刀有印象吗?"

"有。我想这是馨戳在审判台桌上的东西。"

"辩护人的质询到此为止。"

没等我坐下,留木就站起身来。检察官的质询涉及方方面面,但想问的事其实很清楚。尽管对无辜游戏的说明足够充分,但在检察官看来,这不过是学生之间玩的一种游戏。人不可能因游戏而死,什么无辜的制裁啊……

公平回答得不偏不倚,我不打算提反对意见。

我一边关注检察官的质询走向,一边回顾自己的质询过程。

面对我的提问,公平指出了好几个重要的点。

馨是人人称道的优等生。然而,他却进了一所被讽刺为低端法学院的学校。为什么?答案很简单,馨知道我和美铃报考了这所学校,所以他故作偶然与我们相遇,试图接触陷害其父的加害者。

这么一想,馨设计无辜游戏的理由也就不言自明了。

他的计划在那时便启动了。换言之，无辜游戏不过是为证明父亲的冤屈而制造出来的一件道具。

短时间的休庭过后，对佐沼的证人质询开始了。

为核查身份，证人需填写出庭卡。在佐沼的出庭卡上，住所栏和职业栏分别以歪歪扭扭的字体写着"不定"和"多面手"。

尽管我曾联系佐沼，说希望事先开个讨论会，可他一次也没来事务所。我甚至担心今天的庭审他会不会出现，现在看来姑且是能取得证词了。

佐沼身穿黑色的工作服。我看着他的侧脸，开始提问。

"首先要问的是证人和被告人的关系。你是否在本案发生之前就知道被告人？"

"是说这个杀了人的女人吧。当然知道。"佐沼看着我答道。黑色工作服很像法官身上的制服。

"请看着正前方回答。还有，我问的是，是否在本案发生之前就知道。"

"承认是杀人犯了？"

即使坐在证言台前，佐沼也不老实。虽然这一点我早有预料。

"证人质询是一个被质询者回答问题的过程。这里不是你提问的地方。"

"嚯……你很镇静啊。明白了，明白了。我是开玩笑的。我会好好回答。我嘛，在这个案子之前就知道这个女人的事了。"

"是怎么发生关联的？"

"我监视了这个女人。很悲伤，是单方向的关系。"

和平时一个德性。不过相应地，这也更利于习以为常的我完成质询环节。无视攻击性的言语即可。解释不够充分的地方做个补充即可。

"所谓的监视，具体是指什么？"

"窃听这个女人的房间啊。"

旁听席再次骚动起来。最前排的记者不知在记录着什么。

"也就是说，你窃听了被告人居住的公寓房。"

"啊，没错。"

"证人是纠缠被告人的跟踪狂吗？"我决定先消解旁听者理应抱有的疑问。

"怎么可能，我对这种小姑娘没兴趣。"

"那又是出于什么目的？刚才我也说过了，请看着正前方回答。"

佐沼贼眉鼠眼地看着美铃，所以我要让他正对前方。

"是受人委托的。仅此而已。"

"你的职业是叫'多面手'对吧？经常有人委托你窃听吗？"

"反正不是第一次。这样回答够了吗？"

"请告诉我接受委托时的情况。"

佐沼的回答和我上次听到的一样。委托人通过电子邮件告知其窃听对象、方法和报酬。对方的邮件来自发送专用的电子邮箱。不光是窃听，邮件里还指示佐沼把女高中生犯下诈骗罪的相关报道投进信箱。

"窃听到的声音拿来做什么了？"

"全都上传到指定的云空间了。那位客户大概有窃听女大学生房间的癖好吧。"

"你也听过那些声音吗？"

"没有全听。毕竟我没那么空。"

关于窃听的提问，这些已经足够了吧。

"现在我要询问客户的事。你说你是通过电子邮件接活，那么你有没有和客户直接见过面？"

"没有。那家伙坚决不肯现身。"

"这样你能接受？"

佐沼抬头看了我一眼，歪着脸笑了。

"能不能别拐弯抹角啊。客户的真实身份就是结城馨吧。"

法庭内寂静无声。这一切的制造者观察着满场情况，耷拉着嘴角。

"你为什么能如此断言？"

混蛋……进程全被搅乱了。

"哈，你的脸色挺好看啊。我在上传到云空间的音频文件里植入了病毒。只要对方打开文件，我这边就能通过电脑的摄像头窃取视频。"

如果直接问，检察官会反对说"这是诱导"。如果迂回地问，失控的佐沼又会随心所欲地乱讲话。我从未经历过这么困难的证人质询。

我看了看被告人席上美铃的侧脸，轻轻叹了口气。我从没觉得能如愿完成对佐沼的质询。只要能达成一定的目标，过程如何就只好睁一只眼闭一只眼了。

"你看到的只是脸，并不知道名字?"

"是啊，我对名字什么的不感兴趣。"

"你把通过摄像头窃取的视频交给了我。"

"因为你死皮赖脸地求我。"

再次征得审判长的许可后，我向佐沼出示了一张照片。

"这是截取视频的一部分做成的照片。"

"又来这种拐弯抹角的确认。没错……这就是摄像头拍下的那个男人。"

我所出示的照片清晰地拍下了馨的脸。

接过佐沼手中的照片，我把它交给了书记员，随后回到辩护人席。

"对了，你有没有把刚才的视频或照片交给过别人?"

"没有给过别人。除了你。"

"辩护人的质询到此为止。"

留木随后起身，用比平时更为强硬的语气开始质询，似乎是不想被人小瞧了。起初，佐沼也算答得中规中矩。

然而，从事实确认完毕开始，气氛一下子变了。

"你得意扬扬地说着自己干过的事，难道没认识到这是犯罪吗?"

"犯罪? 什么地方犯罪了?"

望着倚靠在椅背上的佐沼，我想此人还真是胆大包天。很少有人能在陪审法庭的证人质询环节摆出如此傲慢的态度吧。

"就是窃听被告人房间的行为。"

"犯罪……我说……"

佐沼抿嘴一笑，又搬出了在公寓里显摆的那套理论。通过拾音器窃听不违反任何法规——如今想来，这都是馨从旁指点的吧。立志当研究者的馨应该也精通特别法①的知识。

"我是说，按常理来看这种行为是不允许的。"

"法律专家拿常理啊伦理出来说话，可就完了。"

"……"

虽然隔着一定的距离，但还是能看出留木的脸涨得通红。我静观质询的走向，似乎是佐沼占据了上风。这个男人嘴皮子之利索，不可小觑。

从中途开始，经验丰富的古野接过了质询任务。就连佐沼好像也吃惊于古野锐利的目光和充满压迫感的语调。即便如此，质询也顺利地结束了，没有发生大的波折。

为了公平和佐沼的证人质询，事先我准备了便条，如今则把它叠成了小小的一块。没想到连续质询竟是如此劳心伤神的事。

①特别法：适用于特定的人、场所、事项、行为的法律。与一般法相对。优先级别高于一般法。日本没有对窃听行为本身进行处罚的法律。只有刑法等法律对伴随着非法入侵民宅、破坏财物、威胁恐吓等的窃听行为有处罚条款。

时间较长的休庭结束后，检察官申请的证人——馨的母亲坐到了证言台前。

前去吊唁时，我自称是馨生前的友人。我不觉得馨的母亲会忘记这件事，但她并没有向辩护人席上的我投以凌厉的目光。

质询佐沼时出丑的留木起身负责提问。

"下面我将询问被害者之父，也即证人之配偶的事。佐久间悟先生曾因违反《迷惑防止条例》和伤害罪，被判处有期徒刑，是这样吗？"

佐久间是馨的旧姓。在这场质询中，恐怕主要会问到其父的犯罪前科。由于双方的开庭陈诉，这件事已成为争论的焦点。

"是的。"

"证人觉得佐久间先生被宣判有罪是冤狱吗？"

我吃了一惊。没想到留木问得如此直接。

是留木急躁了？抑或是某种战术？

"不……我认为那个人是犯罪了。"语声微弱，到最后几乎快要消失了。

我和美铃添加的主张令她不得不接受痛苦的质询。我的心快被罪恶感击碎了。

"为什么会这么想呢？"

"因为那个人的口袋里有一个笔型摄像头。"

"摄像头里保存着什么样的视频？"

"我听说是电车里偷拍的视频。"

留木环视法庭，仿佛在说"连物证都有了，不可能是冤案"。

过去捏造的证据成了翻案的枷锁。当时的我连做梦也没想到事情会发展到这一步。

"佐久间先生主张自己无罪吗？"

"没有。他应该是在法庭上认罪了。"

留木心满意足似的点了点头。

"那么，其子馨先生是怎么想的？"

"馨……事到如今，我是说不清楚了。不过，那孩子确实仰慕自己的父亲。我想，正因为是这样他才受到了巨大的打击。"

客观事实聚齐了用来证实检察官之主张的材料。留木借证人质询一一指出这些事实。如此做法可谓稳妥，如果只是为了构筑"判决并无错误"的心证，这等程度的举证可能已经足够。

我深知形势严峻，起身准备辩护人对证人的盘诘。

"我是被告人的辩护律师，但同时也是结城馨先生的友人。"

馨的母亲略微睁大眼睛，看了看我。

"嗯，我知道。"

我不觉得对方会原谅我隐瞒立场前去吊唁的行为，但还是想这样解释一句。

此后我将以辩护人的身份进行质询。

"针对刚才检察官的提问，您回答说您不清楚馨先生对父亲的罪抱有何种想法，对吗？"

"对。当然，在他父亲被逮捕后以及审判的过程中，他的情况非常不稳定。"

"不稳定是指？"

"从学校早退，或是频繁地去案发现场……"

"关于那桩案子，他提出过什么看法吗？"

馨的母亲略加思索后，答道："他对我，还有探监时见到佐久间时，反复说父亲是无罪的。"

听到"无罪"这个词，留木的身子抽动了一下。

"即便如此，您仍然不清楚馨先生是否在怀疑他父亲受了冤屈？"

"因为看不出有什么依据，所以我觉得他只是愿意这么相信而已。"

"原来如此。佐久间先生对此是何反应？"

"既不肯定，也不否定，只是一个劲地说对不起。"

光靠这句话，不足以颠覆留木所构筑的心证。

"父亲被判决有罪的前后，馨先生是否有过异常表现？"

"这是什么意思？"

"比如，渐渐沉迷于某事。"

或许是因为猜不透提问的意图，留木没有提出反对。

"啊啊……他突然开始学习法律了。"

留木用钢笔戳了戳手边的资料，似乎想说"那又怎样"。

"换一个问题。听说佐久间先生在本案发生的一个月前去世了。死因是什么呢？"

明知这是对方不愿回忆的过去，但我必须问。

"是……自杀。"

"精神状态不安定是从什么时候开始的？"

"我想是在确定刑期，进入监狱以后。"

"是否有过自杀的征兆呢？"

"这个……"

留木站了起来，像是要帮助无法回答的证人。

"提问过于抽象了。而且原本我就不认为这个问题有何意义。"

"我只是在问有没有征兆。"

我不打算退让，便交由审判长来判断。

"证人能回答辩护人的问题吗？"审判长温和地问道。

"能……听说他有过好几次自杀未遂，所以我觉得他选择自我了断只是时间问题。"

"接下来，关于案发前被害者的情况……"

我问的是从一个母亲的角度来看馨是否有过异常表现，但没能得到明确的回答。倘若馨的母亲认为有可能影响到审判结果，自然无法轻易作答。

又追加了几个问题后，我结束了质询。

审判长宣布退庭，旁听者和相关人员集体起立。美铃被夹在刑务官之间，我问她是否需要面谈，但没有得到回应。

通过今天的证人质询，我们获得了各方面的证词。

只是，展现给法庭的则是杂乱的、刻着不同纹样的拼图碎片。

别说描摹出一幅已完工的无罪画面了，连整体图案都无法在脑中拼成。

这恐怕才是法官和陪审员持有的、真实的心证。

现阶段持有这样的心证也没关系。

只要碎片齐全了，接下来不过是如何拼接的问题。

看清完成态的样子，把碎片拼接成其应有的形状……

我会在明天的公审中完成拼图。

20

第三次公审。

最后一位证人是对馨进行司法解剖的男性法医，名叫长滨。

鉴定书已做过检查，不过直接在法庭上听取专家的分析有助于陪审员的理解，故而决定实施对法医的证人质询。

古野在屏幕上播放幻灯片，以演示的方式进行询问。

被害者的死因是左前胸部的刺伤引起的失血过多。未见防御伤，当即死亡的可能性很大。凶器是刺入胸膛的折刀。从凶器的形状和伤口的角度来看，推测是站在正面的凶手一边推倒被害者一边将刀刃刺进其左前胸。死亡推定时间是下午一点前后……

法医的精密分析没有留给外行们质疑的余地。

"被告人衣服上沾有的血液是被害者的，对吗？"古野问道。

"是的，不会有错。"

"能否请您简单地说明一下血液的黏附情况呢？换言之，是被害者被刺的一瞬间沾上的，还是说存在其他可能？"

古野很清楚法庭所容许的质询底线。我真心觉得姜还是老的辣。

"至少不是事后沾上的。极可能是穿着衣服的罪犯用凶器刺伤被害者时沾到的从对方身上溅回的血。之所以能做出这样的分析……"

古野的补充性幻灯片演示结束后，法庭给了辩护方质询的机会。但我几乎没有什么可问的。

"被害者从正面被刺，却找不到推搡痕迹等防御伤，这个难道算不上不自然吗？"

"如果是被打了个措手不及，还是完全有可能的。"

"即便是体格上落了下风的女人刺男人？"

"我的回答不变。"

"辩护方的质询到此为止。"

通过对长滨法医的证人质询，恐怕很多人加强了美铃有罪的心证。附着在凶器上的被告人的指纹，黏附在被告人衣服上的被害者的血液。仅结合这两项事实，就能得出结论：被告人刺了被害者。

证人质询环节全部结束，如今只剩下对被告人的盘诘了。

法庭公审。宣布过去之罪状的开庭陈诉。散乱的证词碎片。

终于，一切已准备就绪。坐在证言台前的美铃应该也在想同样的事。

"首先要问的是公寓骚扰事件。证人佐沼供述说曾窃听了你的房间。这确实是事实吗？"

"是的。"

我组织的大部分问题都可以用是或否来回答。无辜游戏中培养的技能，在现实中的刑事法庭上也发挥了巨大作用。

"你是否发现自己的房间被人窃听了？"

"没有发现。由于公寓内的骚扰连续不断，我才意识到莫非房间被人窃听了。但是，我用窃听器探测仪查了一遍，什么也没找到，就相信了探测仪给出的结果。"

美铃的回答如水银泻地，丝毫不见紧张之态。

"据说信箱里放了一份关于女高中生参与诈骗的报道。这篇报道与你有关吗？"

"与我无关。我和那个女高中生之间也没有私人联系。"

"那么，你看了这篇报道毫无想法吗？"

美铃顿了顿，回答道："不……我想起了以前自己干过的色狼讹诈行为。"

"是什么样的诈骗活动？"

"高中时代我在儿童福利院生活。我得不到周围人的经济援助，几乎等同于没有任何积蓄，但又无法放弃学业。涉足违法犯罪是为了赚取读大学的学费。其中一种犯罪被称为色狼讹诈。具体而言……"

美铃继续对色狼讹诈进行说明，但旁听席上的嘈杂声吵得人听不清美铃的话。待法庭重归安静后，我再次开始质询。

"信箱里的那篇报道也提到了色狼讹诈吗？"

"是的。所以我在脑中把两者联系起来了。"

"只是看了报道，就想起了过去所犯的罪行？"

"还有一个原因。公寓内的骚扰是从门上的猫眼被冰锥扎穿开始的。那冰锥上绑着一张纸，纸上印着在儿童福利院门口拍摄的集体照。"

通俗易懂的说明。不过我还是姑且做了归纳。

"福利院的照片和关于诈骗的报道。你见到这两样东西后，把自己过去所犯的罪行和公寓内的骚扰关联起来了——我这么解释是否正确？"

"正确。"

"骚扰持续了多久？"

"两个多星期。"

"关于短期内骚扰即告终止的原因，你有没有什么头绪？"

"不知我下面的话算不算回答。我在公寓房里吐露了过去所犯的罪行后，骚扰立刻停止了。"

我俩快速展开问答，甚至没有给检察官提出反对意见的机会。

"具体而言?"

"刚才我也说过,我没有发现自己的房间被窃听。由于信箱频频被投放相同的报道,我与当时同在屋里的友人商量了这件事。我想内容大致是:我以前也反复做过这种事,和报道里写的犯罪行为类似,没准罪犯的目的是报复。"

所谓的友人就是我,当然我不打算在法庭上披露此事。

"这些声音被楼上房间安装的机器录下来,送到了委托佐沼证人实施窃听的客户手中。你肯定是这么想的吧?"

"是的。我认为是某人拿到了想要的音频,所以才停止了骚扰。"

关于馨想要音频的理由,我会放在后面提问。现在必须确认美铃得知客户身份的具体日期。

"佐沼证人供述说,命令他窃听的客户是结城馨。你是否也意识到了这项事实?"

"当时我并不清楚。但骚扰停止的一年后,也就是本案发生的两周前,我知道罪犯是结城君了。"

"是出于某种契机知道的吗?"

"有人往信箱里放了匿名的告发信。"

在拘押分所和美铃第一次会面时,我才知道告发信的存在。

"请告诉我们信里的内容。"

"上面写着,获取儿童福利院的照片,以及命令窃听公寓的人都是结城君。"

"只写了这些事实吗?"

"信封内还有两张照片。第一张是网络社交平台的私信截屏。正文里写着我正在搜寻福利院照片之类的话。我调查了图片里截到的账号,这才知道发信人是结城君,回复者是福利院的朋友。第二张照片拍的是结城君的脸。还附带解释,说是操控摄像头搞到的。"

很多法官讨厌被告人在证言台前长篇大论。但赤井审判长不曾阻止美铃发言。多半不是因为错过了时机,而是觉得美铃的话思路清晰,有条有理,故而做出了不予阻拦的判断。

"佐沼证人提供给我的照片,你也确认过了吧?"

"是的。随告发信附上的照片也和它极为相似。"

"但是,佐沼证人供述说,他没有把通过摄像头窃取的视频或照片提供给我以外的人。关于告发信的投递者是谁,你是否有头绪?"

"没有。"

在被告人质询环节,如此回答已经足够。让美铃叙述自己的推测并无意义。

可以想到的一种可能是佐沼在撒谎。但是,告知客户的身份对佐沼没有好处,而且回顾案发后他的言行,也不见有此征兆。至少他不是那种经不住良心的谴责而选择匿名告发真相的人。

"收到告发信后,你采取了什么样的行动?"

"当时我打算找结城君问话。我发了封邮件,说我想就过去的无辜游戏问他一些事。"

"对方回信了吗？"

"他回信说在模拟法庭见面。"

"你还记得对方指定的日期和时间吗？"

"记得。就是起诉书里写的那一天的十二点三十分。"

如此这般，美铃解释了她和馨在模拟法庭碰头的理由。

"由于已作为证据提交给法庭，在此我给你做个指引。在被害者发给第一发现人——我的邮件里，指定时间是下午一点。然而，给你的邮件里写的是十二点三十分，是吗？"

"是的，不会有错。"

空白的三十分钟……接下来只需请美铃讲述模拟法庭里发生的事即可。

"请告诉我你抵达法学院的时间。"

"十二点二十五分左右。"

"当时，被害者已经在模拟法庭里了？"

"是的。和往常一样坐在审判长的席位上。"

想来有几个旁听者正注视着审判台中央的赤井审判长吧。在他们眼里，赤井审判长和被害者的身影应该已重合在一起。

"进入模拟法庭后，你做了什么？"

"我站到证言台前，问结城君：'获取福利院的照片和指示别人在公寓捉弄我，都是你干的吗？'"

证言台前的美铃，庭长席上的馨。构图恰与今日的法庭相同。

"被害者是怎么回答的?"

"他说,你知道得很清楚嘛……"

"没有要你拿出证据,也没有抵赖?"

"是的。他马上就承认了。我问他为什么要做那些事。"

"他的回答是?"

"因为想救父亲——结城君是这么回答的。"

我在此处暂停,环视法庭内部。所有人都注视着美铃的嘴,生怕听漏从那里发出的声音。

"当时你是否已认识到,被害者的父亲就是佐久间悟先生?"

"没有。当时在我心里还没能连上线。"

"明白了。请继续。"

"结城君拉开桌子的抽屉,从里面取出了某样东西,然后从审判台侧边的台阶下来,向证言台靠近。走到我跟前的时候,我才发现他右手握着的是刀。"

"是作为本案的凶器提交上去的折刀吗?"

"是的。"

我没有展示证物的折刀以确认是同一件东西。因为我深切地感受到了现场的氛围——人们希望美铃快点说出真相。

"也就是说,两人在证言台处面面相对。后来呢?"

"我一点点地往后退,一边问他是不是想杀我。"

我正要找时机催促美铃往下说的时候,美铃自己开口了。

"结城君反问我,难道你有什么应该被杀的理由吗。根

281

据在公寓内遭受的捉弄，我猜想罪犯是某个因我犯下的罪行而受害的人。但是，我不记得这些人里有姓结城的。所以，我什么也答不上来。"

"你无法作答后，被害者做出了什么举动?"

美铃默默地用手指向书记员席，仿佛要告知众人那里存在答案。

"你怎么了?"

问话的不是我，而是赤井审判长。

"模拟法庭里也有书记员席。结城君在证言台前用手指向了那个地方。"

原来美铃是要再现馨的举动。

"那里……是有什么东西吗?"我再次提问。

"有我刚才指着的东西。"

"旁听者请不要站起来。"审判长提醒道。想来是有旁听者意图窥探书记员席。

我决定在用语言确定美铃所指之物前，对预备知识做个整理。

"有一部名叫《陪审员法》的法律。其中的第六十五条……"

留木起身说道:"反对。辩护人的发言与本案无关。"

多半是他想起条文的内容，感受到了危险的气息。

"这条法规与案件有关吗?"审判长问道。

"有关。经过深思熟虑，我觉得为了取得各位陪审员的理解，有必要进行此项说明。"

"明白了。当我做出判断，不认可其必要性时，我会阻止你的发言。现在请继续。"

中立地掌控诉讼过程的做法，颇具职业法官的风采。

"《陪审员法》第六十五条规定，对于由陪审法庭审理的案件，在规定的场合下允许将审理过程中相关人员的供述等录入存储介质。这项规定的目的如下：在以连日开庭为原则的陪审法庭中，确保有机会回顾法庭上的对话，确保陪审员等正当地执行职务。进而，条文中写明是以影像及声音为记录对象。本案也是如此，我们在最后一次公审前整理手续中做出了这项决定。换言之，我发言时的影像和声音正在被记录。"

说到这里，我和美铃一样将食指点向书记员席。

"我想大家可以看到，刚才被告人所指的地方有一台用三脚架固定的摄像机。被告人质询的影像和声音自然都被这台摄像机记录下来了。而案发现场的模拟法庭里，在相同的地方也设置了摄像机……"

"反对！辩护人在诱导回答。"留木厉声说道。

"并非诱导，我只是用语言表述了被告人的行为。"

"辩护人，请重新向被告人提问。"

我遵从赤井审判长的指示，向美铃问道："被害者在模拟法庭用手指着的是什么？"

"是安置在书记员席上的摄像机。因为亮着红灯，所以我知道是在录像。"

在贤二犯下损害名誉罪、沦为败者的那次无辜游戏中，我谎称散播了模拟法庭的视频。因此，我自然知道模拟法庭里有摄像机。然而，在美铃告诉我之前，我做梦都没想到案发的整个过程都被拍下来了。

"被害者是否说了些什么？"

"结城君说，希望你把拍下的视频交给正义。"

"所谓的正义，指的是我，对吗？"

想来没有必要解释这个名字的由来。我不觉得有人会对此感兴趣。

"对。"

"你把拍下的视频交给我了吗？"

"视频被保存在SD卡里，我把它放进塑料袋里并交给你了。"

我看了看检察官席，留木正要抓起掉落在桌面上的钢笔。

"审判长，为了确认同一性，我要向被告人展示一张SD卡。"

留木瞪视着这边，仿佛在打量一个罪犯。我拿SD卡在他眼前亮了一下，随后展示给证言台前的美铃看。

"你对这张SD卡有印象吗？"

"有。这就是刚才我提到的SD卡。"

"好的。但是，我无法打开里面的文件。你知道原因吗？"

"我想是因为加密了。设置密码的人是结城君。"

"你知道密码吗？"

"知道。是结城君告诉我的。"

我瞥了一眼检察官席，留木正要对古野说话。显然，始料未及的发展使他们深受震撼。

"你有没有把密码告诉辩护人也就是我？"

"没有。你问过多次，但我每次都拒绝了。"

SD卡一旦到了搜查机关手中，后面的走向应该会发生巨大变化。

曾经有过无数次机会。应警方要求自愿前往警署配合调查时，被逮捕后接受审讯时，被拘留后有辩护律师在场时。然而，美铃在所有场合都保持沉默。

心身俱疲却不与任何人商量，独自一人决定了一切。

不……她并不是一个人做出决断的。

"为什么拒绝呢？"

"因为我和结城君约定，在公审开始前不打开文件。"

美铃对馨立下了誓言：用救助无辜者来交换对罪行的清算。

"现在你能告诉我了吧？"

"好的……"

美铃报出了一串由英文字母和数字组成的密码。

"审判长，我申请检查SD卡中保存的视频。举证重点是死亡前被告人和被害者之间的对话，以及凶器刺入被害者身体的状况等。"

赤井审判长迟迟未做反应。这时，留木再次起身。

"这种申请……不可能被批准。审判长！这样的证据调查申请是违法的。"

"本案已经过公审前整理手续，除非认定有不得已的事由，否则不允许申请新证据。这一点我自然理解，但被告人始终拒绝透露密码。即使在公审前整理手续终了时，文件仍无法打开。换言之，判明SD卡中的文件为一段视频，且记录了案发当日模拟法庭内的对话，是在这场被告人质询的过程中。不知道密码，则不可能申请证据调查。这一不得已的事由理应得到认可。"

待我发言完毕，留木开口道："真的无法打开文件吗？"

"这话是什么意思？"

"被告人声称与被害者立下约定，在公审前不打开文件。但是……我不认为信守这样的约定对被告人有好处。在我听来，这只是强行制造不得已事由的借口罢了。"

险些被留木的气势压倒，但我不能在紧要关头退缩。

"不是的。倒不如说，我们看不出推迟证据调查申请有何好处。只要看了视频，就能明白被告人不说出密码的理由。"

"申请时若不能做出合理的解释，不得已事由便不会得到认可。"

"那好，就请您发布提交命令以判断是否采纳我方的申请。"这句话是对赤井审判长说的，而非留木。

不实际查看证据就无法决定采纳与否时，法院可通过诉讼指挥，一时性地命令提交该证据。虽然无法从中构筑心证，但这项制度是为了让法庭立足于证据的内容来决定是否进行调查。

"明白了。我命令辩护人提交SD卡。"

"审判长……你真的要这么做?"

"休庭三十分钟。也请检察官对内容进行确认。"

赤井审判长以不容分说的口吻宣布休庭。书记员忙里忙外,检察官面露不满之色走出了法庭,美铃则被带回地下的独居房。

我留在当事人席,抬头看了看天花板。后面的事只能交由法院来判断了。

我曾数次劝说美铃应该在最终公审前申请证据调查。但美铃概不答应。与馨的约定束缚了她。

我还没看过摄像机录下的视频,但大致能猜到内容。

馨应该在视频中揭露了真相。检察官也好,法官也好,恐怕都会震惊得失语。进而我又反复地想,如果在法庭上播放视频,不知会招致怎样的事态。

三十分钟一转眼就过去了。我闭着眼睛,直到赤井审判长宣布再次开庭。我扫了一眼栅栏内部,当事人已经到齐。

没有任何开场白,审判长直接询问检察官:"对于证据调查申请,检察官是什么意见?"

"不同意。"留木当即答道。他语速飞快,喋喋不休地说着"无法认可不得已事由""这种证据相当于传闻证据"云云。对此,我做了最低限度的反驳。

所有人的视线都汇集于赤井审判长的嘴。

"采用辩护人所申请的SD卡，当庭检查视频。"

法院的判断引得现场一片哗然。

"反对!"留木仍然站着，准备继续发言。

但古野拦住了他。

"行了，坐下。"

"古野先生，你为什么……"留木颤抖着手，望向坐在身旁的上司。

"因为实质性真相的发现也是检察官应尽的职责啊。那个视频必须进行调查。你应该也明白，就算申诉也没有意义。"

留木颓然地坐回椅中。

如此这般，101号法庭的屏幕中映出了模拟法庭的视频。

21

馨说出正在摄像的事实之前，情况均如美铃在证言台前所描述的那样。

馨身穿漆黑的法官制服，美铃披着白色罩衫。两人的衣服都未沾上血迹，白与黑的单调反差与模拟法庭的寂静氛围融为了一体。

其中唯有馨右手握着的刀，散发着别样的存在感。

美铃看到了摄像机的镜头，她声音发颤地问道："你要我转交视频?"

"是的。正义应该会在三十分钟后到。"

美铃摇头。

"你自己交给他不就行了。我不知道你为什么要录像。"

"明明单独相处的时候你都叫他清义。什么场合怎么称呼，你倒是分得很清楚啊。"

馨和美铃隔着证言台对峙。两人之间保持的距离，使馨就算伸直右手，刀尖也恰好碰不到美铃。

"你果然听过我俩被窃听的对话。你为什么要做这种事?"

"一下子问这么多我很难办啊。先从第一个问题答起吧。"

馨竖起没有握刀的左手食指。

"我无法直接交给他的理由很简单。因为等正义到这里时，我已经从这个世界消失了。"

制服的袖口前，是握在手中的折刀。明明只是小小的波形刀刃，可那不祥之气犹如死神手里的镰刀，隔着屏幕层层传递而来。

"……你冷静一点!"

馨无视美铃的阻拦，用左手做出与V字手势相似的形状。

"第二个问题是我窃听美铃房间的理由，对吧?这个问题的答案就有点复杂了。一言以蔽之，是我想收集你犯罪的证据。"

"为什么要收集?"

"由于你的罪行，我们的人生偏离了正轨。"

"我们……？指的都是谁啊？"美铃问道。她声音微弱，仿佛是从喉咙里挤出来似的。

"你对佐久间悟这个名字有印象吗？"

数秒钟的沉默。馨一言不发地等着，直到美铃做出回应。

"不会吧……我……"

"啊啊，太好了。假如你说不记得，我可真的要大受打击了。佐久间悟是我的父亲。怎么样？很多事情你是不是开始明白了？"

美铃怔立当场。

"姑且把话说在前头，你可别道歉。我并不期待这种毫无意义的事。我的目的你是否也清楚了？"

"你想找我报仇？"

美铃又往后退了一步。

"最初我也想过这个事。觉得自己也许有权复仇。要说我不恨美铃，那就是撒谎了。如果当初你吐露真相，父亲就不会被制裁。如果没有你，父亲也不会死。"

"……他死了？"

"一个月前他上吊自杀了。"

馨的右手微微抬起。刀尖欲捕捉美铃的身体。

"结城君，你听我说。"

馨依然面无表情，用指尖调整了刀所指的方向。

"我知道父亲是无辜的。所以每次和母亲去探监时，我都求他主张自己无罪。可父亲只是反复说着对不起。"

"我本不想把事情搞大。我只是想要钱……"

馨仿佛没听到对方的辩解，诉说着悲剧的后续。

"我想知道真相，在有罪判决确定后仍不断地给父亲寄信。虽然一次都没有收到回音，但我相信父亲读过信。父亲出狱后，我瞒着母亲去见他，他低下头说希望我能忘掉。"

"忘掉……？忘掉什么？"

"父亲已看出我正在考虑复仇。这就是所谓的刑警的直觉吧。他用强硬的语气说这么做没有意义。作为维持社会秩序的警察，父亲对自己的工作感到自豪。个人的复仇意味着对这项使命的否定。他一边哭一边求我，说只有这件事不能去做。"

两人都纹丝不动，直挺挺地站在证言台前。

"无论他说什么，我都无法原谅加害者。但是我又觉得，不顾父亲的想法走上复仇之路，是一种任性的自我满足。即便复仇不被允许，至少也要让加害者遭到正当报应——这就是我最终抵达的答案。"

"正当报应？"

"我一直在无辜游戏中扮演审判者的角色。人们要求审判者具备两项能力，一是基于正确的逻辑来确定罪犯，二是根据罪行内容决定恰当的惩罚。美铃知道我是怎么选择惩罚的吗？"

"同态报复……"

馨听到回答后，轻轻点了点头。

"把所犯罪行直接作为惩罚返还给犯罪者。你不觉得，这个同态报复的想法就是'正当报应'吗？对侵害财产权的人课以相应程度的产权制约，让毁坏名誉者甘愿接受相应程度的社会信用损失……反过来说，我不允许高于上述程度的复仇。遭到正当报应的人必须得到原谅。为了理解报应应有的形态，我作为审判者给了许多败者以惩罚。如此看来，什么样的惩罚适合美铃呢？"

"求你了，别杀我……"

刀被举至近乎水平的角度。

"如果我认为杀死父亲的人是美铃，那我想我已经毫不犹豫地把你杀了。但是，无论怎么思考，我都无法得出这个结论。"

"啊？"美铃一脸愕然地问道。

"由于美铃的虚假供述，父亲被起诉了。但是，没能识破谎言、对无罪之人宣判有罪的是这个国家的司法。父亲在服刑期间精神出了问题，自己结束了自己的生命。美铃制造了开端，司法扣响了扳机。我认为把全部责任推给其中的一方并不合适，便决定让双方都遭到报应。"

馨的语调没有变化。正因为如此，这套逻辑透出了某种癫狂之气。

"你在说什么……"

"你犯下的罪行是隐瞒事实，让他人蒙受不白之冤。为清算这项罪行，我只能请你在合适的场所、合适的时机证明父亲的无辜。而司法机关则要在公开场合承认过去做出了误判。双方遭到报应之日，就是父亲得到拯救之时。"

恐怕绝大多数人都需要花点时间才能理解馨话中的意图。

但我已读过好几篇馨写的论文，脑中立刻就浮出了一个单词。

馨的论文多涉及刑事政策方面的题材。以刑罚论为对象的刑事政策有一个重要的研究领域，即如何设计错判发生时的救助制度。

"难不成……你是在说再审申请的事？"

"不愧是美铃。理解得这么快真是帮了大忙。"

佐久间悟的有罪判决因上诉期限已过而被确定。

考虑到"纷争解决手续"的安定性，有必要视已确定的判决为不可再行争辩之物。但是，当发现重大事实误认，当维持已确定判决是不正义之举时，还有一条可以纠正错误的道路。

纠正已确定判决的再审制度，被称为"非常救助手续"。

"你到底想让我做什么？"

"让你做只有你能做到的事。"

"你是要我去警署坦白一切？"

"这点程度的行为无法打开再审的大门。美铃也知道吧，再审被称为'打不开的门'。除非发现新证据，并被评估为'显然应据此宣判无罪'，否则再审不会得到批准。而判断是否需要再审的正是司法机关自己。靠正面攻击，我们无法搜集到让他们不得不打开大门的新证据。"

"既然如此……"

不等美铃说完，馨的声音已覆盖过来："既已知道敲门门也不会开，那就只能在外面撬锁了。"

"在外面？"

"就是我说过好几遍的同态报复啊。法庭上发生的错误必须在法庭上纠正——在公诉权者和法官聚集的刑事法庭上。我想请你在那里证明父亲的无辜。他们无法抹消在公开法庭上所做的发言。因为不仅是栅栏内的人，包括旁听席上的记者和旁听者在内，所有人都能成为证人。"

刀尖保持着近乎水平的角度，没有变化。

这是某种胁迫。像是在威胁说："如果你拒绝，我就动手。"

"可是，结城君的父亲……不是已经去世了吗？"

"即使被宣判有罪的人已经死亡，申请再审的道路也不会关闭。不管刑罚有无确定，不管此人是否接受了一切并已自行了断，只要没有犯罪，那它就是冤狱，理应通过再审救助蒙冤之人。"

我曾在学业修成之际的特别课程上，听奈仓老师讲过无罪与冤狱的区别。

有罪还是无罪由法官决定，但冤狱与否恐怕只有神才知道……在无辜游戏中担当审判者角色的馨曾这样答道。

审判者也是凡人，并非全知全能的神。

然而……馨却断言自己的父亲是冤狱。

就像一尊看透了真理的神。

"再审申请也许可以做到，但法院不可能为证明你父亲的无辜而开庭。"

"我们会让法院开庭。我已准备齐全。"

"你先把刀放下。"

尽管馨表示无意杀人，但他并不打算放下刀。

"一旦发生不可饶恕的案子，并集齐了充分的证据，检察官就会发起诉讼。这不是难事。接下来只需决定角色分配即可——谁是被害者，谁是加害者。"

"法庭不是儿戏。你说谁会接受这种角色？"

"被害者当然是由我来扮演。我会在这里死去。"

馨掉转刀身，刀刃依旧朝向地面，刀尖却指向了自己的身体。

"为什么结城君非死不可啊？"

"你想象一下，如果有人发现了我的尸体，情况会怎样？现场的状况也好，过去的纠葛也好，所有的一切都显示凶手是你织本美铃。只要你配合，引导进行起诉是一件很容易的事。"

"难不成……你准备把罪名安在我的头上？"

馨说过，这是同态报复——把所犯罪行直接作为惩罚返还给本人。

"我并未考虑让美铃甘愿接受有罪判决。因为这无异于重复错误。在迎来审判的那一天，你申请把这个视频作为被告人方的证据即可。同时证明我父亲的无辜和你自己的无辜——这就是美铃应该完成的任务。"

如馨所言，就在此时此刻，摄像机拍下的视频正在公开法庭上接受检查，只为证明织本美铃和佐久间悟的清白。

"只要把这个视频交给警方，我就不会被逮捕。警方一旦压下此事，再审的大门也不会开启。结城君的话，至少该明白这一点吧？你可别说什么我相信你之类的话。"

美铃未做任何举动。也许她是在想：不谨慎的言行会间接给予对方动刀的理由。

"很抱歉，我无法信赖美铃。所以我设置了一道保险。我把为证明父亲清白而收集的证据托付给了第三者。如果美铃没有遭到报应，那么这些证据就会大白于天下。"

"也就是说，不管怎么做，我犯下的罪行都会曝光？"

馨没有否认。他冷静地指示美铃该走的路。冷静得近乎残酷。

"既然无法防止过去的罪行曝光，美铃自会为父亲和我在法庭上说出真相。这等程度的信任，我还是有的。"

此时，摆在美铃面前的选项只有两个。

其一是向赶到现场的警察告知内情。一旦搜查机关意识到摄像机的存在，就能避免被逮捕。但如此一来，被馨托付以证据的第三者就会着手曝光美铃的过去。

其二是依从馨创作的剧本扮演自己的角色，直到公审的到来，在万事俱备的舞台上证明二人的清白。

无论选哪条路，都将走向过去所犯罪行遭受谴责的结局。

"为了打开再审的大门，你准备牺牲自己的生命。简而言之，就是这么回事吧？结城君，你真心觉得这样可以吗？"

"结城馨注定要死。我只是强行制造了死的理由。"

"死的理由？"

"就是'无辜的制裁'。"

馨微微一笑。视频中第一次映出了他柔和的表情。

"怎么回事？"

"其实根本没有解释的必要。我，为了证明父亲的清白，不断给同班同学施以惩罚。时而放过应该惩罚的罪行，时而诱导别人犯罪，时而还亲自犯罪。这些都是违背审判者职责的不正当行为，除此无他。我必须得到报应。"

美铃向馨走近一步。两人之间的距离略有缩短。

"即便如此，你也没犯下必须去死的罪行啊，不是吗？"

"决定判罚是审判者的职责。"

"只给自己课以重罚……你这种做法，不过是一种傲慢罢了！"

"我没能救下父亲。这也是同态报复……"

"从现在开始我们会去救啊。结城君要是死了，谁来见证这一幕呢？"

美铃又走近了一步。两人之间隔着触手可及的距离。

"对不起，美铃。后面的事就拜托你了。"

馨迅猛地举起右手的刀。

"不要！"

喊声过后，美铃立刻冲向馨。但刀也逼近了馨。

证言台前，馨和美铃重合在一起。

美铃合身将馨扑倒在地，于是两人的身影从视频中消失了。

没有听到任何预想中的声音。

无论是美铃的惊叫，还是馨的呻吟……

寂静使人忘了这是视频，无声令人感到窒息。

随后，只有美铃一人慢慢地站了起来。

美铃沾染了馨身上溅回的血，凝视着摄像机的镜头。

22

走出101号法庭，大量记者已等候我和咲多时。

本该静悄悄的法院走廊充满了喧嚣。尽管法院的员工催促众人离开，但记者一见到我便纷纷拥上前来。

"先森，我们快逃吧。"

咲杀伐果决，不等我回应就快步向前疾行。我已相当疲劳，便无视记者的存在，走上了咲为我开辟的路。

直到打开GIRASOLE的门，我和咲之间都没有交谈。虽然觉得不会有不懂礼数的记者跑到事务所来，但我还是姑且把门锁上了。

"你可出大名了。"咲把脱下的外套挂上衣架后，说道。

"没办法，毕竟演了那么花哨的一场戏。"

"明天肯定会在报纸上占据整整一个版块。看到这个，委托人纷纷上门……终于，GIRASOLE也迎来了向日葵盛开的季节。"

"搞不懂你在说什么。审理还没结束呢。现在就这么飘，还为时过早。"

咲泡了两杯咖啡。

"谢谢。"

如果写成报道，应该会以摄像机拍下的视频为重点。

视频记录了已死去的馨的身影和声音。没有其他举证方法能替代视频把握模拟法庭内发生的惨剧全貌，其作为证据的不可或缺性和供述背景的可信性都会得到承认。正如古野检察官所言，要发现实质性真相，就必须检查这段视频。

"先森和美铃小姐获胜了，对吗？"

"等判决下来了，你再问这个问题。"

"看了那段视频，应该不会再认为美铃小姐有罪了。"

接手本案的辩护工作，给咲添了大麻烦。我理应不卖关子，好好回答她的疑问。

"说起来，从起诉美铃的那一刻起，就已注定检察方会失败。"

"那不起诉才是正确的判断吗？"

事实上，这的确是一个分岔口。

"正确与否，可不是我能决定的。为查清案子的真相而起诉——如果检察方以这样的姿态行动，我想倒也不能说起诉是错误的。"

"但是，检察官只会在收集到确凿的证据时起诉，不是吗？"

咲学得很不错。看来几乎不需要补充说明。

"如果判断势头不妙，他们应该会选择不起诉。美铃要完成在模拟法庭的约定，就必须避免发生这样的事态。"

起诉和不起诉这两张牌摆在嫌疑人面前，绝大多数的人会选择后者。因为嫌疑人的思路是，不起诉将带来释放，起诉将带来有罪判决。然而，美铃却想尽办法让写有"起诉"的那张牌被选中。

恐怕检察官做梦也没想到，会有人希望被起诉，并打算在法庭上吐露自己的罪行。正因为如此，没有人能发现美铃的企图。

"话虽如此……美铃小姐被起诉是好几个月前的事吧？当时就给出视频也没问题啊。"

"毕竟隐藏在证据中的力量太强了。"

"这是什么意思？"

"法律上允许在做出一审判决之前撤销公诉。撤销公诉的话，就不会开庭审理。一旦出现那么明显的无罪证据，因嫌疑解除而要求撤诉的可能性也不好说就一定是零。所以，美铃坚决不开口，只为在公开法庭上自曝罪行。"

"竟然做到了那个地步……"

"就算没到要求撤销公诉的地步，检察官也可能会放弃有罪求刑。倘若以被告人无罪为前提进行公审，调查视频的必要性就有可能被否决。所以，美铃需要让检察官高调主张有罪。"

"还真是算无遗策啊。"

"剧本从一开始就准备好了。"

检察官和法官看完视频后，当然能明白自己在剧中的角色。

"结城先生的死因是自杀，这一点警方没能看破吗？"

"倘若只有美铃一人在扮演角色，恐怕瞒不过警方和检方的眼睛。不料，就连扮演被害者的馨都试图把美铃立为凶手。由于加害者角色和被害者角色的联手合作，看破真相什么的谈何容易。"

咲把手上的杯子放到桌上。

"殒命的结城先生把美铃小姐立为了凶手？"

"他在死前做好了一切准备。馨的手上应该握有大量证据，可以表明他与美铃的关联。探查美铃过往经历的痕迹，从佐沼处拿到的音频文件，与其父的前科有关的记录。我想，只要找到其中的一样，搜查机关就会起疑心。"

"对啊。他是在删除了这些东西后，在模拟法庭和美铃小姐见面的。"

美铃曾要求我在相当大的范围内申请类型证据公示。最初我以为她是想寻找于己有利的证据。但其实美铃想知道的是，检方是否已获取馨理应归整过的那些证据。

"不光是隐藏证据。连诱导我们发现无辜游戏之真相的也是馨。"

"莫非……你是指那封告发信？"

"对。在SNS上请求提供福利院照片的对话也好，用摄像头拍下的图片也好，馨都能轻易拿到手。毕竟这一切都与他本人有关。"

佐沼植入病毒、窃取摄像头的影像，这件事馨恐怕也意识到了。馨竟然还能利用这不测之事，随心所欲地引导美铃。

"他在告发信里告知自己是罪犯，试图与美铃接触……"

"如此这般，他把美铃拖入了模拟法庭。"

"若以案发日为基准，公寓内的骚扰发生在一年前，收到告发信是在案发两周前。这个没错吧？"

"嗯。你梳理得很好。"

不用听下去我就知道咲准备问什么。

"拿到窃听来的音频时，为证明父亲清白所必需的证据不是已经齐全了吗？既然如此，为什么要在整整一年后，在父亲自杀后，才把美铃小姐叫到模拟法庭来呢？"

"顺序反了。最后的导火索是他父亲的自杀。"

"请你解释一下，好让我也能理解。"

我思索了几秒，想起某个条文后，开口道："馨的目的不是让美铃承认自己的罪行，而是打开再审之门。"

"是的，到这里为止我没有疑问。"

既然被称为"非常救助手续"的再审也是诉讼手续之一，那么法律当然也详细规定了其必须满足的要件。

"刑事法庭的再审申请，原则上只能由被判决有罪的人亲自进行。在这次的案子里，馨的父亲与之相当。"

"哦……还有这样的限制啊。"

"想必馨劝说过父亲。但佐久间悟没有申请再审。申请权拥有者没有采取行动，则其他人无权擅自申请再审。"

"连家人也不行吗？"

我默默地点了点头，打开《六法全书》，把相关条文读给咲听。

"还真是的。咦？这里不是写着配偶或亲属也可以吗？"

"开头部分应该附有限制条款。"

"啊……这里写着'倘若被宣判有罪的人死亡……'。"

确定咲能跟上思路后，我说出了答案："是的。如果本人死亡，则配偶或限定范围内的亲属也可成为请求权者。馨的母亲已离婚，自然不包括在内，但馨本人因父亲的死亡取得了资格。"

"所以他才会在父亲去世后开始行动啊。"

刚才的解释里不含谎言。馨理应是基于同样的逻辑来选择行动的。

然而，不知咲是否已意识到，条文与馨的选择其实是互相矛盾的。

"还有想问的吗？"

"先森也并不是从一开始就看穿了真相，对吗？"

"到中途为止，说实话我是深深地陷入了迷途。就在事态难以挽回的前一刻，美铃向我吐露了一切。几乎没有什么事是我自己看破的。"

我自嘲式地笑了。如今回想起来，这真是一场危险至极的走钢丝表演。

"美铃小姐为什么对先森也隐瞒实情呢？"

"因为她知道我会试图阻止。"

"阻止……阻止什么?"

"如果在美铃被捕前知道了这些,我会劝解她说应该向警方讲明情由;如果在嫌疑人期间知道了,我会往不起诉的方向努力;如果在公审前整理手续的最初阶段知道了,我会构建一套不暴露其罪行的主张。美铃的选择就是这么地接近最坏情况。"

感受到咲的视线后,我发现不知不觉中自己的措辞变得情绪化了。

"需要谴责到这样的程度吗?"

"馨说他把证据托付给了第三者。我不知道是否真的存在这样一个人。恕我说得难听,也许美铃只是被馨的虚张声势骗了。"

另一方面,对于谁是这个第三者,我是有头绪的。

"美铃小姐相信馨没有说谎。既然结局不会改变,她便决定吐露一切。我认为美铃小姐的判断没错。"

"在公开法庭上,美铃说出了自己犯下的罪行。这番自白进入了众多旁听者的耳朵,一旦写成报道信息还会进一步扩散。无论判决结果为何,对美铃的谴责都不会中断。即便如此,SAKU还认为抵达的终点是一样的吗?"

"这个嘛……"

我做了个深呼吸,让自己冷静下来。

"美铃知道我会这么想,所以才隐瞒事实,直到检方的主张固定下来,无法再回头为止。我想,美铃选我做辩护人是因为没有其他律师会按她的意愿行事。"

"美铃小姐做出决定不是因为这种消极性的理由，她是想和先森一起战斗啦。"

"谢谢你……SAKU。"

心里一阵刺痛。我又一次没把重要的事告诉咲。

宣 判 日

这一天终于到了。我轻舒一口气，抬头望着伫立于眼前的建筑。

从成行的银杏树之间，可以看到淡灰色的外墙和等距离排开的镶框窗户。仅追求功能性的、坚固的外观，是否象征着法院的公平性和中立性呢？

为了顺利开庭，被告人会在公审开始的三十分钟前被押送至法院，在地下的独居房等候传唤。我也差不多在同一时间进入法院，请求工作人员把我带到会见室。

或许是为了防止逃跑，或许是构造上的问题，法院的地下如迷宫一般纷繁复杂。总觉得途中一旦与工作人员走散，就会马上迷路。

穿过几道门，前方便是会见室。拘押所，拘押分所，法院。无论去哪里的会见室，亚克力板和钢管椅的组合都不会变。

我拉开钢管椅，半坐在上面。很快美铃就来了。

"终于要判决了。"

"你来昏暗的地下就是为了告诉我这个？"美铃以讥诮的口吻问道。

"我的事务所也在地下，所以已经习惯昏暗了。如果你被释放了，可要来我的事务所啊。那里面到处都装饰着向日葵……"

"宣判完了我再陪你唠家常。"美铃的话盖过了我的声音，仿佛是在催我赶紧进入正题。

"我想这是最后一次会见了。"

"既然如此，你就该早点过来见我。"

"太早了也不行。无论我们在这里说什么，判决已经不会改变了。所以……我希望你如实地回答我的问题。"

"问题？"美铃注视着我的嘴，诧异似的歪下脑袋。

"我想解开剩下的谜团。"

如果能听到馨本人的回答自然是最好不过的。可惜这个愿望已无法达成。

"看起来不是什么好事啊。"

此前我决定不在法庭辩论结束前问美铃。因为这件事在构建我们的主张方面不具有任何意义。

"馨是怎么知道他父亲是清白的呢？"

为了抵达真相，恐怕需要从这里开始揭秘。

"因为他窃听了我们在公寓里的对话啊。"

"我是指更早的时候。佐久间悟在公审法庭上认罪了，而且没有上诉，接受了有期徒刑的判罚。馨的母亲似乎也不怀疑这是冤狱。然而，只有馨决意拯救无辜的父亲。我想知道其中的原因。"

"结城君敬慕他的父亲。所以才坚信他是无辜的，不是吗？"

"别像检察官一样说这种话。我和美铃陷害他父亲的事也被馨看穿了。如果只是单纯的信赖，是不可能让他抵达这些真相的。"

法庭辩论既已结束，美铃应该没有缄默的必要了。

"知道答案后，你想干什么？"

"我想神清气爽地迎来判决。就是一种自我满足啦。"

知道真相并不会改变什么。因此这只是一种自我满足。

"真的可以告诉你吗？"

"嗯。我已做好心理准备。"

坐在亚克力板对面的美铃轻轻叹了口气。

"结城君也在那里。"

"……那里是指？"

听到回答前，一幕场景已浮上我的心头。

渐渐远去的、巨大的背影。什么也没揪住的、罪恶深重的右手。

"车站的月台。结城君就站在离我们稍远的地方，看到了所有的一切。"

彼时的记忆鲜明地浮现在我的脑中。

我们在电车里决定把佐久间悟定为目标。美铃握住男人的手，发出尖叫，在月台开始交涉。看到男人取出的警察证，美铃试图逃离现场。随后，两人仿佛被重力所掌控，

　　跌下了楼梯。

　　整个过程，馨也看到了。

　　"父亲和女高生中从楼梯跌落的那个瞬间也看到了?"

　　美铃点头。想来她立刻就理解了提问中隐含的意图。

　　"即使与所有人为敌，结城君也必须相信他父亲。因为他亲眼看到了发生在月台上的真相。"

　　啊……原来是这样啊。宛如沉渣的别扭感，因美铃的回答而消失了。

　　我不打算问馨为什么正好也在月台。也许是他每天早晨上学都和父亲乘同一辆车。也许只是恰好刚从另一侧的电车上下来。

　　原因是什么，已经无所谓了。

　　"馨对警察说过这些吗?"

　　"清义应该知道吧，警方对家人的供述是怎么处理的。搜查机关认为结城君的父亲不清白。一切就这么定了。"

　　即使说出真相也没人信。无辜的父亲放弃争辩，服刑了。父母离婚，家人的羁绊也被割断。

　　高中生馨的内心是何等的绝望啊。

　　"父亲去世前，馨一直没有着手实施计划。其理由美铃也意识到了吧?"

　　"因为本人死亡后，家属可以获得'再审申请权者'的地位。"

　　果然美铃也和我一样探寻到了答案。

　　"拥有提出再审申请之权利的人，是'再审申请权者'。"

"你这话连换个说法都算不上。"

"重点在于'权利'。不去行使的权利只是装饰品罢了。"

"你想说什么？"

我并不想讲这种抽象的话，也不想谈什么法律论。

接下来要说的只是单纯的逻辑条理。

"为了获得再审申请权者的地位，馨在等待父亲的死。然后，这一瞬间到来了。但是，他没有行使取得的权利就撒手人寰了。取得权利和放弃权利，这两种行为之间存在矛盾。"

"只要让我在法庭上说出真相，其他家属或检察官就有可能提出再审申请。结城君肯定是这么期待的。"

我可不想被这种含糊的回答糊弄过去。

"你真心觉得馨会为这种不确定的可能性赌上自己的性命？"

"结城君被父亲的前科和死亡乱了心智。在模拟法庭与他对峙时，他明显精神异常。看他那样子，选择不合理的行动也不足为奇。"

"如果仅以证明清白为目的，馨不必等父亲去世，从佐沼那里拿到公寓的音频时，他就可以采取行动了。"

美铃瞪视我的脸。我从正面承受着她的视线。

"结城君自杀可是事实。清义不也看过那个视频了？难道你想说，他是在我的胁迫下演戏？"

馨确实在模拟法庭里说要借自己的死把美铃立为凶手，从而打开再审的大门。我并不认为这都是错的。倒不如说是有几处谎言混杂在了这个几乎都是由真实构成的视频里。

"演戏的人是美铃。"

"从刚才开始我就不知道你在说什么。"

我瞥了一眼机械手表，确认时间。

"接下来我会讲述馨描画的剧本。"

时间已所剩无几。这应该是最后一项确认工作了。

"打开再审的大门是最终目标。达成这一目标的手段则是在法庭曝光真相。到这里为止，我和美铃编织的故事是一致的。但是，馨想推给你的罪名不是杀人，而是杀人未遂。"

即使用刀捅要害部位，也会因性别和年龄的关系，未必会带来死亡的结果。体弱的学生死了就是杀人，强壮的拳击手保住了性命就是杀人未遂。

杀人和杀人未遂的区别在于是否导致了死亡的结果，而不是行为的强弱。

"如果制造一起案子，使其真相的暴露能吸引大众的眼球，便有可能凸显出成为再审理由的新证据。但是，因此而制造的案子毫无必要一定是杀人案。换句话说，这里不存在馨死亡的必然性。"

被害者幸免于难的杀人未遂也是陪审法庭的受理对象之一。

换言之，馨可以制造一起自己不死也能引起社会关注的案子。

"我听不懂你到底想说什么，大概是我理解能力有问题吧。假定结城君没死到底有何意义?"

"如果美铃阻止刀刺落,馨就不会死。这不是什么假设,而是生与死的选择问题。"

美铃的视线再次变得锐利。

"亏你能说出这么过分的话。你想说死亡的责任在我?"

"没错。因美铃的缘故,馨死了。"我明白无误地说道。

闻听此言,美铃震惊似的睁大了眼睛。

"我想救结城君……但是没来得及。"

"馨指示你届时要阻止刀落下,难道不是吗?"

和那时的我一样。伸出去的右手没能救下该救的人。

不,岂止如此……

我为什么没能更早地意识到呢?

"美铃与馨在模拟法庭对峙时,早已听过他的计划。"

"又是这么跳跃。为什么会这么想?"

"因为馨需要事先把剧本告诉你。"

"……前面我就问过你,所谓的剧本是什么?"

拿到公寓的音频时,馨的手头便集齐了必要的证据。想来他曾在美铃面前亮出过这些证据,并托她办事——也可理解为胁迫她办事。

"馨告诉你他是佐久间悟的儿子,并讲述了父亲自杀的来龙去脉。为了让法院通过再审申请,他想请你在公开法庭扮演被告人的角色。大致内容我想就跟美铃在这次的审理中供述的一样。"

"听起来好像还有后续啊。"

　　我点点头，一口气说出了剩余的话："视频录下的一连串对话，全是你们事先商量好的。馨明确表示，他的动机是让美铃谴责法官的不正当行为，以救助无辜的父亲。假装已下定决心自杀的馨将刀尖指向自己的前胸。而上演阻止刀落的最后一幕，则是美铃该完成的任务。"

　　稍迟进入模拟法庭的我发现两人扭打在一起，恐怕才是馨设想的情节。

　　通过捏造目击者和证据，试图制造杀人未遂的状况。

　　就像我们把性骚扰的罪名强加在佐久间悟头上一样。

　　"你是认为，由于我故意放任不管，才使刀刺进了结城君的前胸？"

　　我无法说一句"是"。相信美铃会阻止，于是落下的刀劲道十足地扎进了前胸——馨绝无可能犯这种低级错误。

　　"馨的死是有人蓄意造成的。"

　　"……"

　　"在证言台前扑倒馨，用他右手里的刀刺他。结果，检察官的主张才是正确的。是美铃杀死了馨。"

　　没有回应。美铃沉默不语，似乎在思考什么。

　　沉默被打破是二十秒后的事。

　　"为什么我非得杀死结城君？"

　　"目的是杀人灭口。"

　　"我在法庭上说出了自己犯下的罪行，并没有什么需要杀掉结城君才能隐藏的事。"

　　"好了，够了。你是想保护我吧？"

　　我和美铃互相承担着对方影子的功能。一方犯下的过错，由另一方来善后。如此这般，我俩一直活到了现在。

　　"馨在月台看到了整个事情的始末，不是吗？既然如此，父亲和女高中生从楼梯跌下的那一瞬间，应该也深深地印刻在了他的眼底。"

　　"不要再说了！"

　　"佐久间悟被宣判有罪的罪名有两个。一是在电车内实施性骚扰，违反了《迷惑防止条例》。二是将织本美铃推下楼梯，犯下了伤害罪……"

　　"别说了！"

　　泫然欲泣的声音。但是，我不能在此处结束说明。

　　"关于违反《迷惑防止条例》的罪行，只要查明美铃是色狼讹诈的惯犯，就能证明父亲的无辜。但是，关于伤害罪，仅凭美铃的供述是不够的。因为确实存在为逃避麻烦而把人推落的可能。"

　　只证明其中一项的清白，算不上是对父亲的救助。

　　正因为确信父亲也没有犯下伤害罪，馨才断然决定打开再审的大门。

　　"那个难道不是意外事故吗？"

　　"不是的。是我推了佐久间悟的后背。因为我的行为，你们两个从楼梯跌了下去。"

　　当时我见两人在月台争吵，觉得必须去帮助美铃。

　　我的右手下意识地向前伸出。

　　不是为了阻止跌落，而是为了把人推下楼梯……

右手的前方是远去的背影。

"结城君已经不在了。事已至此，你就不要再翻旧账了。"

"美铃以杀人未遂罪被起诉，我所犯下的罪行也将曝光。通过美铃的供述和馨收集的证据，父亲的清白将得到证明，再审申请将得到批准。这就是馨描画的剧本。然而，美铃修改了结尾部分。你决定一个人担下所有罪名，于是封了馨的口。"

美铃逐渐变得面无表情。

"清义希望我怎么回答？"

"你为什么……不在事情发展到这一步前和我商量呢！"

"说给你听了，会有什么变化吗？"

"我会去劝说馨，如果不成我们两个就选择一起赎罪。"

"就知道你会这么做，所以我才没说啊。"

再怎么悔恨，馨也不会复生了。

尽管我对此心知肚明……

"你说，有什么理由一定要让馨去死啊。"

馨确实在担当审判者的无辜游戏中，做了几件不正当的事。

即便如此，他也没犯下理应偿命的罪行。

"结城君已决定在看到再审的结局后自我了断。"

"为什么……"

"因为他对这个世界的一切都绝望了。对接受无端的罪名、选择死亡的父亲，对周围歪曲真相、擅加诠释的人们，对不承认判断错误、始终紧闭大门的司法机关，对为达成目的而犯下多种罪行的自己……结城君活下去的唯一理由，是他想证明父亲的清白，通过再审赢得无罪的判决。"

美铃的话我无法照单全收。因为我无法完全否定这样一种可能：美铃的话中含有一厢情愿的成分，以及为逃避责任而编织的谎言。

但是，我的决断不会因馨是否曾决心自杀而改变。

"美铃……杀害了馨，是吗？"

我想从本人口中听到答案。

"是啊。是我杀了结城君。"

美铃认罪了。不是在法庭的证言台前，而是在狭小的会见室里。

"为什么？是为了我吗？"

"因为你拯救了一度陷入绝望的我。"

"我只做过把人逼入绝境的事。假如我没有用刀刺伤喜多，我和美铃就不会误入歧途。这样的话，馨的父亲，馨也好……"

"这样的话，也许我会一直遭受污辱。"

是我这个摇摆不定、手握刀柄的高中生捆绑了美铃的人生。

"你们在月台拉扯的时候也是，都是因为我多事……"

"清义应该听不见我们在月台说什么吧？"

"嗯。"

"对方抓住我的手腕后，说了一句'你这不是第一次吧'。"

"啊？"

"我是色狼讹诈的惯犯这一点也被他看穿了。"

"连这个也……"

"我求他放过我。结果你猜他是怎么回应的?"

我想不出任何答案。美铃唾弃似的继续说道:"没关系,你还能从头来过——佐久间悟就是这么说的。轻描淡写的一句话,老掉牙的至理名言。这种话我当然明白。可是我没法接受。明明是你们这些大人把我们逼到了无法'从头来过'的境地。明明是你们不伸手援助,总是装作看不见。怎么可能'没关系'啊!"

"美铃……"

"正义的大旗让我觉得恶心。当时我在想,我无法原谅你们。我在想,我要扯着被抓住的手腕,和你一起坠落。可是,没等我用力,佐久间悟就失去了平衡。也许不可能存在这样的巧合,但反正我们确实一起跌下了楼梯。"

"我是想帮美铃……"

"当时我越过他的肩头看到了清义,你看上去就像正义使者。"

"不要说了!"

我一直对别人叫我正义有抵触感。因为我知道自己有的是虚有其表的正义。我只能靠犯罪来实现正义。

"你两次完成了我没能做到的事。"

"我所做的只是犯罪啊。"

"就算是这样,也让我找到了活下去的理由。"

我无意反驳。我的自我满足也该结束了。必须让它结束。

"还有什么要补充的吗?"

"完全没有了。"

"明白了。谢谢你告诉我。"

我永远信任美铃。过去是,将来也是……

"你打算申请重启法庭辩论,主张我杀了结城君?"

在判决结果宣布之前,当事人可以申请或行使职权,重启法庭辩论。到那时,通过揭示真相也许能让法院做出再审理的决定。

"我是美铃的辩护人。只要有助于维护被告人的利益,就算是真相我也会压下去。"

最初我认为应该在法庭上揭晓真相。但是,完成与馨的约定使我想起了身为辩护人的使命。

"这样可以吗?"

"只要我还是辩护人,就会尊重美铃的意愿。"

我把手伸进外套的口袋,摸到一个冰冷的金属制品。

那里面写有从馨那里接收到的信息。

"清义是怎么摸到真相的?难不成是从一开始就意识到了?"

我摇了摇头。

"馨已预料到自己会被美铃杀掉。"

"啊?"

"在案发的一年前,他托我做一件事,说是希望我捧着龙胆花去他父亲和祖父长眠的墓地。为了完成这个约定,我去了结城家的墓地。但是，佐久间悟的名字并没有刻在结城家的墓志上。"

公审开始前在七海墓地得以确认的，正是以上事实。

"我很在意，便把佐久间悟的墓也找了出来。佐久间家的墓几乎没有得到修整。我正要按馨的嘱托把龙胆花插入花瓶，发现里面有这个东西。"

我从另一边的口袋里取出U盘，举到亚克力板前。

"这个是？"

"馨在摄像机拍下的视频里说，他把收集到的证据托付给了第三者，以此作为保险，防备美铃的背叛。而所谓的保险就是U盘。"

我毫不犹豫地打开了文件。因为我知道这东西该由我来接收。

"结城君把收集到的证据托付给了清义？"

我能理解美铃想如此反问的心情。她大概是觉得哪里出错了吧。

"如果馨打算完成杀人未遂的剧本，就没有必要托付证据。反过来说，正因为他明白自己可能会在模拟法庭丧命，才把U盘藏进了父亲的墓地。馨已经对美铃的背叛做好了心理准备。"

"怎么会……"

"文件里有音频，来自佐沼；有报告书，汇总了我和美铃的过去；有文书，记载了再审申请的法律构件。此外还有一段音频，录的是美铃和馨为捏造杀人未遂案进行商议的过程。"

馨没把这些决定性的证据交给别人，而是交给了我。

"结城君希望有人在他死去时，代为揭晓真相。这不正是他的愿望吗？可是，他为什么要给清义……"

"馨早已明白是我把他父亲推下了楼梯。把证据交给共犯之一，等同于建议对方销毁证据。"

馨应该明白，相比真相，我优先考虑的会是美铃的无罪判决。

"里面没有信或遗书什么的吗？"

"他没有留下语言信息。"

"结城君到底想让清义做什么呢……"

漫长的沉默降临了。美铃的问题若是问完了，我想现在就去法庭。

然而，就在我起身离席的前一刻，美铃开口了。

"我说清义。"

"怎么了？"

"你为什么把律师徽章摘了？"

美铃的眸子盯视着我外套上的插花眼。

我决心已定，轻轻吐出一口气。

"因为今天是我最后一次以律师的身份站在法庭上。"

"这个玩笑不好笑。"美铃表情严肃地说。我的脸也依然紧绷着。

"我必须接受报应。"

坐在钢管椅上的美铃，上半身突然一颤。

"犯罪的人可是我。不是清义。"

"杀害馨的人是美铃。但是，在佐久间悟的事情上，我俩构成了不同的罪。美铃是虚假诉讼罪，我是伤害罪……"

"不是吧……这都已经是十年前的事了。"

"不。那个案子发生在高中三年级的夏天。所以是我们九年前犯下的罪行。"

亚克力板的对面传来呼吸一滞的声音。

"原来你已经发现了。"

"怎么说我也算是一个法律专家。法定刑和公诉时效的关系，我还是懂的。"

公诉时效……就在我说出这个单词的一瞬间，美铃埋下了头。

注视着美铃低下头时露出的颈项，我继续说道："美铃的虚假诉讼罪，法定刑是三个月以上十年以下有期徒刑；我的伤害罪，法定刑是十五年以下有期徒刑或五十万日元以下罚金。然后，公诉时效的期间取决于法定刑的轻重。我们的情况要以长期徒刑为基准，所以虚假诉讼罪的公诉时效是七年，伤害罪的公诉时效是十年。"

正因为如此，"九年"这个时间具有重大意义。

虚假诉讼罪的公诉时效现在已经成立。而伤害罪的公诉时效还要再过半年多才能成立。倘若在此期间检察机关完成搜查、进入起诉阶段，公诉时效的进程便告停止。

"这种都只是理论上的东西。你觉得事到如今警方或检察机关还会搜查九年前发生的案子吗？就连证据都散失了。"

一般而论，美铃的话是正确的。但是……

"在这次的审理过程中，搜查机关可谓颜面尽失。有人单方面地主张某人因冤狱丢了性命。虽说打开再审之门的决定权在法院手中，但搜查机关却也不得不重新彻查。我所犯下的伤害罪就存在于那条搜查线上。"

美铃也早已意识到刚才我所说的法定刑与公诉时效的关系。正因为她精准地理解这一状况，才决定隐瞒我的罪行。

馨的目的在于开启再审的大门。倘若在法庭上曝光的是美铃的罪行，她只需承受社会谴责即可。而我的罪行则还留有公诉时效这个隐患。

因此，美铃想通过夺走馨的生命，把我从过去的罪行中解救出来。

"结城君也好，他的父亲也好，都已经……不在人世了呀。"

"知道真相的只有我和美铃了。这个我明白。"

"既然如此……"

"就算时效成立，就算无罪判决已定，也不意味着罪行得到了清算。"

美铃的嘴唇颤抖起来，似乎在思考如何措辞。

"清义，放弃你的想法……你只是想轻松一点，不是吗?"

"对犯下的罪行，我只能用惩罚来回应。"

馨所执着的同态报复不是复仇，而是基于一种宽恕的逻辑。用真相的暴露来换取对罪行的原谅……我和美铃践踏了馨给予我们的赎罪机会。

"我……不会接受什么惩罚。我要直面罪行活下去。"美铃的眼中噙满了泪水。

与那天我刺伤喜多时一样，我的决断给美铃带来了痛苦。

"对不起，美铃。"

"与其道歉……不如我们一起战斗到最后。"

在馨丧命的模拟法庭里，我向美铃承诺做她的辩护人。

如今我却准备毁约。

"刚才的那个U盘，过后我会交给美铃。所以检察机关不会获得新证据。就算检察机关提出上诉，只要维持无罪主张……"

"我想听的不是这个！"美铃叫道，仿佛在寻求拯救。

"明明一直是我们两个共同活到了现在，你却……"

我痛切地理解美铃的心情。

无论什么时候我俩都在一起。美铃的身边有我，我的身边有美铃。

我们没有其他可以依赖的人。既没有为我们纠正错误的人，也没有为我们指引前进方向的人。

为了挣扎着活下去，为了向前迈进，我们让无辜的人陷入了不幸。

想变得幸福——我们的愿望仅此而已。

我打开GIRASOLE的门。里面有咲和美铃。言笑晏晏的咲，表情困惑的美铃——幸福就在手似乎可以触及的地方，以至于我想象出了两人的那般模样。

如果我俩始终保持沉默，热切盼望的未来就会降临。

但是，即便如此……那未来里没有馨。

"听完判决后，我就去警署。"

"为什么呀……"泪水滑过了美铃的面颊。

"馨托付给我的不只是证据，还有心愿。"

美铃只是摇头，一下，两下，好几下。

"我不懂啊，清义……"

我向前方伸出沾染了罪恶的右手。

手被亚克力板阻挡，没能拭去美铃的泪水。

"好了，我该去法庭了。"

"等一下！"

望着美铃的泪眼，我心中百感交集。

原本决定不说的话脱口而出。

"我，其实也想和美铃一起活下去。"

我撇下痛哭的美铃，从钢管椅上站起身离开会见室，来到一楼，进入了101号法庭。

大量记者和旁听者目送我走向辩护人席。

无论宣告的是有罪判决还是无罪判决，他们都会在内心发出惊叹声吧。因为没有人能认识到，在本案中宣告有罪判决已是理所当然的最终结果。

我深深地坐入皮革椅，闭上眼睛，从口袋里掏出金属制品。

佐久间悟墓前的花瓶里并非只有U盘。

欲设置无辜游戏的人需遵守两条规则。

一是犯下违反刑法的罪行，二是留下天秤的标记。

天秤一般被理解为裁决或正义的符号。

正如持有剑与天秤的忒弥斯像被视为司法公正的象征一样。

以裁决赎其罪……

然而，花瓶里放着的并非天秤，而是十字架的挂件。

惩戒与宽恕……这是十字架的象征。

我和美铃没有乞求宽恕的权利。对此我心知肚明。

想必是馨要我们背负惩戒的十字架。

这也许是我自以为是的解释，也许是我任性的主观愿望。

即便如此，赎罪的方式也只能由我来决定。

因为将心愿注入十字架的人已不在人世。

我选择了认罪、接受惩罚的道路。

美铃选择了拒绝惩罚、直面罪行的道路。

哪一条是正确的道路，只有神知道。

审判台背后的大门开了，法官和陪审员陆续进场。

审判长手边的文件里记载着美铃即将走向的命运端头。

所谓的正当报应，究竟该由谁来决定呢？

是司法权的旗手法官，还是犯罪者自己呢？

站在证言台前的美铃直视着审判台。

那眸中映出的会是什么呢？

是坐在审判台中央的审判长，还是曾经长久地坐在那里的馨呢？

馨舍命安排的法庭游戏，即将迎来一个结局。

馨所希望的是什么样的结局呢？

是对有罪之人的制裁，还是对无辜之人的拯救呢？

待法庭陷入一片寂静后，审判长宣读了简短的判词。

"本庭宣判被告人无罪……"